21世纪文学之星丛书 2020年卷

文学研究

1980年代
先锋文学批评研究

崔庆蕾⊙著

作家出版社

作者简介:

崔庆蕾，1985 年生，山东聊城人。文学博士，主要研究方向为中国当代作家作品研究，文学批评研究。有文章散见于《中国现代文学研究丛刊》《当代文坛》《小说评论》《艺术评论》《创作与评论》《文艺报》等报刊，部分文章被人大报刊复印资料全文转载。

目录

总 序

袁 鹰

    中国现代文学发轫于本世纪初叶，同我们多灾多难的民族共命运，在内忧外患，雷电风霜，刀兵血火中写下完全不同于过去的崭新篇章。现代文学继承了具有五千年文明的民族悠长丰厚的文学遗产，顺乎 20 世纪的历史潮流和时代需要，以全新的生命，全新的内涵和全新的文体（无论是小说、散文、诗歌、剧本以至评论）建立起全新的文学。将近一百年来，经由几代作家挥洒心血，胼手胝足，前赴后继，披荆斩棘，以艰难的实践辛勤浇灌、耕耘、开拓、奉献，文学的万里苍穹中繁星熠熠，云蒸霞蔚，名家辈出，佳作如潮，构成前所未有的世纪辉煌，并且跻身于世界文学之林。80 年代以来，以改革开放为主要标志的历史新时期，推动文学又一次春潮汹涌，骏马奔腾。一大批中青年作家以自己色彩斑斓的新作，为 20 世纪的中国文学画廊最后增添了浓笔重彩的画卷。当此即将告别本世纪跨入新世纪之时，回首百年，不免五味杂陈，万感交集，却也从内心涌起一阵阵欣喜和自豪。我们的文学事业在历经风雨坎坷之后，终于进入呈露无限生机、无穷希望的天地，尽管它的前途未必全是铺满鲜花的康庄大道。

    绿茵茵的新苗破土而出，带着满身朝露的新人崭露头角，自然是我们希冀而且高兴的景象。然而，我们也看到，由于种种未曾预料而且主要并非来自作者本身的因由，还有为数不少的年轻作者不一定都有顺利地脱颖而出的机缘。其中一个重要的原因，乃是为出书艰难所阻滞。出版渠道不顺，文化市场不善，使他们失去许多机遇。尽管他们发表过引人注目的作品，有的还获了奖，显示了自己的文学才能和创作潜力，却仍然无缘出第一本书。也许这是市场经济发展和体制转换期中不可避免的暂时缺陷，却也不能不对文学事业的健康发展产生一定程度的消极影响，因而也不能不使许多关怀文学的有志之士为之扼腕叹息，焦虑不安。固然，出第一本书时间的迟早，对一位青年作家的成长不会也不应该成为关键的或决定性的一步，大器晚成的现象也屡见不鲜，但是我们为什么不在力所能及的范围内尽力及早地跨过这一步呢？

于是，遂有这套"21世纪文学之星丛书"的设想和举措。

中华文学基金会有志于发展文学事业、为青年作者服务，已有多时。如今幸有热心人士赞助，得以圆了这个梦。瞻望21世纪，漫漫长途，上下求索，路还得一步一步地走。"21世纪文学之星丛书"，也许可以看作是文学上的"希望工程"。但它与教育方面的"希望工程"有所不同，它不是扶贫济困，也并非照顾"老少边穷"地区，而是着眼于为取得优异成绩的青年文学作者搭桥铺路，有助于他们顺利前行，在未来的岁月中写出更多的好作品，我们想起本世纪20年代和30年代期间，鲁迅先生先后编印《未名丛刊》和"奴隶丛书"，扶携一些青年小说家和翻译家登上文坛；巴金先生主持的《文学丛刊》，更是不间断地连续出了一百余本，其中相当一部分是当时青年作家的处女作，而他们在其后数十年中都成为文学大军中的中坚人物；茅盾、叶圣陶等先生，都曾为青年作者的出现和成长花费心血，不遗余力。前辈们关怀培育文坛新人为促进现代文学的繁荣所作出的业绩，是永远不能抹煞的。当年得到过他们雨露恩泽的后辈作家，直到鬓发苍苍，还深深铭记着难忘的隆情厚谊。六十年后，我们今天依然以他们为光辉的楷模，努力遵循他们的脚印往前走去。

开始为丛书定名的时候，我们再三斟酌过。我们明确地认识到这项文学事业的"希望工程"是属于未来世纪的。它也许还显稚嫩，却是前程无限。但是不是称之为"文学之星"，且是"21世纪文学之星"？不免有些踌躇。近些年来，明星太多太滥，影星、歌星、舞星、球星、棋星……无一不可称星。星光闪烁，五彩缤纷，变幻莫测，目不暇接。星空中自然不乏真星，任凭风翻云卷，光芒依旧；但也有为时不久，便黯然失色，一闪即逝，或许原本就不是星，硬是被捧起来、炒出来的。在人们心目中，明星渐渐跌价，以至成为嘲讽调侃的对象。我们这项严肃认真的事业是否还要挤进繁杂的星空去占一席之地？或者，这一批青年作家，他们真能成为名副其实的星吗？

当我们陆续读完一大批由各地作协及其他方面推荐的新人作品，反复阅读、酝酿、评议、争论，最后从中慎重遴选出丛书入选作品之后，忐忑的心终于为欣喜慰藉之情所取代，油然浮起轻快愉悦之感。"他们真能成为名副其实的星吗？"能的！我们可以肯定地、并不夸张地回答：这些作者，尽管有的目前还处在走向成熟的阶段，但他们完全可以接受文学之星的称号而无愧色。他们有的来自市井，有的来自乡村，有的来自边陲山野，有的来自城市底层。他们的笔下，荡漾着多姿多彩、云谲波诡的现实浪潮，涌动着新时期芸芸众生的喜怒哀伤，也流淌着作者自己的心灵悸动、幻梦、烦恼和憧憬。他们都不曾出过书，但是他们的生活底蕴、文学才华和写作功力，可以媲美当年"奴隶丛书"的年轻小说家和《文学丛刊》的不少青年作者，更未必在当今某些已经出书成名甚至出了不止一本两本的作者以下。

　　是的，他们是文学之星。这一批青年作家，同当代不少杰出的青年作家一样，都可能成为 21 世纪文学的启明星，升起在世纪之初。启明星，也就是金星，黎明之前在东方天空出现时，人们称它为启明星，黄昏时候在西方天空出现时，人们称它为长庚星。两者都是好名字。世人对遥远的天体赋予美好的传说，寄托绮思遐想，但对现实中的星，却是完全可以预期洞见的。本丛书将一年一套地出下去，十年二十年三十年五十年之后，一批又一批、一代又一代作家如长江潮涌，奔流不息。其中出现赶上并且超过前人的文学巨星，不也是必然的吗？

　　岁月悠悠，银河灿灿。仰望星空，心绪难平！

1994 年初秋

序

一部具有开创性的理论著作

胡　平

　　本届"21世纪文学之星"入选作品的评选中，无论在初评还是终评阶段，我都认真推荐了崔庆蕾的《1980年代先锋文学批评研究》一书，这是有理由的。

　　我以为，相对于评论集，理论专著更值得优先考虑。这是由于，理论作品一般比评论作品更需要立论；形成专著，则不仅需要立论，还需要结构完整的理论体系，非一日之功。当然，这样说不意味着理论高于评论，有些理论论文乃至理论书籍，由于缺乏创见或立论不实，倒不如一篇精粹的批评文章来得更有价值。谁能说文学史上如贺拉斯、别林斯基这样的评论家，其单篇评论就不如同时期出现的某些理论专著更加重要呢？

　　而《1980年代先锋文学批评研究》的价值是确定的。在它之前，我国尚未出版过关于1980年代先锋文学批评的研究专著，这是第一部，也使我看到它时眼前一亮。中国当代文学史上，先锋文学和先锋文学批评的出现，曾闪耀一时，其光芒至今似乎完全收敛，但它产生的深刻影响从未磨灭。我们完全可以期待，这部著作可以向人们介绍关于先锋文学批评的概念、研究现状；当代文学史上先锋文学批评产生的背景、形成的脉络，出现的代表性作家、核心观点、历史贡献及需要进行的反思。值得欣慰的是，这些内容我们都可以在这部兼史兼论的著作里找到。如果若干年里，没有第二部类似的作品出现，此作也会成为难以替代的工具书籍。

二十世纪八十年代，是一个给人们留下美好深刻记忆的年代，大凡从"文化大革命"阴霾中走出来的人们，莫不为党的十一届三中全会开创的新局面感到欢欣鼓舞；党心、民心空前凝聚，改革开放政策获得上下一致拥护，人们精神面貌焕然一新，对国家前途充满信任与热望，各条战线都展现出解放思想、开拓进取、团结奋斗的生动面貌。文学创作上，甚至一度出现表率于其他文化领域的态势，成为打破观念禁锢、引领社会风气之先的重镇。随着国际文化交流的开展，新的探索、新的借鉴不断扩大场域，"先锋文学"和随之而来的"先锋文学批评"终于演为时尚，震动了文坛，改变了文学创作及评论的格局。这一新的文化现象，不可避免地带来争议与辩论，但总的来说，在特定社会氛围下，它并没有遇到严重阻力，基本上沿着常态的道路得到自由发展。相反，进入1990年代和新世纪后，它自己的势头逐渐式微，慢慢被新一轮现实主义浪潮所遮蔽，但仍然给后来的创作与评论留下难以磨灭的印痕，抑或说，消化在新的写实主义细部。即使在今天的文学评论论文中，也可以寻觅到先锋批评留下的一些词汇。

毫无疑问，当年先锋文学为长期一成不变的文学传统带来了新的视角、新的观念、新的形态，产生了不可忽视的冲击；一时间，先锋文学批评也相继崛起，重在阐释新的美学原则，为文坛注入生动的活力。作家们开始意识到，作品还可以有另一种写法，文学的样貌也不排除有迥然不同的表现。再加之其他各种流派的涌现，创新此起彼伏，形势日新月异，中国文学呈现出前所未有的活跃景象。诚然，先锋文学的先锋性，决定了它未必适合大众阅读趣味，也未必适应本土文化和现阶段社会形态所决定的普通生命体验，但它仍可在一般人性深处找到根据，并满足少数精英的审美需求。谁也不能断定，在未来的文学发育中，先锋文学是否会再次遭逢契机，卷土重来一次。密切关注文学创作现状的评论家们可能注意到，在晚近争相冒尖的一批"90后""00后"作家笔下，小说的样式、叙述的方式、表达的形式又出现陌生的演进，有些作品又开始变得"看不大懂"或"不大适应"了，其中包括收入本届"21世纪文学之星"的一些创作。谁能说"先锋"品格只会昙花一现呢？

重要的是，先锋文学的历史及其时代背景，使我们从经验中确信，有前景的文学是一定会发生创新的，兼容实验性的创新和失败的创新，而百花齐放、百家争鸣是使文学不断走向繁荣的必经之路。因此，应该感谢崔庆蕾的具有历史眼光的细致工作。

在这部著作里，崔庆蕾表现出严谨的治学态度，收集的材料相当详尽，涉及内容不仅包括1980年代出现的先锋文学代表性作品和代表性评论，也包括对时代语境、创作氛围、学术会议、学术流派、文学期刊、批评家群体、批评理念等方面的总结，仅此一点，也足以使后来的研究者受益匪浅。当然，他更对1980年代先锋文学批评进行了严整梳理和中肯的评价，客观指出其贡献与意义、局限及问题。他认为，先锋文学的出现适应了改革开放的总体要求，并成为改革开放总体成就的一部分；促进了中国当代文学与世界文学某种程度的重新接通与融合；促进了批评模式由一元到多元的突破；促进了文学批评与创作的协调发展。但同时，先锋批评也存在着盲目性和片面性，忽视传统和形成自我孤立，对于西方文学理论消化不良，将"内部研究"绝对化，缺乏实证探讨等缺陷，使它注定走向衰落。这些观点，我认为都是站得住脚，也具有启示意义的。在他之前，也许没有人对先锋文学做过如此全面的评价。

　　能够实现这项功不可没的工作，也与崔庆蕾的业内丰富积累相关。庆蕾在职读博士时的主要研究方向即为当代作家作品研究、当代文学思潮研究，曾发表大量相关论文。先后在中国现代文学馆、中国作家出版集团任职，从事过中国现当代文学史展览、经典作家研究专刊编辑、中国作家网"文史频道"和"原创频道"编辑、《中国当代文学研究》期刊编辑等项工作，这些业务经历，无疑都为他增加文学史史识、掌握文学创作现实动态、熟悉作家作品、深化理论素养打下良好基础。我一向认为，从事文学理论批评工作，不可缺少现场感，不宜游离于新鲜涌动的文学潮流之外，庆蕾在这方面已得天独厚，再加之训练有素，相信他将来还会贡献令人欣喜的作品。

2021 年 4 月 5 日

绪　论

一、研究缘起及问题的提出

　　二十世纪八十年代是中国当代文学史上一段极为辉煌又极为特殊的历史时段。著名学者程光炜等人发出了"重返八十年代"的文学呼唤，一大批学者响应号召并投身其中，以"回到历史现场"的方法和路径重新打捞出许多被时光淹没的历史细节，结出了丰硕的研究成果。这些丰富而珍贵的细节和成果再一次佐证了八十年代文学的价值和意义，但也再一次提出了新的历史问题，即我们需要重新认识八十年代，需要回到历史现场进行更加深入的勘探和研究。这种"历史的呼唤"为我研究这一课题提供了最初的动力。

　　八十年代中国文学的令人炫目之处当然首先在于一大批优秀的作家作品，以及此起彼伏甚至令人眼花缭乱的文学思潮，后者犹如万花筒般地绽放，令人心醉。重新阅读和研究这些作品和思潮，给予这些作品和文学潮流更为客观的评价不仅具有历史的意义，也具有现实的参照功能，它可以作为一种方法给当下文学的发展提供方法论意义上的参照。事实上，当下大多数"重返八十年代"的研究实践都是在这个角度上进行的，它所面对的对象都是八十年代的文学创作和文学语境，是聚焦于作家、作品以及文学制度文学环境之上的，这是目前"重返八十年代"研究的主潮和主攻方向。

但八十年代文学的辉煌灿烂之处并不仅仅在于文学创作的硕果累累，还在于文学批评所取得的巨大成就，更确切地说，八十年代的文学创作之所以如此辉煌繁盛，其中有相当大一部分的功劳要记在文学批评的互动甚至是驱动之上。因此，在一定意义上，八十年代的文学批评就是那把开启八十年代文学宝塔的钥匙，研究整理八十年代文学批评的发展才能真正找到八十年代文学创作繁盛的秘密。从文学史的角度来讲，是八十年代文学批评与文学创作的紧密结合、水乳交融，共同浇筑了八十年代的文学大厦，二者是一个有机结合体。虽然中国文学发展的每一个阶段都存在着文学创作和文学批评，但二者之间的关系并不是在每个时代都如此紧密地相互缠绕，共生共建。这种特殊的"关系"和状态也是八十年代文学特有的历史风景，应成为当下文学研究的关注点。

另外，从文学批评发展史的角度来看，作为文学发展之一翼的中国当代文学批评在八十年代完成了历史性的转型，进行了自"五四"新文学以来最为彻底也最为激进的一次自我变革。在这个过程中，尽管也付出了"极端的代价"，但其积极的影响和丰厚的遗产仍是当代文学批评发展史上最为宝贵的资源之一。因此，梳理和研究八十年代文学批评的发展历程，也应该成为"重返八十年代"的动力和方向之一。将其作为独立的考察对象而非文学创作的附属物，将有助于丰富和完善中国文学批评的历史脉络，也有助于给当下问题重重的文学批评提供参照和借鉴。但从目前学界的研究方向来看，对于文学批评的研究一直是比较薄弱的，尤其是对被遮蔽在八十年代文学创作光芒之下的八十年代文学批评的研究更是严重不足。因此，本选题在很大程度上具有填补文学研究薄弱环节的意义，也会对"五四"以来中国现代文学批评史的研究起到完善和补充的作用。

二、概念界定

"先锋"原指"行军或作战时的先遣将领或先头部队"，如《三国志·蜀志·马良传》："时有宿将魏延、吴壹等，论者皆言以为宜令为先锋。"也常用来比喻具有前卫意识、起到先导作用的精神。在艺术领域，先锋一词常被作为一种具有革新意识和开创价值的精神来使用和推崇，与前卫、新潮等词语混合使用。比如二十世纪八十年代的先锋小说也常被称为新潮小说，先锋批评也常被称为新潮批评。比如著名学者吴义勤对学界影响深远的对于先锋文学思潮及其作家作品的研究专著命名为《中国当代新潮小说论》；李洁非、杨劼主编的"80年代文学新潮丛书"将批评卷命名为"新潮批评选粹"。马俊山颇具影响力的对于先锋批评进行反思与总结的论文《新潮批评的僭妄与困顿》也将这一思潮称为"新潮批评"。

"先锋批评"一般是指具有创新精神和内涵的文学批评文本或思潮，但在中国当代文学批评的语境之中，这个概念的内涵和外延常常边界模糊，游移不定。一般来讲，可以分为广义和狭义两种，广义的先锋批评是指具有创新性和探索性的文学批评，并不专门针对某个特定时期、特定文学流派或特定的作家作品，只要在文学批评的范式、理论、方法上有所创新，其批评实践即可被归入先锋文学批评的范畴，在这个意义上，先锋文学批评的范围和内涵是宽广的，向所有具有创新精神的批评实践敞开大门。狭义的先锋文学批评专指围绕1985年先锋文学思潮所生成的批评文本，比如围绕马原、残雪、苏童、余华、格非等先锋文学作家的文学活动、文学理念和作品文本进行的批评实践，是附着在先锋文学本体上的批评活动，范围相对狭窄和固定。比如学者杨扬在《先锋文学、先锋批评在当代》一文中就将"先锋批评"的概念限定为专门针对"先锋文学"所产生的批评活动上。

本文所要论及的先锋文学批评在时间范围和对象上，与上述两种均存在不同，从时间上来看，主要指发生于1980年代（1978—1992）这一时间段内的文学批评，在内容上，主要讨论的是1980年代具有创新性、革命性的文学批评。在具体的研究中，将1980年代先锋文学批评看作是一个流动的潮汐和文学思潮，将这一批评思潮萌发、发展、高潮、衰落的过程作为研究的对象，在批评史的意义上进行纵向的梳理，宏观勾勒这一思潮萌发的历史过程和演变轨迹，也在微观层面努力考察这一时期的批评文本，进而论述这一批评思潮的艺术特征及其历史贡献。

三、研究现状考察

从目前已有的研究成果来看，相比于先锋文学创作研究的热闹与喧嚣，学界对于先锋文学批评的研究相对冷落，研究成果也比较薄弱。

在研究专著方面，目前还没有专门针对1980年代先锋文学批评的专著出现，但从文学批评史的角度涉及1980年代先锋文学批评的专著有如下几部：吴俊主编的《中国当代文学批评史料编年》，以编年体的形式对1949年至2009年的文学批评史进行详细梳理，对于1980年代刊发在各类文学研究期刊上的批评文章有细致整理，按发表时间的先后顺序分阶段整理成册，共十二册，是一部非常实用的进行文学批评研究的工具书。黄曼君的《中国20世纪文学理论批评史》（上下册）是较早出现的对二十世纪文学理论批评史进行系统梳理的专著，其前身是 1997 年出版的《中国近百年文学理论批评史 1895—1990》，后经过修改、增写以及更名之后，于 2002 年再度出版。该书梳理了从十九世纪末至二十世纪末跨度近百年的文学理论批评发展历史，对各个时段的批评理论、批评特征及批评成就有较为均衡的论述，其中第四编的前三章是对 1980 年代文学批评的研究（大陆部分），从宏观的角度归纳了这一时期的主要特征，对几次重要的文学理论论争有详细介绍。古远清的《中国当代文学理论批评史》（1949—1989）是对 1949 年新中国成立之后中国当代文学批评的梳理，时间跨度为四十年。其中第二编为专门针对 1980 年代文学批评的内容，他将 1980 年代的文学批评概括为 "'后毛泽东时期'的文学理论批评"，并以 "多元化" 来作为总特征予以概括，该书侧重于对 1980 年代纷繁多样的文学理论和具有代表性的理论批评家进行详细的介绍和研究，范围上也包括了小说批评、诗歌批评、散文批评、报告文学批评以及戏剧批评等诸多领域，研究对象比较全面。陈厚诚、王宁合作主编的《西方当代文学批评在中国》一书对于 1980 年代在当代文学批评领域产生了重要影响的各西方文学批评流派在中国的传播实践进行了深入研究，论述对象包括精神分析学批评、英美新批评、现象学批评、神话—原型批评、西方马克思主义批评、结构主义批评、解释学批评、接受美学与读者反映批评、解构主义批评、女性主义批评、新历史主义批评、后殖民主义批评。这些在 1980 年代初先后进入中国的西方文学批评流派，对于 1980 年代当代文学批评的发展产生了根本性的影响，它们作为一种外来的武器，深刻影响了 1980年代的文学创作和文学批评。该著作对于各批评流派 "在中国" 的传播实践有深入的研究，是研究 1980 年代文学批评的重要通道和参照。

从上述对研究专著的分析不难看出，目前针对文学批评的研究更侧重于对"史"的梳理，着眼于整个二十世纪或1949年新中国成立之后历史时段的批评史研究较多，尽管1980年代先锋文学批评作为重要的论述对象之一也在研究范围内，但由于范围的宽泛，很难对这一时期的文学批评发展的细部做更深入的研究。相比较而言，一些硕士论文反而对这一领域做出了比较深入的研究和总结。

近几年来，随着"重返八十年代"研究的不断升温，一些硕士研究生也将关注的热情和目光投向了1980年代的文学批评这一领域，并结出了优秀的成果。比如辽宁大学何秀雯的《1980年代先锋文学批评研究》考察了1980年代先锋批评的主要特征、批评力量和阵地以及式微的原因等方面，提出了许多有创造性的见解。华东师范大学陈碧君的《"先锋"的崛起与没落——论八十年代的先锋批评》也是以1980年代先锋文学批评为对象的研究论文，从先锋文学批评诞生的时代语境、主要内容、价值取向、先锋批评话语的建构过程及其困境进行论述，对于先锋文学批评发生及没落的主要原因有较为深入的分析和总结。江西师范大学杨欢欢的《中国当代先锋派小说家的文学批评研究——以余华、格非、马原、残雪的"文学笔记"为例》以余华、格非、马原、残雪几位先锋派代表作家的"文学笔记"为研究对象，研究先锋派（作家）文学批评的特征和价值，从广义的角度来讲，这也是属于先锋批评的组成部分。

上述几篇论文都是较为紧密地围绕"先锋文学批评"展开的具有代表性的研究论文，且都在不同方面有建设性的成果。值得注意的是，三篇论文分别完成于2016年、2012年和2014年，均刚刚完成不久，由此可见，伴随着"重返八十年代"的热潮，在学院内部的研究生群体也开始了对于这一薄弱地带的掘进。

从研究深度上来讲，目前对于"先锋文学批评"研究最卓有成效的成果是发表在文学期刊上的研究文章，这些文章虽然篇幅不长，看上去也比较分散，但它们从不同角度切入了先锋文学批评的内部，虽短小分散，却富有锐度和深度。比较有代表性的文章有：马俊山《新潮批评的僭妄与困顿》，潘凯雄《回望80年代文学批评》，吴亮、李陀、杨庆祥《八十年代的先锋文学和先锋批评》，叶立文《"复述"的艺术——论当代先锋作家的文学批评》，晋海学《马原小说叙事与中国先锋文学批评的阐释困境》，程德培、白亮《记忆·阅读·方法——程德培与新时期文学批评》，李建周《批评的圈子与尺度——以残雪的接受为例》，程光炜《80年代文学批评的"分层化"问题》，杨庆祥《"新潮批评"与"重写文学史"观念之确立》，等等。这些文章创作的时间不同，跨度很大，研究形式也多样化，有访谈，有对话，有回忆，有总结。关注点也比较分散，遍及这一领域的各个角落。但实际上这些分散的文章正在慢慢汇聚成一个整体，一点一点完成对于这一领域研究的拼图。如果说专著性的研究成果算是体量庞大的重型武器，那么这些零散的论文犹如战场上的轻骑兵，正在以先遣队的身份进行前期的勘察和试探，正在为更全面的战斗进行铺垫和准备。正是这些看似分散的力量，在逐渐汇聚起向这一领域全面进军的动力。

从上述对几种不同形式的关于这一领域的研究成果的分析不难看出，对1980年代先锋文学批评的研究从整体上看仍然是薄弱的，不够充分的，它既没有建立起属于文学批评自身的独立的史学系统，也没有完成对于具体批评实践活动和研究成果的清理，可以说，有待开掘的工作是十分繁重和迫切的。但与此同时，也应看到学界近几年来对于这一领域的重视一直在不断加强，投入这一领域的研究兵力一直在不断增加，富有成效的研究成果也不断涌现，因此，我们也对这一领域研究的前景充满信心和期待。这就是目前学界对于这一领域研究的基本现状。

四、研究目标及思路

尽管研究对象是确定的，即1980年代的先锋文学批评，但研究的思路和方法必然跟研究的目标是紧密绑定在一起的，不同的研究目标采用不同的方法和思路。

程光炜在谈及"重返八十年代"的文学研究时曾提示说："我们的研究应当从批评家这里开始，把他们因时代局限而有意无意遗留的工作作为新的起点，然后回过头来注意作家在自述中究竟说了些什么，他们所说的究竟与作品是什么关系，在什么层面上有关系，同时还要反复再三地重读作品，了解作者的原始想法，了解小说的每一个细节，用铁锤仔细敲打每一个断面的碎屑，重找历史信息，辨别微妙的用意，发现哪些部分已经被批评家总结过了，哪些部分还没有被总结，了解被总结照亮了的部分，把掘进性的研究朝着没有被照亮的部分谨慎推进。因为，批评本身就是一种有创造性的有价值的工作，我们虽有不满，但我们的重新研究必须也只能从他们那里开始。否则，如果说批评家已在外围构筑起一道无形的高墙，我们怎么能越过这道高墙再一次地走进作家，走进作品？文学史研究就是与文学批评的博弈，同时也是一种对立、妥协和协商。"[①] 在这里，程光炜所强调的是针对这种面向过去和历史的研究，要从批评家遗留的工作出发，同时绕过文学史已有叙述的"高墙"，对历史现场进行重新打捞，对作品文本进行重新细读，在此基础上对研究对象进行重新估值

---

① 程光炜.批评的力量——从两篇评论、一场对话看批评家与王安忆《小鲍庄》的关系［J］.南方文坛，2010，（4）.

和定位，这个过程在一定意义上是与现有文学史叙述的一种论辩和博弈，但惟其如此，"重返"才有必要和价值。可以说，这不仅是"重返八十年代"的思路，也是所有"重返历史"性研究的基本思路。本论文的基本思路也在此轨道上展开。

在本论文的研究过程中，我将最大限度地"重返"八十年代的历史现场，借助于八十年代的政治文献、文学期刊、会议记录以及作家访谈、作家通信、作家日记、作家回忆录等多种历史见证媒介重新打捞历史碎片，在对这些碎片化资料进行阅读和梳理的基础上努力还原先锋文学批评的发生过程和演变轨迹，从"批评史"的角度完成对于"先锋文学批评"发生的时代语境和发展脉络的整体描述。在这个过程中，本文力争做到史论结合。在勾勒先锋文学批评历史过程的同时，从细部入手进行"批评阵地""批评力量""话语特征"的梳理与总结，在此基础上结合已有的文学史结论，对于"先锋文学批评"进行反思与总结，祛魅与建构，给予先锋文学批评更为客观和公正的评价。

第一章　先锋文学批评诞生的时代语境

历史上，任何具有革命性的运动和思潮的发生都不是偶然和突发的，都有一个隐蔽而又艰苦卓绝的酝酿过程。具体到 1980 年代先锋文学批评思潮的发生，亦遵循着这一历史规律。考察这一思潮诞生的时代语境，需要从政治语境和文学语境两个层面进行，尤其是在 1980 年代文学与政治的关系貌似宽松实则紧密结合的特殊状态下，对政治语境变动的考察就变得更加必要。实际上，文学语境的大变动是在政治语境发生根本性变化的前提下发生的，离开了这一重要基础和前提，1980 年代的文学创作繁荣和文学批评变革都将失去发生的可能。

第一节　1980 年代的政治语境

首先有必要对"1980 年代"做出限定和说明。从通常意义上来讲，1980 年代所指代的应该是 1980—1989 年这十年的历史时段。正如我们现今常用的"70 后""80 后"的概念，也是用的这种分期方法，这是一种基于时间顺序自然推演的归纳方法。但在本文的研究中，基于中国当代社会历史和文学史的特殊情况，将 1980 年代这一概念设定的开始时间要早于 1980 年，从 1978 年开始算起。因为这一年有一个对中国当代历史产生全方位深远影响的重要政治会议：十一届三中全会召开了。虽然文学有其自身的运转体系和独立性，但作为社会有机整体的一部分，文学的变化与政治的变动关系紧密，尤其是在历史的车轮刚刚走出"文革"十年泥潭的情势下，二者之间的相互影响要更为深刻。这种特殊的划分方式，在目前的文学史研究中也基本是一种共识性的看法。比如学者程光炜也认为，"对'80年代'，我个人倾向于把时间界定在1978年到1989年这十年。当然也可以稍微放宽一点，把1992年当作终结点。理由是，1978年召开的十一届三中全会，正式宣布了'80年代'的开始；而1989年，则意味着这一理想浪漫化的历史时期的终结，不过它真正的收尾还是1992年的'南巡'。"① 程光炜将1978—1992年这一历史时段认定为"80年代"，其依据是这一时期的文学具有整体性和统一性，不仅在政治上具有政策上的连续性，文学自身在发展状态上也基本保持了相同的节奏。本文将1980年代的开始时间限定于1978年，也是基于这样一种考虑，即从这一年开始，上层政治开始了大幅度的重心调整和政策转向，随之而来，这种社会全方位的变动也逐步渗入到文学创作和文学批评领域，引发了当代文学批评一次较为深远的、带有根本性特征的变革。

纵观中国文学史，文学与政治的关系始终"暧昧"地纠缠在一起，虽然在不同历史时期紧密程度有所不同，但相互之间的渗透与影响却实实在在地影响着社会历史以及文学自身的进程。从古代的"学而优则仕"，文学作为通向政治庙堂和上层社会的进身之阶，到近代以来康有为、梁启超等文人知识分子发起的维新变法，寓政治理想、文学理想于社会革新运动，可视为一种传统，具有一脉相承之性，其间蕴含着复杂的文学—政治的互动关

---

① 程光炜. 重返80年代文学的若干问题［A］. 文学讲稿："八十年代"作为方法［M］. 北京：北京大学出版社，2009：77.

系。这种关系一方面体现着文人知识分子"兼济天下"的人生抱负与情怀，拉近了文学与政治的距离，同时也不可避免地将文人知识分子"政治化"了，这种"政治化"又反过来深刻地影响了文学自身的面貌和发展进程。这种关系长期存续的一种结果便是，在社会历史发展的许多重要时刻，都能看到文人知识分子的身影，虽然有时光彩照人，但有时不免令人黯然叹惋。

文学与政治之间的这种缠绕关系在预示着文学迈入现代阶段的"五四"新文学运动之后，变得愈发凸显，影响也日渐增大。从整体来看，"五四"新文学运动之后的中国文学与政治的关系处于越来越紧密的状态，直至"文革"，这种"高度一体化"的关系达到一个极致状态。尽管文学与政治素来关联甚多，但二十世纪中国文学与政治高度一体化的结合程度仍然是非常态、具有特殊性的。这其中有抵御外族侵略、争取民族救亡的外部因素，也有完成社会历史革命和实现现代化的内部诉求。是中国社会发展的客观需求决定了现代文学发展的特殊轨迹，同时也是革命语境下文学自身寻求历史价值的主动选择。

如果从时段划分，抗战爆发前，可以视为一个相对独立期。"五四"文学启蒙在唤醒民众上产生了重大效应，在揭露政治黑暗、推动民主进步上发挥了重要作用。需要说明的是，这一时期的文学尽管受到国民党当局的严控，但其自身的独立性仍然是较强的，这一方面得益于"五四"运动开启的启蒙革命影响深远，另一方面也得益于国民党当局忙于政治斗争和军事斗争，对于相对边缘的文学的管控相对忽略和放松。因此，在"五四"新文学运动的催发之下，新文学展现出旺盛的生命力和活力，发展迅速，且独立性与批判性较强，与革命运动遥相呼应。抗日战争开始之后至"文化大革命"结束，是文学与政治的关系不断走向"一体化"的过程，且呈现出愈来愈强的整体走势。至"文化大革命"时期，到达一个极端状态。这一长达四十年的时段，文学作为"工具"以塑造政治意识形态的方式深度介入了革命历史的发展进程，在历史交叠更替的过程中发挥了十分重要的作用。但与此同时，作为革命方式和手段之一种的身份和定位也相对消解了文学自身的独立性，甚至被认为中断了"五四"所开启的启蒙之路。文学在社会革命中体现了自身价值，也失去了自身的某些特征和发展的可能。"解放区文学""十七年文学"以及"文革文学"即是文学与社会革命深度融合下生长出的富有时代特征的精神花朵。在不同历史时段，人们对于这一阶段文学价值的认同并不一致，尤其是对于其"文学性"高低争论不已。但不管对这一时段的文学历史如何认定，文学的转向是不争的事实。四十余年之后，在中国社会历史革命完成、社会主义建设深入推进以及西方文学相继转入现代阶段的整体背景下，中国文学结束"一体化"状态再次转向也是历史的必然，而转捩点则出现在 1978 年。

1978 年 5 月 11 日，《光明日报》发表特约评论员文章《实践是检验真理的唯一标准》，新华社当天即向全国转发，12 日，《人民日报》《解放军报》全文转载。很快，关于真理标准问题的大讨论在全国思想理论界迅速展开。这个讨论实际上是针对"文化大革命"结束以后所奉行的"两个凡是"方针的，目的在于清除教条主义的封冻。尽管大讨论遭到了"两个凡是"派的抵制，但顺应潮流的大讨论最终在 12 月召开的十一届三中全会上得到了公正的评价，"会议高度评价了关于实践是检验真理的唯一标准问题的讨论，认为这对于促进全党同志和全国人民解放思想，端正路线，具有深远的历史意义"。① 可以说，真理标准问题大讨论为十一届三中全会的召开做好了思想理论上的铺垫和准备。

---

① 中共中央第十一届三中全会公报［A］. 中国共产党的七十年［M］. 北京：中共党史出版社，1991：489.

在十一届三中全会上，邓小平作了题为《解放思想，实事求是，团结一致向前看》的报告，充分肯定了真理标准问题讨论的科学性，同时指出要做两个方面的转变：一是要解放思想，实事求是。二是要进行党和国家工作重心的转移，即从以阶级斗争为纲，转移到以经济建设为中心上来。二十年后，江泽民在十五大报告中高度评价了邓小平的此次讲话，认为讲话是："开辟新时期新道路，开创建设有中国特色社会主义新理论的宣言书。"从实践的角度肯定了"两个转变"的科学性和正确性。对于思想和文学领域而言，这其中"思想解放"的号召所带来的改变无疑是最为重大的，它像一面旗帜，引发了头脑风暴，引领了观念变革。

十一届三中全会的召开及其发出的"解放思想"的号召，进一步激发了文艺界的讨论热情。1978 年底至 1979 年初，《文艺报》《文学评论》等重要文学报刊通过召开座谈会和发表讨论文章的方式，继续将真理标准问题讨论引向深入。1979 年，中央做出了撤销《部队文艺工作座谈会纪要》的决定，预示着长期以来禁锢并压制人们思想的"左"倾理论彻底消除，社会各界迎来了自由的春天。

可以说，十一届三中全会从两个层面对新时期文学的发展产生了重要的影响。一是所发出的关于解放思想的号召，不仅对于广大文艺工作者是一种巨大的鼓舞，同时也是一种启发和启蒙，当代文学发展要解放思想，突破原有的理论束缚，才有可能迎来新生。二是这一信息来自上层建筑的顶层，尤其是考虑到"文化大革命"十年刚刚结束，这种政治式的号召消除了很多人的顾虑，得以全身心投入新的征程中。此后文学界迅速涌现出的一批"归来者"无疑是这种号召的结果。一批"重放的鲜花"也以作品形式佐证了新政策的实际效果。

对新时期文学产生重大影响的另外一次政治会议是 1979 年

10 月 30 日在北京召开的第四次文代会。会议上，邓小平代表党中央、国务院发表《祝词》，他在《祝词》中指出："党对文艺工作的领导，不是发号施令，不是要求文学艺术从属于临时的、具体的、直接的政治任务，而是根据文学艺术的特征和发展规律，帮助文艺工作者获得条件来不断繁荣文学艺术，提高文学艺术水平，创作出无愧于我国伟大人民、伟大时代的优秀文学艺术作品和表演艺术。"[1] 这一对于文学与艺术关系的表态，回应了十一届三中全会至第四次文代会召开近一年时间内文艺界对于"文学与政治"关系的讨论，它否定了"从属论""工具论"等长期占据中国当代文学批评的核心理论，解除了几十年来背负在文艺身上的枷锁，重新赋予了文学以自由和独立性。

不久之后，1980 年 7 月 26 日，《人民日报》发表社论《文艺为人民服务，为社会主义服务》，把"二为"方针确立为新时期文艺工作的基本方针和政策，代替了毛泽东《在延安文艺座谈会上的讲话》中提出的对中国当代文艺影响深远的"文艺从属于政治"的基本方针。尽管邓小平在《目前我们的形势和任务》中再次补充强调："这当然不是说文艺可以脱离政治。文艺是不可能脱离政治的。"[2] 但显然，文艺为社会主义服务的范围比单纯为"政治"服务的范围要大了许多，这就大大拓展了文艺表现的空间，留下了变革的缝隙与可能。

在此之后，虽然有 1983 年"清除精神污染"运动的短暂反复，但整体的政治环境是比较宽松，沿着"解放思想"的大方向向前发展的。1984 年 12 月，在中国作协第四次作代会上，胡启立代表党中央发表祝词，在肯定新时期文学成绩的基础上，进一步反思文艺政策，"社会主义文学的巨大成绩，是在党的领导下

---

① 《文艺报》1979 年第 11—12 期合刊。
② 邓小平. 邓小平文选［M］. 北京：人民出版社，1983：220.

取得的。但是，党对文艺的领导确实也存在一些缺点，主要是：第一，党对文艺工作的领导，存在着'左'的偏向，在一个相当长的时期，干涉太多，帽子太多，行政命令太多。第二，我们党派了一些干部到文艺部门和单位去，他们是好同志，但有的不大懂文艺，这也影响了党同作家和文艺工作者的关系。第三，文艺工作者之间，作家之间，包括党员之间，党员和非党员之间，地区之间，相互关系不够正常，过分敏感……我们认为，必须改善和加强党对文艺事业的领导，使党的领导能够适应发展变化着的新的形势"。① 三个层面的反思分别对应的是"文革"结束前和"文革"结束后出现的一些"左"倾问题，包括刚刚过去的"清污"运动，这种反思是有针对性的，也是客观合理的。在此基础上，会议提出了"两个自由"（创作自由、评论自由）的口号，"列宁说过，社会主义文学是真正自由的文学。我们党、政府、文艺团体以至全社会，都应该坚定地保证作家的这种自由"。"评论自由是创作自由的一个组成部分，没有科学的、说理的、高水平的评论，社会主义文学的发展是不可能的"。"两个自由"口号进一步重申了党中央自十一届三中全会以来的基本文艺政策，即赋予文艺发展以相对的自由和独立，解除长期以来附着在文艺上过于沉重的枷锁。这种表态式的态度，进一步鼓舞了正在探索中的新时期文学。

上述几次重要的会议均发生在 1980 年代中期以前，从历史发展的角度来看，在"文革"结束之后，这几次会议从根本上决定和影响了社会的整体格局、发展方向和社会氛围。文学是社会历史的一部分，其变化必然被限定在社会整体性变化的框架之内。在长期与政治一体化的背景下，政治的变化会在根本上影响

① 胡启立．在中国作家协会第四次会员代表大会上的祝词［J］．文艺研究，1985，（5）.

到文学自身的发展。1980 年代文学黄金时代的到来，是在政治变化的前提下发生的，是政治语境中的思想解放和切实的文艺政策的调整给文学自身的变革创造了必要的前提条件，也是在政治变轨的大潮中，文学在既定框架内实现自身的变革和突破。因此，从根本上说，是 1980 年代政治语境的调整催生和带来了新的文学语境，而文学语境的变化又进一步带来了文学创作和文学批评的大转变。

第二节　1980 年代的文学语境

"文革"十年，是文学被冰冻的十年。这体现在：一大批文学机构停止运转，一大批文学期刊停刊，一大批作家停笔。这种状况给当代文学发展造成了难以估量的损失。"文革"结束后，在党的新国家政策和文艺方针的引领之下，政治语境发生了大的转变，文学语境也发生了重大变化，这表现在两个方面：一是一些"文革"中被迫停止运转的文学机构和文学刊物重新恢复，它们犹如文学肌体的骨骼，慢慢激发出文学的新活力，这些主要文学阵地的重建给当代文学的发展带来了新的可能。二是开启了向西方学习的新一轮高潮，一大批西方文学理论和文学作品被译介到国内，打开了人们的视野，冲击了僵化的思维和观念，引发了创作观念和批评观念的大变革。与西方文学接轨，走出国门、走向世界成为 1980 年代文学创作与批评发展的一个重要面向。这种新的文学语境，是 1980 年代文学"黄金时代"得以生成的重要内部条件和外部契机。

一、文学机构与文学报刊的恢复

1976 年"文革"结束之后，一大批在"文革"中被迫停止运转的文学机构恢复工作。中国文联和中国作协是党在文艺界的领导机构，肩负着落实意识形态和引领创作的历史重任，"文革"中，这两家重要的文学机构相继停止运转，一大批成员成为"革命"对象。"文革"结束后，两家机构相继恢复工作。1978年1月10日，中央成立恢复中国文联以及各协会的筹备领导小组。同年5月，中国作协正式恢复工作。1979年10月，第四次文代会的召开，标志着党在文艺领域的领导机构重新恢复运转。各省市文联、作协等文艺机构也陆续恢复。文学机构的重建给文学界带来了巨大的鼓舞和信心，也奠定了文艺复苏的重要前提条件。

与此同时，一大批文学报刊被批准恢复或设立，这些报刊平台的重建成为文学重放生机的沃土。

文学创作类报刊迎来复刊的有：《人民文学》《诗刊》《人民戏剧》《人民音乐》《美术》《舞蹈》《儿童文学》《世界文学》《上海文艺》（1979年恢复原名为《上海文学》）《收获》《星星》《文学评论》《文艺报》等。以上报刊在"文革"结束之后的两三年间相继迎来了复刊，实现了文学阵地和平台的恢复和重建。

更能显示文学生产力即将获得大解放的是一大批文学报刊的创刊，发表平台的增多一方面鼓舞了作家们的创作热情，也真切地为文学作品提供了展示自身的舞台。

在"文革"结束初期新创刊的文学创作类报刊有：1978年3月，大型文学刊物《钟山》在南京创刊。8月，大型文学刊物《十月》在北京创刊。1979年1月，《读书》在北京创刊。1979年4月，文学刊物《花城》在广州创刊。7月，《当代》在北京创刊。同月，《清明》在合肥创刊。1980年1月，《小说月报》在天津创刊。同月，《散文》在天津创刊。同月，《芙蓉》在长沙创刊。1981年4月，《文学报》在上海创刊。5月，《小说界》在上海创刊。1982年1月，《青年文学》在北京创刊。3月，《昆仑》在北京创刊。4

月，《特区文学》在深圳创刊。

新创刊的文艺评论类刊物有：1978 年 12 月，《新文学史料》在北京创刊。1979 年 5 月，《文艺研究》创刊。9 月，《外国文学评论》在北京创刊。12 月，《中国现代文学研究丛刊》在北京创刊。1980 年 6 月，《文艺理论研究》在上海创刊。1982 年 4 月，《当代文艺思潮》在兰州创刊。1984 年，《当代作家评论》在沈阳创刊。1985 年 1 月，《评论选刊》在河北创刊。同年，《当代文艺探索》在福建创刊，《批评家》在山西创刊。1985 年 11 月，《文学自由谈》在天津创刊。1986 年，《文艺理论家》在江西创刊。9 月，《文艺理论与批评》在北京创刊。①

除了文学期刊之外，出版机构也是推动文学发展的重要力量。"文革"前，一些经典文学作品的生产过程中都有出版机构的身影。比如"十七年时期"的文学经典《红岩》《红日》《红旗谱》《创业史》，都出自中国青年出版社（前身是青年出版社与开明书店），《保卫延安》《林海雪原》《青春之歌》《新儿女英雄传》《野火春风斗古城》《三家巷》《上海的早晨》《山乡巨变》均出自人民文学出版社。在当时的文学机制之下，这些出版社并非是单纯的出版机构，仅负责后期的编辑出版，它们同时也是文学组织机构，在作家前期的创作过程它们也都有很深程度的参与，实际上是文学创作的组织者和推动者。以柳青《创业史》的创作出版过程为例，从 1960 年出版第一部，至 1979 年出版第二部下卷（其时柳青已于一年前去世），前后时间跨度长达二十年，在这二十年的过程中，柳青多次赴北京与中国青年出版社的编辑进行交流、修改，编辑的许多意见都被他吸纳进作品中，这样的过程，出版社及其编辑已不仅仅是出版和编辑的角色，更是组织者

---

① 参见万水.文学观念变革的时代标本——《当代文艺思潮》概况［D］.大连：辽宁师范大学，2016.

甚至是共同创作者的角色。在"文革"中，中国青年出版社和人民文学出版社等一大批出版机构都陷入了瘫痪，出版环节的沦陷对于文学创作的影响是致命的。"文革"后，这些出版机构也相继恢复，像《创业史》第二部下卷的出版即是在1979年恢复不久进行的，这些出版机构的恢复运行也为文学的复苏提供了重要的前提条件。

从对上述新时期开始之后文学领导机构的重新设立，文学期刊、文学出版机构的重新恢复的梳理可以看出，新时期之后，在文学阵地建设方面，一直处于不断加强的状态，在文学期刊上，兴起了创刊的热潮，这种热潮一直持续到1986年的中后期。这说明，从上层建筑来讲，对于文学这支"队伍"在改革开放新征程中是有很高期待的，"改革开放"不仅仅是经济重心的转移，也是思想的解放和开放，而文学无疑是思想领域的一支重要的生力军。这些实实在在的阵地建设为创作的复苏和批评的变革打下了坚实的基础。

二、文艺理论创新的迫切需求

"文革"结束后，文学领导机构的重新恢复与报刊、出版社的重新设立和运营为文学的新发展奠定了基础，在文学领域，最先做出反应的是文学创作。

1976年后，主要以控诉和反思"文革"对人的戕害的"伤痕文学""反思文学""朦胧诗"等文学思潮相继浮出水面，显示了不同于以往审美特征的文学新气象。如果说较早出现的"伤痕文学"和"反思文学"还有较多"左翼"文学痕迹的话，稍晚出现的"朦胧诗"则展现出一种与过去的诗歌样态截然不同的面貌和理念。

"朦胧诗"常常被视为新时期文学变革的先导，其先锋性和革命性从其被命名的过程就可以看出来。"朦胧"一词最早见于章明的文章《令人气闷的"朦胧"》:"有少数作者大概是受了'矫枉必须过正'和某些外国诗歌的影响,有意无意地把诗写得十分晦涩,怪僻,叫人读了几遍也得不到一个明确的印象,似懂非懂,半懂不懂,甚至完全不懂,百思而不得其解……为了避免'粗暴'的嫌疑,我对上述一类的诗不用别的形容词,只用'朦胧'二字,这种诗体,也就姑且名之为'朦胧体'吧。"① 这就是"朦胧诗"命名的由来。从章明的态度不难看出,"朦胧诗"登台之初带给人们的阅读感受以及获得的评价,沿用"十七年时期"解读政治抒情诗的方法和路径去寻找朦胧诗的价值和意义显然是不会有什么收获的。"读不懂"成为一种常态和普遍性的评价。许多像章明一样抱着谨慎态度的批评家也感到了解读的难度。而这种"读不懂"的现象所反映的正是新时期理论批评建设的滞后。黄曼君在谈到文学理论批评史与文学史关系的时候,认为文学理论批评"与创作实践之间往往存在着矛盾和分歧:有时候,创作向前发展了,理论批评还是旧有的一套,不能对新的文学实践有所概括和提升;有时候,进行了新的理论批评探索,作出了理论贡献,而适应这种理论概括的创作实践却跟不上来"。② 就新时期文学而言,虽然都在十一届三中全会所划定的历史轨道上运行,都在解放思想的春风中获得了充足的动力和空间,在1978—1985年的历史时段内,当代文学理论批评是明显滞后于文学创作的,它一直处于黄曼君所说的第一种状态中,即"创作向前发展了,理论批评还是旧有的一套"。这种情况一直到1985年之后才有较大的改观。

---

① 章明.令人气闷的"朦胧"[J].诗刊,1980,(8).

② 黄曼君.中国近百年文学理论批评史[M].北京:中国文联出版社,2002:9.

也就是说，1980 年代文学的前半段，文学创作充当了引领和督导文学理论批评发展的助推器，尤其是寻根文学思潮的涌现，从根本上改变了当代小说的艺术风貌，它以与传统文化的结合完成了大幅度的"后撤"，让小说不仅从社会改革的前沿阵地上撤出，甚至都没有在火热的现实生活中停留，直接退到历史与文化的深处。这种"后撤"使小说脱离了长期以来社会主义现实主义的惯性轨道和叙述模式，实现了当代小说的一次革命性的蜕变。但这时候的理论批评明显没有跟上创作发展的节奏。我们可以以较早出现的寻根文学作家李杭育的代表作《最后一个渔佬儿》刊出前后的境况来做一个考察。

李杭育的《最后一个渔佬儿》发表于 1983 年，是他的"葛川江"系列小说的第二篇，另外两篇是《葛川江上人家》和《沙灶遗风》。三篇小说分别发表在了《当代》《十月》《北京文学》三个有影响力的老牌文学期刊上。李杭育的小说在创作界很快引起反响，他受邀参加了《文艺报》和《人民文学》编辑部召集的全国农村题材小说创作座谈会，其中《沙灶遗风》获得了 1983 年的全国优秀短篇小说奖。《上海文学》杂志主编茹志鹃关注并约见了他，并向其约稿。这些情况均能反映出其在文学创作圈所获得的青睐和评价。但在文学理论批评圈，一些权威的批评家却没有任何的反应，这令李杭育十分困惑。在一次作品研讨会上，李杭育把自己这种困惑诉说给青年批评家吴亮、程德培和李庆西，他们有如下一段非常精彩的对话：

李杭育：为何北京的权威评论家们对我不感兴趣？

德培回答：他们还没想好怎么说你。

吴亮插话：你的小说超出了他们的思维惯性和话题范围。

德培幽默一把：老革命遇上了新问题。

吴亮有点幸灾乐祸：所以他们失语了。

庆西插话：弄不好就一直失语下去了。

我有点不敢相信：这么说，他们的时代结束了？

德培很肯定：起码是快了……

　　虽然李杭育坦承对话有一定的加工成分，但核心意思未变。在这个看似随意的对话中，其实道出了那个时期文学理论批评界的一个尴尬状态，即占据主流意识形态和代表官方立场的主流批评界处于"失语"的状态，这种"失语"或许有一定的偏见的原因，但更重要的原因在于言说的困难，并不是不想说，是面对的言说对象超出了习惯的思维和认知范畴。

　　在回首1980年代文学的前半段（1978—1985）时，一个普遍性的认识是文学创作的发展大大超出了人们的预料。中国社科院文学研究所在1985年编选的《新时期文学六年》的书中这样总结："谁也没有料到，在经历'文化大革命'十年劫难之后，社会主义中国竟如此迅速地重新站立起来。更没有会料到，在'百花凋零，万马齐喑'的十年文坛荒芜后，中国的社会主义文学非但迅速复苏，而且短短六年间便达到空前繁荣的境地。"[1] 的确，这几年的文学创作在解除了条条框框的桎梏之后，犹如脱缰的野马，在思想解放的光明大道上肆意驰骋。相比较之下，文学理论批评虽然也从未停止前进，但前进的幅度却不能与文学创作保持一致，正是这种文学创作与文学理论批评之间的错位状态，促使当代文学理论批评加速变革。在这个过程中，色彩斑斓的文学创作现场不仅提供了驱动力，也提供了试验场。

　　概括而言，在1976年"文革"结束至1980年代中期的历

----

① 中国社会科学院文学研究所当代文学研究室. 新时期文学六年［M］. 北京：中国社会科学出版社，1985：1.

史时段内，文学思潮的活力奔涌与文学理论的相对滞后形成鲜明的对比。这种对比的一种直接后果即是文学理论批评渴求新的变革，唯有通过自身变革才能实现与文学创作的同频共振、双翼齐飞。

三、西方文论的大量译介和引进

尽管说 1980 年代文学理论批评的发展滞后于文学创作，但并非是指其原地踏步，止步不前，这种滞后一方面是相对于文学创作快速发展的节奏，另一方面是文学理论批评自身发展的步伐稍慢。尽管偏慢，但文学理论批评界的变革努力却从未停止，一直在不停推动中。

从 1978 年思想界的真理标准问题大讨论开始，文艺界的理论探索一直在持续深入。"朦胧诗"出现之后，引来一片责难，理论批评界谢冕、孙绍振、徐敬业等人相继发表了《在新的崛起面前》《新的美学原则在崛起》《崛起的诗群——评我国诗歌的现代倾向》等文章，这些被后来者称为"三个崛起"的理论批评文章，不仅为"朦胧诗"作了有效的辩护，实际上也向传统的批评观念提出了挑战。

1981 年，高行健《现代小说技巧初探》一书出版之后，引起了大家对于文学表现手法的讨论和探索，《文艺报》组织"文学表现手法探索笔谈"栏目给理论批评界提供争鸣探讨的园地，《当代文艺思潮》《文学评论》等重要的理论评论期刊也组织专栏推动探索。理论批评界的这些努力都在有力地推动当代文学批评的发展。

但真正带来革命性变化的力量来自于对西方文学理论的引入。对于西方文学理论的援引并不是 1980 年代才有的事情，1920 年代的"五四"时期便已开始。鲁迅、茅盾、巴金、老舍等现代文学巨匠不仅有远赴日本、法国、英国等地留学学习西方文化的经历，在回国后的文学实践中也翻译了大量日本、欧美等国的经典文学著作和理论作品。这些翻译作品成为"五四"文学的重要师法对象和启蒙工具。"十七年时期"，对于外国文学理论的翻译和引进主要集中于苏联地区，比如别林斯基、巴赫金、什克洛夫斯基等人的理论。这些理论深刻影响了"十七年时期"的文学样貌，比如社会主义现实主义文学理论最早即是在1934年的苏联作协会员代表大会上提出的，后来成为中国文学带有普遍性的一个理论来源和创作方法。"文革"期间，由于内外环境的变化，主流意识形态对于外来文化资源的极端排斥，中国文学与西方曾出现长达十余年的隔绝。直到1980年代，在思想解放的旗帜之下，中国文学与西方文学接轨并努力弥补"文革"十年的空白的愿望非常强烈，向西方学习、"走向世界"成为"改革开放"主旋律之外的另外一个重要主题。这种"走向世界"的迫切愿望首先落实在了对于西方文学资源的引进和借鉴上。

相比于"十七年时期"翻译和引进西方文学和西方文论的方式，1980年代的与西方接轨的方式和途径更为多样化。"十七年时期"专门发表和介绍外国文学作品和理论批评的刊物只有《译文》（1959年改名为《世界文学》，"文革"中被迫停刊，1977年复刊）。1980年代，除了《世界文学》这个老牌期刊之外，又陆续创办了《外国文艺》《译林》《外国文学研究》等多种刊物。另外，有一些综合性的当代文学评论刊物比如《当代文艺思潮》《文学评论》也特别开设了专门介绍外国文学作家作品的专栏。在图书出版方面，成立了专门的面向外国文学的出版机构，比如"外国文学出版社、上海译文出版社、中国对外翻译出版公司"等等。在这些出版机构的推动之下，外国文学作品和理论的译介和出版很快便颇具规模，比较有影响力的丛书有"'20世纪外国文学丛书'、'外国文学名著丛书'（外国文学出版社、上海译文出版社）、'诺贝尔文学奖获奖作家作品集'（漓江出版社）、'诗苑译林'（湖南人民出版社）、'现代外国文艺理论译丛'、'西方学术文库'（三联书店）、'外国文学研究资料'（外国文学出版社）、'20 世纪西方哲学译丛'"① 等等。

　　1980 年代对于外国文学作品和理论的引进在方式和规模上均有明显增多，但更为显著的变化体现在引进资源的范围上，在"十七年时期"，引进比例最高的是苏联文学的作品和理论，向苏联学习、走苏联路线是"十七年时期"借鉴外国文学的"主旋律"。而在 1980 年代，随着政治上与苏联依附关系的松绑，在文学上对于苏联的盲目迷信也遭到清除，尽管这一时期对于苏联文学的引进并未断绝，但范围有了明显的扩大。以影响范围较大的"西方学术文库"为例，它先后翻译引进了尼采的《悲剧的诞生》、卡西尔的《语言与神话》、荣格的《心理学与文学》、什克洛夫斯基的《俄国形式主义文选》、姚斯等的《接受美学文选》、艾柯的《结构主义和符号学——电影理论文选》、本雅明的《发达资本主义时代的抒情诗人》、德里达的《消解批评文选》、马尔库塞的《审美之维》、萨特的《存在与虚无》、巴尔特的《符号学原理》、布鲁姆的《影响的焦虑》、海德格尔的《存在与时间》等。这些理论成为了 1980 年代先锋文学批评最为重要的理论武器，在文学批评完成其自我革命的过程中，正是这些种类繁多的先进装备成就了先锋文学批评的历史功绩。当然，大量理论武器的同时涌入也是先锋文学批评繁花似锦表象下脚步凌乱的根源之一，先锋文学批评发展过程中的"方法论热""观念热"以及批评现场经常出现的自说自话、各自为战无不与这种引进过程中的理论过

---

① 洪子诚. 中国当代文学史［M］. 北京：北京大学出版社，2017：198.

多有关。

　　除了上述有代表性的文论作品之外，一系列翻译丛书的出版更是将对西方文学理论的学习推向了高潮。据统计，"1978—1987年间，仅是社会科学方面的译著，就达5000余种，大约是这之前30年的10倍"。^①这一时期，比较有代表性和影响力的丛书有：李泽厚主编的《美学译文丛书》；王春元、钱中文主编的《现代外国文艺理论译丛》；中国社科院外文所文艺理论研究室编的《当代外国文艺理论译丛》；商务印书馆的《汉译世界学术名著丛书》。另外，还有中国艺术研究院马克思主义文艺理论研究所组织的《外国文艺理论研究资料丛书》，金观涛主编的《"走向未来"丛书》中的某些译著，甘阳主编的《现代西方学术文库》，北京大学出版社的《文艺美学丛书》中收录的一些译著等等。这些大型翻译丛书的出现给当代文学理论批评的发展送来了有力的"新式武器"。

　　从文学内部来看，1980年代的文学理论批评变革的两个重要条件是，文学创作上的狂飙突进对新时期文学理论批评的发展提出了变革的要求，而西方文论的大量引进则提供了重要的武器援助，加之来自外部政治层面对于解放思想、创新发展的整体呼吁和要求，提供了必要的意识形态空间。当代文学理论批评在经过"十七年"和"文革"两个历史阶段的单一和僵化之后开始迎来一个新的自我变革的历史阶段。

本章小结

　　从对"文革"结束后政治环境和文学环境变动的分析可以

① 王晓明．翻译的政治——从一个侧面看1980年代的翻译运动［A］．印迹（第1辑）［C］南京：江苏教育出版社，2002．

看出，经历过十年内乱后，政治、经济、文化等各个领域的秩序都在恢复和重建之中，"拨乱反正"构成了先锋文学批评发生的历史背景。正如潘凯雄所说，"不管 80 年代文学批评的头绪怎么多，不管它的论争怎么多，所有这一切在我看来都万变不离其宗，都是围绕着一个主题词在运行，就是两个字——反拨。反拨什么呢？就是前面所说的文学是阶级斗争的工具和庸俗社会学批评。"[①] 可以说，1980 年代文学批评的发展是有着明确的反抗对象的，这个对象就是以阶级论为核心的庸俗社会学批评，是在文学与政治的关系被推向极端之后诞生的一种畸形僵化的社会历史学批评。在拉康的镜像理论中，认为每一个人都要在一个"他者"的映衬中才能显现自身的价值。在一定意义上，1980 年代的先锋文学批评也有一个这样的"他者"，"他者"既是反抗和攻击的对象，也是借以生成自身和凸显自身价值的重要工具，1980 年代先锋文学批评的"他者"，即是盛行于"十七年"和"文革"时期的庸俗社会学批评。在这样的历史背景和历史任务中，1980 年代的先锋文学批评正在艰难中起步。

① 潘凯雄. 回望 80 年代文学批评 [J]. 上海文化，2014，（1）.

第二章　文学论争、文学会议：
先锋文学批评发展的路径与方式

　　尽管十一届三中全会从政治层面打开了"解放"和"改革"的大门，为文学实现了一定程度上的松绑，相继召开的文代会和作代会也发出了"创作自由""评论自由"的口号，但文学理论批评的变革并不是一蹴而就的事情，它不但需要政治社会层面留下充分的空间，也需要文学层面包括理论和创作两个层面的不断发展，需要诸多因素的合力作用来推进。而在具体实践中，它还会受到很多因素的干扰，比如思维惯性的阻碍。1978 年以前，当代文学理论批评受"反映论""工具论""阶级论"等理念影响很深，传统观念根深蒂固，对于新的理论批评的演进形成了障碍，这些都是先锋文学批评在发生发展过程中要跨越的门槛。

　　考察 1980 年代先锋文学批评发生发展的过程发现，这是一个十分曲折漫长的历史过程，它经过了大量文学论争和文学会议的讨论，在各种文学创作思潮的推动下最终走向高潮，并实现昙花一现般的盛放。因此，描述先锋文学批评发展的历史脉络，需要回到 1980 年代的几次重要论争和诸多文学会议中去。在这一章中，我将会重点梳理"三个崛起"论争以及杭州会议、厦门会议、扬州会议、武汉会议、海南会议等几次重要的文学会议，力图从这些论争和会议之中探查先锋文学批评发展的几个重要节点和整体脉络。

第一节 "三个崛起"论争与先锋文学批评的发端

尽管目前各类文学史多数将"伤痕文学"思潮的涌现作为新时期文学大幕开启的标志，但从文学观念和形态上来讲，"伤痕文学""反思文学""改革文学"等思潮使用的仍然是一直占据当代文学多年的社会主义现实主义创作方法。虽然在主题指向上，"暴露"代替了"歌颂"，但其仍然是试图以文学的方式来反映政治，以思想来连接社会历史，从而将作品与政治、时代接通的传统观念。这种创作模式和美学追求并未脱离原有的模式。在新时期，从创作观念和方法上真正带来美学更新的是"朦胧诗"的出现。在文学领域，诗歌常常扮演观念变革的先导，比如"五四"新文学运动中，诗歌是文学变革的先锋队，胡适、郭沫若、刘半农、俞平伯等人的新诗以大胆的尝试啼出了新文学的新声。在新时期以来的文学发展中，诗歌再一次扮演了先锋队的角色，"朦胧诗"是新时期文学中较早借鉴西方文学经验与中国当代现实相结合的一支轻骑兵，它首先引发了诗歌创作观念的嬗变，也为当代文学批评变革准备了必要条件。

"朦胧诗"在艺术上的朦胧晦涩以及与现实关系上的不及物，被相当一批人拒绝接受，比如诗评家丁力称之为"古怪诗，也就是晦涩诗"，且指出："现在的古怪诗，不是现实主义的，有的甚至是反现实主义的。它脱离现实，脱离生活，脱离时代，脱离人民。"[1]"四个脱离"的标准正是长期以来庸俗社会学所使用的评判标准，这种标准用之于吸收了西方现代派和现代理论的"朦胧诗"，显然不会得出肯定性的结论。丁力的观点代表了相当多的一部分人的观点。这也说明了，尽管1978年年底的十一届三中全

---

[1] 丁力.新诗的发展和古怪诗［J］.河北师院学报，1981，（2）.

会已经确立了思想解放和改革开放的总路线，但改革的推进并不是一蹴而就的，它充满了新生势力与传统势力复杂的斗争与纠缠。

但新的批评观念也在萌芽和生长。在有关"朦胧诗"的论争中，出现了较早的一批以现代批评理念和眼光评判分析新的文学类型的批评力量。这其中最具代表性的便是"三个崛起"的出现。"三个崛起"分别指孙绍振的《新的美学原则在崛起》(《诗刊》1981年第3期)、徐敬亚的《崛起的诗群》(《当代文艺思潮》1983年第1期)、谢冕的《在新的崛起面前》(《光明日报》1980年5月7日)，因三篇文章皆谈论新诗且使用了"崛起"一词，故被文学界称之为"三个崛起"。三篇文章中最早出现的是谢冕的文章，面对很多人提出的"看不懂"和"怪诗论"，他认为："我们一时不习惯的东西，未必就是坏东西；我们读得不很懂的诗，未必就是坏诗。""新诗，也许它被一些怪东西扰乱了平静，但一潭死水并不是发展，有风，有浪，有骚动，才是运动的正常规律。"他认为，"当前的诗歌形势是非常合理的，鉴于历史的教训，适当容忍和宽宏，是有利于新诗的发展的"。在这篇文章中，谢冕分析了"五四"以来新诗所走过的曲折道路，认为"朦胧诗"的出现是一种"新的崛起"，是一种向前的发展的艺术形态，因此，呼吁文学界要保持宽容和耐心，要有"接受挑战"的勇气和胸怀。[①] 这是朦胧诗出现以来较早做出正面回应的文学批评，他虽然没有细致分析朦胧诗的价值，但从宏观层面肯定了新事物出现的价值和意义。

孙绍振的《新的美学原则在崛起》则在肯定谢冕的评价"是富于历史感，表现出战略眼光的"基础上，进一步指出，"与其说是新人的崛起，不如说是一种新的美学原则的崛起"。这种新

---

① 谢冕.在新的崛起面前［N］.光明日报，1980，5（7）.

的美学原则在面对传统的美学观念时表现出一种"不驯服"的姿态，并在内容上有了根本性的革新。比如："他们不屑于做时代精神的号筒，也不屑于表现自我感情世界以外的丰功伟绩。他们甚至于回避去写那些我们习惯了的人物的经历，英勇的斗争和忘我的劳动的场景。"他们"不是直接去赞美生活，而是追求生活溶解在心灵中的秘密"。另外，在个体的价值和社会价值的关系上，他们并不追求二者的统一，而是认为："既然是人创造了社会的精神文明，就不应该把社会的（时代的）精神作为个人的精神的敌对力量。"而"艺术革新，首先就是与传统的艺术习惯作斗争"。[1] 孙绍振在承继了谢冕"宽容与耐心"态度的基础上，进一步分析总结了"朦胧诗"的艺术特征和文学理念，并将这种理念看成是新诗发展的一种未来方向，这无疑是前进了一大步，他从理论上进一步指出和肯定了"朦胧诗"的美学价值和历史价值。

而稍晚些时间出现的徐敬亚的《崛起的诗群》，开篇即从历史的高度自豪而自信地肯定"朦胧诗"的价值，"我郑重地请诗人和评论家们记住 1980 年（如同应该请社会学家记住 1979 年的思想解放运动一样）。这一年是我国新诗重要的探索期、艺术上的分化期。诗坛打破了建国以来单调平稳的一统局面，出现了多种风格、多种流派同时并存的趋势。在这一年，带着强烈的现代主义文学特色的新诗潮正式出现在中国诗坛，促进新诗在艺术上迈出了崛起性的一步，从而标志着我国诗歌全面生长的新开始。"[2] 徐敬亚结合"朦胧诗"的具体作品，从"艺术主张""内容特征""表现手法"多方面分析认为，它就是"新诗发展的必然道路"，是代表着诗歌未来发展方向的潮流。徐敬亚的分析更

---

[1] 孙绍振.新的美学原则在崛起 [J].诗刊,1981,（3）.
[2] 徐敬亚.崛起的诗群 [J].当代文艺思潮,1983,（1）.

进一步地肯定了"朦胧诗"的价值，并有着为这一诗歌流派群体命名和确立历史地位的冲动。

"三个崛起"的评论出现之后，对"三个崛起"的批评和反对迅速成为一股潮流。在"三个崛起"发表之后的两三年内，与三位作者"商榷"的文章大量出现。比如有人认为："倘若有人至今还徘徊在美学大道的十字路口，我们真诚地希望他们抬起头，辨别一下美学的路标，认清方向再前进；千万不要上什么'不屑''回避''向心灵进军'之类的所谓'崛起'的'新的美学原则'的当，而误入歧途。"[①] 李元洛认为孙绍振所提倡的"表现自我"等新的美学原则是"排斥时代精神和人民感情的"，是"承袭了西方现代派的陈旧的思想"，"是一条狭窄阴暗的前人已经走过证明此路不通的死胡同"。[②] 程代熙认为孙绍振所倡导的"人的价值"等同于"个人利益"，从这一理论基点出发的"表现自我"，实际上是"一套相当完整的、散发出非常浓烈的小资产阶级的个人主义气味的美学思想"，"具有相当浓厚的唯心主义色彩"，是背离了马克思主义辩证唯物史观的。

尤其值得注意的是，在研究界具有举足轻重地位的《文学评论》杂志和中国社科院文学研究所的反应。1983年9月5日，《文学评论》编辑部邀请中国社会科学院文学研究所的部分同志召开了一次座谈会，"座谈当前文艺思潮中的倾向性问题"，重点是对徐敬亚《崛起的诗群——评我国诗歌的现代倾向》展开分析评论。与会同志认为，该文"提倡的现代主义诸问题，是与资产阶级哲学、社会思潮相联系的。它关系着我国社会主义文艺特别是

---

① 傅子玖，黄后楼.认清方向，前进！——评《新的美学原则在崛起》及其它［J］.诗刊，1981，（8）.

② 李元洛.是什么"新的美学原则"？——与孙绍振同志商榷［J］.诗探索，1981，（3）.

诗歌发展的方向、道路，是当前文艺思潮中有代表性的错误言论之一"。①邓绍基认为这是一篇"有明显的错误倾向的文章"，"它在若干具体论点上出现的矛盾和混乱正说明在当今中国要提倡现代主义，必然立即出现理论上的'自我危机'"。他同时认为这篇文章正是一股错误思潮的缩影，"近几年谈论诗歌发展道路并且表现了错误观点、错误理论的文章不止这一篇……那些错误的理论、观点，实际上已经构成一种倾向"。他同时提醒"当前我们要着重注意反对资产阶级自由化思潮和倾向"。中岳认为："《诗群》的主张并不完全符合青年诗人的实际。它的哲学立论的失误说明了确立唯物史观的重要性。"陶文鹏认为："徐敬亚不愿意继承我们民族诗歌的艺术传统……对于西方的现代主义诗歌却推崇备至，这表现出一种错误的民族虚无主义思想。"仲呈祥则认为《崛起的诗群》对当代青年审美信息的把握出现了"严重的错误"，这主要是作者的思想偏见所致，并提示"只有学习和掌握马克思主义的辩证唯物论和历史唯物论这个当代最高明的见识，才能有效抑制和纠正我们可能产生的思想偏见"。在这个名为"关于当前文艺思潮的笔谈"的专题中，还有杜书瀛、向远、楼肇明、魏理等人的文章，这些文章无一例外地对《崛起的诗群》持否定和批判的态度。从这些批评声音不难看出，"三个崛起"所引发的批评压力是巨大的。

尽管"三个崛起"也拥有一批追随者和同路人，但在1980年代初期的历史语境下，"三个崛起"所体现出的批评理念和立场显然突破了当时主流意识形态所预设的理论框架。因此，在徐敬亚的文章刊出不久，对于"三个崛起"的批评就不再停留在理论批评层面，而逐步升级为政治事件。在重重压力之下，徐敬

---

① 关于当前文艺思潮的笔谈 [J]. 文学评论, 1983, (6).

亚写了《时刻牢记社会主义文艺方向——关于〈崛起的诗群〉的自我批评》的文章，刊发在 1984 年 4 月份的《诗刊》上。关于"三个崛起"的讨论至此暂时告一段落，"检讨"的结局也意味着"崛起"的失败，并波及了《当代文艺思潮》刊物，1987 年该刊物的停刊（合并）也与这一事件有着深度的关联，由此可以看出"崛起"的艰难和代价。

1980 年代初期，围绕朦胧诗以及"三个崛起"的讨论实际上形成了 1980 年代先锋文学批评的第一次小高潮，它是新的批评方式和理念与传统的文学批评观念的一次正面交锋。论辩双方形成了两个阵营，都试图以自己的批评观念和立场来驳倒对方，但在出发点和路径明显不同的前提下，这样的论辩不会有相对明确的结果。这次论辩本身实际上是新旧两种批评力量争夺批评"领导权"的一次斗争，在要使用什么方法、站在什么立场的问题上争夺控制权。很显然，从结果来看，"三个崛起"处于下风，尤其在政治力量介入并将其定义为"自由思想"之后，这次批评的"革命"以失败而告终。这种"失败"的定义当然是从特定的历史阶段来说的，相反，从长远来看，它实际上埋下了 1980 年代中后期先锋文学批评走向高潮的火种，它所倡导的对于"个体""心灵"的表现理念，不仅成为 1980 年代中后期文学创作领域的重要叙事维度，也成为先锋文学批评进入作品文本的重要路径和考察方向。

第二节 "杭州会议"：文学批评变革的前奏

新时期以来，在中国当代文学及文学批评转型发展的历程中，1984 年 12 月在杭州西湖召开的"部分青年作家和评论家的文学会议"（以下简称"杭州会议"）无疑是一个极为重要的历史时刻，尽管在与会者及研究者的追忆和定性中，都更多地将这次会议的意义与"寻根文学"思潮的萌发联系在一起，认为这是"寻根文学"思潮正式萌发的开端。但在文学创作与文学批评高度融合和互动的1980年代，文学批评在此次会议中所起到的重大作用以及由此引发的对于文学批评自身的变革也是相当的醒目。

一、会议的筹备及其隐含信息

在1980年代，由于交通及通信的不便，召开会议相对困难，筹备和组织的时间过程比较长。因此，文学会议的召开一般都比较正式，不仅规模大，人数多，宣传力度也比较大，会议的讨论过程以及提交的论文多半会以论文集的形式结集出版。但1984年年底召开的"杭州会议"非常特殊，从召开的时间、地点，会议的组织过程、形式都与当时的会议有所区别，甚至都没有通知任何媒体，会后也没有太多消息见报，处处充满着神秘感。而参会者在会后的不断追忆和怀念又证实着会议的巨大价值和意义，这种既重要又神秘的色彩加重了人们对这次会议的好奇心和探知欲，它也暗示了会议本身隐藏着许多重要的信息密码。

在进入会议的现场之前，有必要回顾一下会议召开前的筹备过程等外围情况。这次会议的发起者通常被认为有三方，分别是《上海文学》编辑部、浙江文艺出版社、《西湖》杂志社。从实际组织工作的角度来讲，这当然是符合历史事实的，比如："由《上海文学》出面邀请作家和评论家，而浙江文艺出版社和《西湖》杂志则以地主身份负责招待和相关的会务。"[1] 但除了这三个组织单位之外，有一个人的作用也不可忽略，那就是作家李杭育。

---

① 蔡翔.有关"杭州会议"的前后 [J].当代作家评论, 2000, (6).

1983 年，李杭育在《当代》发表了代表作《最后一个渔佬儿》，引起较大反响，同时，另一篇小说《沙灶遗风》获得了1983 年的全国优秀短篇小说奖，风头正劲。但他仍然有自己的困惑，"到 1984 年初夏，'葛川江小说'应该说有些气象了，但那些权威评论家似乎都对它们视而不见"。① 1984 年 7 月 27 日到 8月 3 日，"李杭育作品研讨会"在杭州建德县（现为建德市）白沙镇召开，这是李杭育一生中"第一个也是迄今为止唯一的一个"小说研讨会，程德培、吴亮等上海的批评家也来参会，在这次会上，李杭育提出了一个想法，"《上海文学》能不能出面搞个活动，把青年作家集合起来，让大家有个交流。当时大家想法很多，最好有个交流"。② 这便是"杭州会议"第一次提出动议，尽管看上去有一些偶然，但偶然背后更多的是历史的必然性，是正在涌动的文学变革思潮推动着这次会议的召开。而当时已经发表了"葛川江系列"小说的李杭育成为最终捅破那张纸的人也就不奇怪了，彼时"寻根文学"的大旗尚未竖起，但他的作品已经走在前面了。这个提议传递到《上海文学》编辑部之后很快便达成了一致，并在 11 月 25 日召开的另一次文学会议"徐孝鱼作品研讨会"上最终确定下来。

关于参会人员，李庆西在其《开会记》中列了一份与会者的名单："与会者总共三十余人，来自三个主办单位和一部分特别邀请的作家、评论家。受邀人员是李陀、陈建功、郑万隆、阿城、黄子平、季红真（以上北京）、徐俊西、张德林、陈村、曹冠龙、吴亮、程德培、陈思和、许子东、宋耀良（以上上海）、韩少功（湖南）、鲁枢元（河南）、南帆（福建）等。上海作协和《上海文学》方面有茹志鹃、李子云、周介人、蔡翔、肖元敏、

---

① 李杭育.我的 1984 年（之一）[J].上海文学，2013，（10）.
② 李杭育.我的 1984 年（之三）[J].上海文学，2013，（12）.

陈杏芬（财务）等人出席；浙江文艺出版社仅我和黄育海二人；杭州市文联有董校昌、徐孝鱼、李杭育、高松年、薛家柱、钟高渊、沈治平等人。"① 会议由茹志鹃、李子云、周介人共同主持。按照事前分工，参会人员主要是由《上海文学》编辑部来邀请。从人员构成来看，作家和批评家基本各占半壁江山，这种情况实际上也对应了 1980 年代作家和批评家在文学发展中的交互状态及各自的作用与地位。而更进一步分析批评家的构成可以看出，来自上海的批评家是人数最多的，占到了六位，虽然这其中不乏《上海文学》编辑部出面邀请的因素，但一大批主流批评家（比如阎纲、曾镇南等）的缺席在某种程度上说明了会议是有一定倾向性的。而程光炜更进一步分析说："批评阵容的这个微妙变化，不仅意味着当代小说批评的重镇即将由北京转移至上海，更意味着小说批评的角色、观念和姿态，也将摆脱解放后一直由作家协会所掌控的局面，而向着更加职业化、知识化的方面急速转型。"

会议地点选在杭州西湖边的陆军疗养院，这是因为刚刚召开不久的"徐孝鱼作品研讨会"就是在这里召开的，大家觉得这里环境优美，价格也适当。"我是主办方之一浙江文艺出版社的参加人员，确定会议租房时还参与过意见。选择那儿主要是看中租金便宜，会议包了两幢二层小楼——过去是将官休养的住所，那时已显窳败——时在冬季，室内连暖气和热水都没有。"② 但其实还有更深层的原因，这便是大家想开一次更自由更开放的会议，把压抑在每个人心中的那些朦胧的想法自由地表达出来。从事后来看，这种想法是一种没有说出的共识。这至少表现在这样几个方面，一是会议没有明确的主题，只是笼统地进行"新时期文学的回顾与展望"，主题开放。二是会议既没有放到当时的文学中

---

① 李庆西. 开会记［J］. 书城，2009，（10）.
② 李庆西. 开会记［J］. 书城，2009，（10）.

心北京，也没有放到大都市上海，而是选择了杭州西湖这样一个小地方，其潜在意图是不想引起太多人的注意，不想受到太多主流话语的干涉，主动寻求边缘，边缘即自由。三是没有请任何媒体，事后也没有太多关于会议的消息见报（甚至连会议记录都没有保存下来），这一切都说明了会议的特殊追求和潜在指向。

二、会议的过程及意义

李杭育在回忆 1984 年前后的中国文坛时，曾有过如下的表述："如今回想起来，1984 年之前文坛上讨论小说，大多近乎讨论时事政治，且在主流意识形态的方圆规矩之内，'左'和'右'互为正题或反题。又因人们总是把话讲得拐弯抹角，欲言又止，且在本该是理论研讨中又不时地夹带一些有关时政的内幕消息，显得那么的心猿意马，言不由衷。一边是肤浅而虚情假意的'左'，一边是不能知无不言、言无不尽的'右'，组合成那个时代中国文坛所承载的意识形态的正题和反题，实在是出自同一个语境。如今，每当我看到一篇讲当代文学的文章，看到作者们用了那么多篇幅来讲 1980 年代初文坛上的那些理论争论，讲得那么认真，我就觉得好笑。"[①]

李杭育所描绘的研讨会的情景实际上是文学批评在实践活动中的具象表现，是 1984 年前后文学与政治的微妙关系的一种外在反映。自从二十世纪三十年代开启现代民族国家革命的历史征程以来，文学与政治高度一体化的关系从未像今天这样貌合神离，若即若离。伴随着思想解放和改革开放的持续推进，社会各个领域都在发生根本性的变革，思想层面的解放必然会反映到文学层面，进而反映到文学批评领域。1984 年，恰好是这种转变的

---

① 李杭育.我的 1984 年（之二）[J].上海文学，2013，（11）.

关键节点。一方面，一体化的文学批评尚未真正解体，反映论和工具论依然占据人们的头脑，是人们面对文学作品时下意识操起的惯常武器。但另一方面，文学创作的发展实际上已经溢出了原有的文学框架，旧式武器纷纷失效，这导致批评家尤其是年轻一代的批评家们纷纷寻找新的出路和武器。因此，我们就看到了李杭育所叙述的那一幕，在"左""右"摇摆之中，文学批评显得心猿意马、隔靴搔痒，难以及物。

这种微妙的平衡必然不能持久，因为推动变革的力量已经不仅仅来自文学内部，而是一个社会范围内整体性的潮流。在一定意义上，是"杭州会议"最先打破了这种平衡，在小范围的作家和评论家之间形成了变革的共识。

比较遗憾的是，"杭州会议"并没有留下太多具体的史料和记录，没有会议记录，仅有少量的综述见诸文字。目前对于该会议的研究多借助于几位参会者的事后回忆，比如周介人、李杭育、李陀、蔡翔、李庆西等，尽管在一些细节上各有不同表述，但对于会议整体情况的描述基本一致，因此我们可以借助这些事后回忆大体还原当时会议的概况。

会议没有统一的主题，仅是要求"就自己关心的文学问题作一交流，对文学的现状和未来的写作发表意见"，因此，会议开得十分地自由，被戏称为"神仙会"，意即畅所欲言，天马行空。

根据蔡翔的回忆，这次会议讨论过的主题之一，是文化与文学的问题，"我记得北京作家谈得最兴起的是北京文化乃至北方文化，韩少功则谈楚文化，看得出他对文化和文学的思考由来已久并胸有成竹，李杭育则谈他的吴越文化，而由地域文化则引申至文化和文学的关系。其时，拉美文学爆炸，尤其是马尔克斯的《百年孤独》对中国当代文学刺激极深，由此则谈到当时文学对西方的模仿以及由此造成的'主题横移'现象"。① 的确，尽管有着"新时期文学十年：回顾与预测"的总议题，但"文化"却意外地成为了一个热门话题，甚至被认为是寻根文学崛起的一个起点。陈思和在《中国当代文学史教程》一书中也认为在寻根文学思潮崛起的过程中，"杭州会议自然在其中起了重要作用"。② 因此，可以清楚地看到，这次会议与寻根文学之间的隐秘联系，虽然并没有人在这次会议上明确提出"寻根"这一概念，但对文化与文学关系的探讨无疑为寻根理论和寻根创作的进一步探索打开了通道。1985 年后，韩少功的《文学的"根"》、李杭育的《理一理我们的"根"》等文章很快出现，无疑就是杭州会议前期讨论探索的结果。

多年以来，对于"杭州会议"与"寻根文学"发生的内在联系的研究已经相当丰富，尽管也有个别不同的声音（比如谢尚发《"杭州会议"开会记》对于二者之间联系的质疑），但在事实上，二者之间的深度关联是一个基本的事实，只是由于资料的缺乏，二者之间的隐秘联系有待于进一步发掘和确认。

与此同时，此次会议的另外一个重要成果却未得到应有的重视和梳理，这便是对于文学批评革新的推进。这次会议上，作家和批评家基本上各占据了半壁江山，如果说会议对于作家的影响主要在于促生了寻根文学思潮的发生，那么对于批评家的作用则主要在于推动了文学批评观念的革新，"杭州会议"对于传统文化的推崇不仅是一种文学资源方向上的变化，也促使文学批评有了新的视角和切入点。

会议结束后不久，周介人有一篇总结性的文章刊发在《西湖》和《上海文学》杂志上，都是 1985 年第 2 期，但在《上海

---

① 蔡翔.有关"杭州会议"的回忆［J］.当代作家评论，2000，（6）.
② 陈思和.杭州会议与寻根文学［J］.文艺争鸣，2014，（11）.

文学》杂志刊发时没有署名。这是当时为数不多的关于这次会议的见报文章，文章题目为《青年作家与青年批评家的对话：共同探讨文学新课题》。

作为会议的组织者和主持人，周介人在文章中提炼了更多会议共性方面的东西，比如，对于"当代性"的认识，"大家认为，只有具有鲜明的当代性的文学作品，才可能具有真正的历史性，才可以走向世界，离开了当代性而追求历史性与世界性是行不通的"。并列举了大家对张承志《北方的河》与阿城《棋王》的看法作为例证。这与多年以后许多当事者回忆时所着力强调的"众声喧哗"有所不同，他在喧哗中看到了统一，并由"当代性"出发，进而反思彼时的文学创作中对于"历史性"和"世界性"的盲目追求。"它不仅要求我们的作家在写什么和怎样写两个方面同时有所突破，而且要求我们的文艺理论家、文艺批评家有胆有识，敢于从丰富的创作实践中提出新问题，总结出新观念，冲破某些文艺理论教科书中的僵化模式，丰富和发展马克思主义的美学思想……以满足时代和人民的新的审美需要。"在这里，无疑显现出时代的强烈呼声来，这种呼声不仅针对文学创作而言，也是对"文艺理论家、文艺批评家"的新要求。

在会议上，关系融洽的青年作家与青年批评家们还互相提要求，由此可见彼时批评与创作的关系之融洽、紧密。青年作家们提出的新要求和新期待是"我们正处在一个大变革的时代，为了适应于反映这个时代，希望批评家与作家一道，'换一个活法（即改变陈旧的生活方式），换一个想法（即改变僵化的思想方式），换一个写法（即改变套化的表现程式）'，使文学创作与文学批评更加多样化"。[①] 从这种期待中，我们一方面可以看到创作

---

① 周介人．青年作家与青年批评家的对话：共同探讨文学新课题［J］．西湖，1985，（2）．

与批评相互交融的良好关系，也可以看出青年作家与青年批评家们的共同心声，即求新与求变，对新与变的追求正变得越来越急迫，新的变革也越来越接近浮出历史的地表。

值得注意是，在"杭州会议"召开的同时，另外一场影响当代文学面貌的重要会议也即将召开。"杭州会议"的召开时间是1984年12月12日，一连开了六天。不久之后，12月29日至1月3日，中国作家协会第四次全国代表大会在北京召开，这是一次全国性的文学会议，是文学界官方性质的最高级别的会议，在这次会议上，胡启立代表中共中央书记处发表祝词，提出并强调"创作自由"的要求。

"作家有选择题材、主题和艺术表现方法的充分自由，有抒发自己的感情、激情和表达自己思想的充分自由，我们党、政府、文艺团体以至全社会，都应当坚定地保证作家的这种自由。"

这便是"两个自由"的口号，"两个自由"提出之后，时任中宣部部长朱厚泽又提出了"宽松、宽厚、宽容"的"三宽"政策，不久，《文艺报》也发表了《把"创作自由"鲜明地写在社会主义文艺旗帜上》的专论，强调"创作必须是自由的"。来自中央的一系列声音和举措，进一步唤起了广大文艺工作者创作的热情，点燃了一直在地底奔突的烈火，1985年创作高潮的到来已经隐约可感。

两个文学会议，一个在荒僻边缘的西湖岸边，一个在政治文化中心北京，一个主要由地方文艺工作者自发组织，一个是由中央机构官方主办，人员不同、性质不同，但却传达出了共同的文学诉求和期待，即进一步解除主流意识形态对于文学的约束，激发文学创作活力。因此，1980年代中期文学创作和文学批评走向高潮的出现是不同层面多方力量共同推动作用的结果，是历史大势驱动之下的必然产物。

第三节　方法论热：批评方法的多样与滥觞

1985 年通常被称为"方法论年"，关于方法论的讨论在这一年成为最热门的话题，这种情况的出现基于两方面的原因，一是 1980 年代以来大量引进的西方文论开始在理论批评界落地生根，开始在批评实践中结出成果；二是在西方交替出现的批评理论在八十年代的中国集中登场，造成了理论的拥挤。一方面是理论的多样，另一方面又是理论选择的困惑。在这种背景下，对于方法论的讨论成为理论批评界最为关心的话题，而文学会议成为寻求解决之道的重要方式。

1985 年文艺理论批评界召开了多次关于"方法论"的文学会议，规模较大且较有影响的有三次，分别是 1985 年 3 月 22 日至 27 日在厦门召开的"全国文学批评方法研讨会"，1985 年 4 月 14 日至 22 日在扬州召开的"文艺学与方法论问题学术讨论会"，1985 年 10 月 14 日至 20 日在武汉召开的"文艺学研究方法论学术讨论会"。本节以这三次会议为考察重点，分析方法论讨论中的得失和问题。

一、"厦门会议"

"厦门会议"于 3 月份在厦门大学召开，会期六天。主办方主要有《上海文学》编辑部、《文学评论》编辑部、天津市文联理论研究室、《当代文艺探索》编辑部和厦门大学语言文学研究所。除了东道主厦门大学语言文学研究所之外，其余几家多为文学期刊，且是一直以来对文艺理论批评变革积极推动的文学期刊。在 1980 年代，《上海文学》《文学评论》《当代文艺探索》在推动文学理论批评革新上，一直走在前列，为先锋文学批评的发生发展提供了重要的支持和必要的平台。

参加会议的人员主要有滕云、沈敏特、李庆西、南帆、李黎、陈思和、王愚、林兴宅、周介人、杨增宪、吴亮、鲁枢元、孙绍振、许子东、林君桓、刘梦溪、王光明、毛时安等。

作为文艺理论界有重要影响力的权威，刘再复以贺信的形式参与了会议。尤其值得注意的是，在贺信中，刘再复"热情洋溢地介绍了目前在世界范围内出现的本世纪第二次从自然科学奔向社会科学的伟大潮流，以及这股潮流对包括文学研究在内的社会科学各部门的巨大冲击和影响"。刘再复的这种认识和判断对于文学理论批评界产生了重要的影响，引发了一股向自然科学界借鉴研究方法的热潮，"三论"（系统论、控制论、信息论）即是这股潮流的代表。这股潮流的出现既体现了人们积极探索新方法的高涨热情和创新精神，也充分暴露了"方法论热"中的问题和弊病，即盲目借鉴、盲目创新，过于相信各个学科之间的关联性和互通的可能性，对于研究方法的借鉴持过于开放的态度，等等。

在这次会议上，大家对于方法论更新的重要性持一致态度，皆认识到方法论的重要性以及方法论更新的必要性。比如李庆西"力主批评方法的多样化"，他认为"用不同的方法创作出来的作品只能运用不同的批评方法加以阐释"，单一的批评方法不能阐释不同类型的作品。

而在批评方法的更新上，大家认为："关键在于文学观念的更新和思维方式的更新。"陈思和指出："方法论不是抽象的，而是与一定的人生观、文学观联系在一起的；新方法的运用倘若不是有利于文学观念的革新和进步，就不能算好方法，也是没有生命力的。"作为对自然科学研究方法持积极借鉴态度的代表，林兴宅认为批评方法的更新包括三个方面的内容："第一是借鉴西方各种批评流派的方法；第二是引进自然科学的概念、知识和方法；第三是运用系统科学的方法。"

对于理论批评中出现的大量使用新方法的现状，与会者也有一定的反思，杨增宪指出："要防止那种对新的科学方法生吞活剥、机械搬用的倾向，不应当把新方法看作一条出成果、一鸣惊人的捷径。"南帆则尖锐地批评了一些文章中生硬地使用新概念的现象，"一旦把这些概念去掉，结果什么新鲜见解也没有，只是本末倒置地用新概念去阐释旧观念而已……这是没有什么意义的"。

会议的另一个讨论重点是自然科学与文学研究能否联姻的问题。刘再复的贺信实际上已经阐明了他的开放性态度和支持联姻的立场。而重要的实践者林兴宅认为："社会科学和自然科学正在走向一体化。数学和诗最终要统一起来，成为数学的诗，诗的数学。"林兴宅大胆的观念引起了争论，吴亮认为："文学艺术作为一种特殊的精神产品，它把握世界的方式是直观的、审美的。纯理智、纯客观地观照审美对象，不但不能发现美，反而会破坏美感。"鲁枢元则根据西方心理学发展的历史经验指出："心理学永远不会成为一门精密的科学。因此很难用定量分析的方法使它数学化，而且也没有必要把它变成科学。"对于这个问题的争论，一方面显现出理论批评界急于更新方法论武器的迫切心情，也显现出在探索方法论时的盲目性。

从会议过程来看，"厦门会议"的焦点和贡献在于，讨论了文学学科与其他学科在研究方法上是否能融合的问题。从具体讨论来看，支持者和反对者的力量不相上下。相比较而言，支持者的观点多停留在理论层面，而并没有太多成功的实践经验作为支撑。反对者的观点则建立在较充分的批评经验的基础上。因此，可以看出，尽管以"三论"为代表的"方法论热"一度呼声甚高，但并未覆盖整个理论批评界，有相当一部分人持质疑和拒绝的态度，因此，这种观念的影响仍停留在一定范围内。

二、"扬州会议"

"扬州会议"召开于 4 月 14 日至 22 日，会期九天。主办单位有中国社会科学院文学研究所、江苏省社会科学院文学所、江苏省社科联、江苏省作家协会；扬州师范学院、南京大学、南京师范大学、苏州大学、复旦大学、华东师范大学、吉林大学、深圳大学中文系。从主办单位可以看出，这是一次以各级社科院和各高校中文系为参会主体的会议，与会者的"学院派"气息浓厚。

从关于发言情况的记载来看，参加此次会议的有刘再复、徐中玉、贾植芳、陈步、李冬木、夏中义、李志宏、刘小枫、徐贲、王晓明、王筱云、谢昌余、周宪等人。

作为中国社会科学院文学研究所所长的刘再复出席了这次会议，并再次倡议文学研究对自然科学方法的大力借鉴，这使得文学研究与自然科学研究方法的关系再次成为会议的焦点问题之一。与会者基本分成三派，支持者认为："刘再复、林兴宅等人发表的《论人物性格的二重组合原理》《论阿 Q 性格系统》等都对长期悬而未决的理论问题做出了令人信服的表述。"因此，"'三论'的引进势在必行，它是人类思维方式的重大变革。"反对者认为："在文学研究中引进自然科学的观念和方法，在西方是属于末流的东西，资本主义世界都不再这样用了。"（深圳大学刘小枫）"自然科学不能揭示文学的本质，不能揭示文学的价值，作不出审美判断。"因此，要"警惕科学主义、实证主义的倾向"（复旦大学徐贲）。还有一种相对中立的审慎态度，认为对于二者的借鉴和融合要慎重，要吸取西方的教训，"并不是任何一种自然科学方法都可以直接移用到文学领域"。而是"要经过哲学的蒸馏"才有可能实现"移植"。这种态度虽然并未直接否定移植的可能性，但更多还是在强调两个学科之间的区别和差异，批评直接嫁接的粗暴性和非科学性。

新方法的引进成为一股热潮，其中不可避免要处理的一个问题是，新方法与传统方法尤其是马克思主义文艺理论的关系问题，对此问题也基本上有三种不同的认识，"一种认为原有的方法失去效用，已经过时了；另一种意见认为新方法之类是马克思主义早已有之的东西，谈不到什么'新'；还有一种则认为新的方法和马克思主义是一致的，是马克思主义方法论的丰富和发展"。[①] 三种认识代表了三种不同的态度，但不管是偏激的完全否定者，还是完全忠诚于理论信仰的肯定者，其实都存在对马克思主义文艺理论的误读，正如庸俗社会学不是真正的社会历史美学，僵化的马克思主义文艺理论也不是真正的马克思主义文艺理论，马克思主义文艺理论是开放和不断向前发展的，尤其是伴随着文学思潮的不断激荡，马克思主义文艺理论也必然会产生新的形态。

这次会议值得注意的另外一个亮点是"会议后期有很多同志谈到了文学研究方法与文学观念的关系问题，认为就文学研究而言，今年可以说是'方法论年'，而明后年则很可能是'观念年'"。[②] 新方法的涌入必然会带来批评工具的多样和批评模式的变化，但工具和模式的选择更是与文学观念紧密相连的。尽管观念的确立并非是一蹴而就的，但对于观念意识的自觉思考和总结是必要而重要的，在 1985 年的扬州会议上，有关"批评观"的讨论已经初步出现。

从这次会议的讨论来看，它是对"厦门会议"的一种延续，尤其是力推借鉴自然学科研究方法的刘再复的出席，预料之中地再次引起对这一问题的探讨和争论，但其讨论结果也仍然如"厦门会议"一样，众说纷纭，争执不下。"扬州会议"的贡献在于

---

① 钱竞 . 记扬州文艺学与方法论问题学术讨论会 [J]. 文学评论，1985，（4）.
② 钱竞 . 记扬州文艺学与方法论问题学术讨论会 [J]. 文学评论，1985，（4）.

对于新方法与马克思主义文艺理论关系的讨论，尽管这也是一个没有明确结果的讨论，但这个问题的提出和讨论无疑推动了人们对于新方法性质和本质的思考，它与马克思主义文艺理论的关系在一定意义上也是与批评传统的关系，如何面对传统，这是先锋文学批评面临的一个重要问题。

三、"武汉会议"

"武汉会议"召开于 1985 年 10 月 14 日至 20 日，会期七天。由中国艺术研究院外国文学研究所和华中师范大学联合举办。从现有的资料来看，出席会议的有时任中共中央委员、中宣部副部长、诗人贺敬之，时任中央书记处政策理论研究室顾问、文艺理论家陈涌，湖北省委顾问委员会副主任、作家李尔重，湖北省委有关领导任心廉、张述之、吕庆庚、张芃，中国艺术研究院副院长黎辛，外国文艺研究所所长陆梅林、副所长陈继遵，华中师范大学校长章开沅，其他专家还有李准、姚文放、郑雪莱、徐正非、朱丰顺、涂武生、朱兰苣、孙文献、周乐群、程文超、李心峰、陈飞龙、杨炳、郑伯农、张小鲁、张玉能、程代熙、施用勤、丁维忠、肖君和、柏柳、张杰、范大灿、李醒、程正民等。

从主办方和与会人员的身份构成可以看出，会议具有明显的主流色彩，中央领导贺敬之甚至"几次莅临会场，就如何开好这次讨论会作了重要指示"。一个学术性的会议得到政治层面如此高的重视，显然不是偶然的。再结合 1985 年全国各地召开的各种关于"方法"的学术会议，就很容易从中读出主流意识形态力图对众声喧哗的理论现场进行整合和引导的意图。

另外，以陈涌为代表的大量马克思主义文艺理论家的到场，也像是一场阅兵和力量展示，力图以马克思主义文艺理论统领理论批评的意图也呼之欲出。"讨论会努力以马克思主义世界观和方法论为指导，以发展马克思主义文艺学为目的，贯彻双百方针，探讨了文艺研究方法体系中的层次关系问题，如何引进和运用系统科学方法论的问题，方法论与文艺观念、艺术本体的关系问题。"① "在这次学术讨论会中，有两个显著特点：（1）坚持以马克思主义为指导，力图正确解决马克思主义方法论与其他方法在文艺研究中的关系；（2）坚持贯彻党的双百方针，发扬学术民主，力图让各种不同意见都得到充分发表，形成自由探讨的气氛。"② 从这些会议综述的概括中不难看出，尽管讨论的氛围依然民主自由，中心仍然聚焦新方法，但对"坚持以马克思主义为指导"的"前提"的强调无疑具有统摄性的影响，坚持以马克思主义为指导，实际上是主流意识形态在方法论讨论中的态度和立场，这对于 1985 年到处飘洒着纷纷扬扬的新方法话题的批评现场具有强力的整合作用。这也是"武汉会议"不同于前面几次会议的关键所在。会议的核心任务是理清马克思主义文艺美学同各种新方法新观念的关系，并在这种重新清理和定位中确立和强化马克思主义文艺理论的领导地位。

会议讨论的都是 1985 年方法论热中的几个核心问题，但在重点上稍有不同的是，大量马克思主义文艺理论家的出席，似乎是在回应外界对于马克思主义文艺理论与新方法关系上的质疑，且它明确指出马克思主义世界观的指导地位，也试图进一步发展马克思主义文艺理论，以便更好地指导新的文学实践。李准在发言中强调"要以马克思主义来指导新方法的探索"，"不能把马克思主义和新方法的探索对立起来"，同时强调"新方法的探索是

① 李心峰.深入探讨方法论　努力发展文艺学——武汉文艺学方法论学术讨论会综述 [J].文艺研究，1986 年，（3）.
② 紫华.文艺学研究方法论学术讨论会综述 [J].华中师范大学学报，1986，（1）.

历史的必然趋势，也是马克思主义自身发展的内在要求"，"新方法的探索对于丰富和发展马克思主义具有积极的意义"。这些发言都意在强化新方法与马克思主义文艺理论的关系。

对于各研究方法之间的层次问题，比较一致的共识是："文艺研究方法论大体上可以分为三个层次：一是哲学方法，二是一般科学方法，三是具体学科的特殊方法。"三个层次的划分实际上是对哲学以及各个学科之间不同研究方法的归类，对于当时各种方法随意联系的滥觞之风和混乱现状起到一定的规范作用。

而对于系统论等自然科学研究方法和文学研究的关系作用问题，仍然众说纷纭。肯定系统论之于文学研究正面价值的评论占据一定的上风，周兰苣认为："吸收了系统观的辩证唯物主义世界观和方法论渗透到文艺研究之中，可以使研究趋于优化。"① 姚文放认为："现代自然科学方法论对美学文艺学的渗透使我们近年来的理论开始产生一系列重大变革。"涂武生认为："美学和艺术中的许多问题，过去往往囿于单向的片面的研究……现代科学方法可以在更高的层次上将这二者辩证地结合起来。"由此可见，在热衷方法嫁接和引进的 1985 年，对于自然科学研究方法与文学研究方法的结合，抱有盲目期待的也大有人在。

"武汉会议"与"厦门会议"和"扬州会议"存在接续关系，均是围绕着方法论展开的学术讨论，但如同前面两次会议一样，在许多问题上依然没有形成共识。相比于前两次会议的学术性和民间性特征，"武汉会议"的突出之处在于，其官方色彩浓厚，甚至可以将它看成是一次官方主流意识形态的表态，马克思主义文艺理论作为主流意识形态在文艺理论领域的具体代表，它的主导地位再次被明确。它同时说明了，不管方法的讨论有多么

---

① 李心峰.深入探讨方法论　努力发展文艺学——武汉文艺学方法论学术讨论会综述［J］.文艺研究，1986，（3）.

热烈，引进的新式理论武器有多么地多样化，一切思想和活动都仍在而且必须在主流意识形态所划定的边界之内。

与方法论的各种讨论会议相呼应，1985 年前后一大批研究方法论的著作相继出版，这实际上也进一步推动了方法论的讨论热潮。比如《文学批评方法论基础》（傅修延、夏汉宁编著，江西人民出版社），《新方法论与文学探索》（《文艺理论研究》编辑部编选，湖南文艺出版社），《美学文艺学方法论》（马克思主义文艺理论研究所编辑部编选，文化艺术出版社），《文艺学方法论讨论集续》（李衍柱编，山东师范大学中文系），《文艺研究新方法探索》（孙子威编，华中师范大学出版社），《文学研究新方法论文集》（哈尔滨师范大学中文系），江西省文联文艺理论研究室编选的三本《文学研究新方法论》《外国现代文艺批评方法论》和《文艺研究新方法论文集》（江西人民出版社）等。这些著作有很多是高校中文系编选出版，所收录文章也多是各高校教研室教师的讨论文章，从中可以看出，方法论热在高校这个领域所受到的热烈响应。

发生于 1985 年的多次关于"方法论"的讨论以及 1985 年前后一大批方法论著作的出版，说明了这样一个事实，即在 1980 年代中期，文学理论批评界迫切希望寻找能够与文学创作潮流相适应的文学理论批评方法，在传统批评方法失效的情况下，必须有新的批评样式来适应文学创作的发展。但从几次会议的具体讨论情况来看，又存在这样的问题：一是面对从西方舶来的大量理论方法并未真正完成接收和消化，存在盲目接收和使用的情况。二是在处理西方理论和中国文学实践的关系时，未能真正将二者融合在一起。我们常常看到这样一种情况："批评家夹生地援引各种陌生概念但却无力准确地概括、涵盖文学现象，而是更多地将生动的文学现象费力地强行纳入其他学科的理论框架。"① 南帆的这一概括精准地指出了方法论热背后存在的显著问题，即1980年代文学理论批评界对于西方文学理论的学习和引进存在着理论空转、不落地、不及物的尴尬情况。表面来看，新式理论话语在批评现场遍地开花，被广泛占有和使用，但在实际的批评效果上，并未准确而深入地触及文学创作的内在肌理。理论与创作像是一个夹生饭，生硬地存在于文学现场之中。这种情况的出现说明了这样一个道理：理论的引进需要一个"本土化"的转换过程，需要将在西方语境下生成的理论与中国文学语境相结合，进行理论转化与创造，才能真正让新式理论在新的文学土壤中开花结果，才能真正让文学批评介入文学现场，从而助推中国文学的发展。

第四节 "批评观"讨论：
以"海南文学会议"为中心

考察一个时期或特殊历史节点的文学生态，全国性的文学会议是一个相当有效的途径。一方面，文学会议的主题一般都切中当时的文学热点话题，聚焦前沿问题，呈现最具先锋性的文学动向。另一方面，通过与会人员的现场发言或会后出版的会议论文集，可勘察文学内部不同力量的观点面向，总结文学生态的整体状况。比如，新中国成立以来，历次文代会的召开就成为不同时期文学发展的风向标，标示了不同时期和历史阶段文学发展的总体方向和指导思想，考察这样的官方会议对于总结当时的文学发展动态具有提纲挈领、事半功倍的功效。当然，对于考察 1980

---

① 南帆．文学批评的研究方法和研究目标［J］．文学评论，1985，（4）.

年代中期的文学批评来说，文代会（作代会）这样的官方会议可能并不具有太多参考意义。一方面，1979 年召开的第四次文代会已经过去了五六年的时间，第五次文代会（1988 年）尚未召开；另一方面，思想解放背景下大量西方文论被译介到国内，文学批评领域空前活跃，文学批评正沿着个性化、主体化的道路野蛮生长，甚至在一定程度上脱离了第四次文代会所预设的前进轨道。但从专业性的大型文学会议来考察仍具重要的参照意义。比如 1986 年在海南岛召开的"全国青年评论家文学评论会议"（以下简称"海南会议"），这次规模宏大的文学会议聚集了国内最活跃的一批批评家，其会议成果也以论文集的形式被固定下来广泛传播，考察这次会议对于梳理 1986 年当代文学批评的生态状况具有重要的意义。

一、推陈出新：青年人的舞台

1986 年 5 月，"全国青年评论家文学评论会议"在美丽的海南岛召开，这次会议是"受中国当代文学研究会的委托，广东社会科学院文学研究所、暨南大学中文系、海南大学中文系、海南文联"联合举办的。虽然举办单位众多，但不难看出，会议的发起者是中国当代文学研究会。中国当代文学研究会成立于 1979 年，是受中国社会科学院领导的国家一级学会，在众多的文学学会中属于成立得比较早的一个。尽管是"非营利性的民间组织"，但从社科院领导以及当时的会长、顾问人选来看，仍然有十足的官方意味。比如第一任会长是冯牧，茅盾为名誉会长，顾问有周扬、荒煤、艾青、丁玲、沙汀等，上述人员在新中国成立后基本都活跃在党的文艺战线上，出任过不同的领导职务，参与了社会主义文艺的改造和建设。因此，虽然在等级上跟文代会、作代会这样的官方会议无法相提并论，但会议也隐隐透出不少的官方意味。

　　值得注意的是，这是一次以青年人为主的文学会议。这不仅可以从"全国青年评论家文学评论会议"这一名称上看出来，从主要人员构成上，更可见其浓郁的青春气息。出席会议人员达到近六十名，1950 年后出生的青年批评家占据了三分之二的比例，比如在后来成为当代文学理论批评重要力量的许子东、吴亮、王晓明、郭小东、陈思和、陈剑晖、南帆、殷国明、游焜炳等都在这次会议上作了重要发言。1930、1940 年代出生的中生代批评家也有出席，比如陈骏涛、饶芃子、冯立三、蓝田玉、滕云、魏世英、董大中、何渊耀、周介人、张振金等。在会议的综述性文章中，陈剑晖和郭小东在总结会议特点时也明确指出："这次讨论会不同于其他学术会议的特点是：讨论的问题是新鲜的，主要发言者是青年人，会议除开幕式和闭幕式由中年人主持（主持人是海南大学师范部主任、中年评论家蓝田玉）外，其他主持者均是青年人，这就打破了以往由专家教授主宰会议的传统习惯。由于会议由青年唱主角，因此没有条条框框，没有台上台下的区别，这次会议也就开得比较自由自在，无拘无束，每个人都畅所欲言，有机会发表自己的意见，有机会与别人'对话'。"[1] 对于文学会议而言，能够"自由自在，无拘无束，畅所欲言"地实现"对话"无疑是十分重要的，只有让每个人真正自由地表达自己的所思所想所疑，才有可能引起思想的碰撞或彼此的启迪。这种建立在真正自由民主基础上的文学氛围，在经历过长期的话语权高度集中的阶段后显得十分珍贵。

　　会议发言最后结集成了论文集《我的批评观》，由漓江出版社于 1987 年 8 月正式出版。有趣的是，从论文集的编排也可以

---

[1]　陈剑晖，郭小东. 宝岛的盛会，批评的沉思——全国青年评论家文学评论会议综述［A］. 我的批评观［M］. 桂林：漓江出版社，1987.

看出此次会议"青年唱主角"的新气象来。论文集《我的批评观》从体例上分为三辑，基本按照年龄进行划分。第一辑和第二辑以青年批评家为主，第三辑则以中老年批评家为主。比如，第一辑中主要有许子东、吴亮、王晓明、郭小东、陈思和、陈剑晖、陈达专、张奥列、罗强烈、吴方，其中年龄最大的吴方出生于1949年，年龄最小的罗强烈出生于1959年。第二辑中，年龄最大的是1947年出生的魏威，其余多为1950年代生人。这两辑中的批评家出生于1950年代的占据了大多数，在当时可谓是风华正茂的"青年批评家"。而第三辑中的批评家以1930、1940年代出生的居多，比如年龄最大的饶芃子出生于1935年，陈骏涛出生于1936年。同时，将青年人的论文排在前面，而不是论资排辈将中老年批评家的文章放在前面，也具有将青年推向前台、推陈出新的意味。

另外，这本论文集在"序"的安排上也没有遵循惯例，请一位前辈或名家执笔，而是由四位青年批评家（郭小东、殷国明、陈剑晖、李源）分别执笔，共同作序。这种新颖而独特的形式也显示出强烈的打破陈规的意味来，与会议的整体意旨不谋而合。

可以说，"青年"成为这次会议的一个重要标签，它不仅显示了当时正在崛起的青年力量和影响力，同时也显现了当时不同代际批评家之间的融洽关系，站在官方角度来说，也透出借助于青年人的锐气和活力推动当代文学理论批评革新的殷殷期待。1930年代出生的评论家陈骏涛在文章中将这一批青年人称为"第五代批评家"[①]，并寄予了厚望。而从历史的发展进程来看，也的确正是这批在当时刚刚崭露头角的青年人，推动了当代文学理论批评的发展，创造了崭新的批评模式和历史。

———————————————

① 陈骏涛.翱翔吧，"第五代批评家"！［A］.我的批评观［M］.桂林：漓江出版社，1987：276.

二、"批评观"：觉醒的意识与模糊的观念

会议主题明确命名为"我的批评观"，这实际上是对 1985 年"方法论年"的讨论延续。在会议综述中，陈剑晖和郭小东也介绍说："这次会议（海南会议）的中心议题，便是在上次会议（杭州会议）上，由与会的十多位青年评论家一起商讨，而后确定下来的。"[①] 由此可以看出，两次会议的主体力量有高度的重合之处，在文学层面也有延续性和关联性。同时，也可以看出，早在 1985 年，文学理论批评界便已萌生了"文学批评观"的意识并准备进行讨论，这实际上是在"方法论"基础上对文学理论批评建构的推进，是从"方法"这个具体路径层面进一步进入到了立场、观念、态度等更为深入的理论层面。我们也可以将此视为"批评观"意识的觉醒，在经过长期的文坛定于一尊、舆论一律的高度"一体化"历史时期之后，文学理论批评界要寻找和建立一种具有个体性、主体性、审美性等崭新特征的批评观念。

广东社会科学院的杨越在开幕词中说："对文学批评观的新研讨很有必要，也有深远的现实意义。我们要坚持马克思主义文艺理论和文学批评的基本原则，同时，要有胆识地在文学创作实践的基础上发展马克思主义的文学批评观，开拓文学批评的广阔道路。"虽然强调要坚持马克思主义文艺理论和文学批评的基本原则，但是更重要的是鼓励青年批评家们"有胆识地"去"开拓文学批评的广阔道路"。饶芃子在闭幕词中也有类似的强调和期待，"我们应当倡导一种开放的、多元的、有利于创作和评论发展的批评观，对于马克思主义的批评观，也有必要进一步发展"。显然，与会者均意识到了已有的批评理论面对新的文学创作生态

---

① 郭小东等. 我的批评观 [M]. 桂林：漓江出版社，1987：276.

时的"力不从心",一直以来所坚持的马克思主义文艺理论观在新时期"有必要进一步发展"。实际上,这正是当时的文学理论批评界的共同感受和态度,如果说面对"伤痕文学""反思文学""改革文学"等文学思潮,长期以来的社会历史—文学批评模式还能勉力维持的话,那么面对新崛起的"寻根文学"和"先锋文学"思潮,此前的批评模式的有效性则大打折扣。对于彼时的文学理论批评界来说,开辟新的批评道路、寻找新的批评方法是一个不言自明的共同任务。

尽管有着共同的创新期待作为支撑,但是大家对于"批评观的内涵""什么是批评"这样的本源性问题并没有明确的认识且存在多种分歧。

比如对"批评观"这一新生事物的概念内涵,有相当一部分人感到困惑和怀疑。陈思和在发言稿中开篇即谈道:"当有人要我谈谈自己的批评观时,我不能不感到惘然。"罗强烈持有同样的困惑,"寻找'我的批评观',思绪却有些茫然了:我的批评观在哪里?它究竟是一个什么面貌?"彭洋在发言稿《批评的使命》中也说道:"应约作文,检讨'我的批评观',不料竟陷入了极大的苦闷之中。"……类似的困惑盘桓在许多批评家的头脑之中。尽管一段时间以来大家在批评实践上操练着各种新式的方法武器披荆斩棘、迎风而舞,但在批评观这个本源性问题上显然缺乏自觉的意识和成熟的思考。

甚至有人对此问题直接持否定态度,比如《上海文学》编辑蔡翔,"我对什么是批评的兴趣不太大,说句虚无主义的话,我不知道什么是文学批评,将来也不想知道"。来自福建省社科院的南帆也持类似态度,"批评到底是什么?这还很难说,过去我们的理论概括很不够,我们探讨过文学的起源问题,但没有探讨过批评的起源问题，更没有认真探讨过批评观。"① 持类似看法的人不在少数，在整体热衷于学习各种批评方法的热烈氛围下，可能很少有人会反身去探寻一个具有本源性的理论问题。我认为，在这一问题上的分歧和空白恰恰显示了当时西方文学理论批评大量涌入所制造的理论繁荣景象的虚幻性，它一方面提供了我们面对新的文学创作所需要的理论武器，同时又遮盖了对于一些本源性理论问题的学习和探究，它给理论批评带来了丰富，同时也带来了遮蔽。

三、众说纷纭又自由开放

尽管在"批评是什么"这一本源性问题上存在分歧，但并没有减弱批评家们继续以批评为中心展开讨论的热情。从会议后结集出版的《我的批评观》一书来看，这次会议的讨论仍然是卓有成效、富有成果的。青年批评家们从批评的主体性、批评的尺度、批评的责任、批评的模式等诸多面向进行了论述，不乏创新亮点。同时，中老年批评家们受传统批评观念的拘囿，新颖的观点虽不算多，但对于青年批评家的理解、包容和提携令人印象深刻。概括来讲，此次会议的主要成果集中体现在以下几个话题上。

（一）批评的主体性。关于"我"在文学批评中的主体性问题，其实是"文学主体性"理论在理论批评领域的转化。1985年6月，刘再复在《文学评论》发表《论文学的主体性》一文，提出"文学主体性"理论，强调"要重视人在历史运动中的能动性、自主性和创造性"，要"把实践的人看作历史运动的轴心，看作历史的主人，而不是把人看作物，看作政治或经济机器中的齿轮和螺丝钉，也不是把人看作阶级链条中的任人揉捏的一环"。

---

① 郭小东等. 我的批评观 [M]. 桂林：漓江出版社，1987：277.

这一提法与 1950 年代钱谷融的"文学是人学"的理念一脉相承，皆是强调人在文学中的中心地位和能动作用。钱谷融因此新观念获罪，受到打压。时隔三十年，在思想解放的历史背景下，刘再复重提人在文学创作中的主体性引起了文学界的广泛回应，文学界由此展开热烈讨论。理论批评界借用这一理论提出了文学批评中"我"的主体性问题。以今天的眼光来看，不管是在文学创作中还是在文学批评中，作家或批评家的主体性地位是不言自明的，但是在 1980 年代的历史语境下，这样的提法无疑对此前的"工具论""反映论"构成挑战和消解，具有开创性的意义。因此，对"主体性"的讨论热情在 1985 年和 1986 年尤为高涨，从这次会议的讨论也可以窥得一斑。在这次会议上，许子东、吴亮、陈思和、黄伦生、滕云等人都或多或少谈及这一问题，提出新的见解和思考。比如黄伦生认为批评是一种自我确证的方式，"批评中有一个批评家的自我形象"。"批评实践中，批评家的自我形象无时无处不在突现出来"。[①] 他不仅强调文学批评中"我"的存在性，而且上升到了形象的高度，类似于作家之于作品的关系。可以说，对"批评家"形象的论述是对"我"在批评中存在的进一步确证和升华。许子东则细分了批评中"我"之存在的三个层次：一是语言文采层面的个人化风格，这是相对表层的浅显的存在。二是方法论层面批评思路选择的个人性，这是批评方法选择层面的个人性。三是观念结论层面的"我"的独立思考，这是最深层的"我"的存在性，也是文学批评区别于他者的根本所在。许子东对于"我"之存在方式的细分进一步明确了"我"的职责和定位，最深层的那个"我"才具有最深刻的价值和意义，才会使得个人批评文本具有独特性从而脱颖而出。他进而提出了

---

① 郭小东等 . 我的批评观 [M]. 桂林：漓江出版社，1987：222.

文学批评"独特性"（或"独创性"）问题，认为"越是不同于别人的感觉，越是会引起人们重视；越是独特性的批评，得到社会认可经受历史考验的可能性越大"。由个人性到独特性，许子东努力将批评从对"个体性"的盲目崇拜中解放出来，赋予更多理性认知，单纯的个体性并不能构成经典的文学批评，它只是一个必要因素，建立在独特个人感觉基础上的科学理性总结才可能真正成为有效且合理的经典批评。许子东同时提出，独特性文学批评的建立是在与传统精神力量的"互补与深化"中实现的，"批评主体既要超越传统，也要承袭传统"，在继承中超越，在超越中发展。由此也可以看出青年批评家在反思与传统的关系，认识到要在与传统的续接中努力开辟新的道路。

（二）批评的过程性。有一部分人认为批评具有过程性，是批评主体为实现审美目的而进行的实践活动的过程，它有目的性，但也应重视"过程"本身，批评主体面对批评对象抽丝剥茧般的分析和提炼的过程正是批评的价值所在。比如贾益民就旗帜鲜明地指出，批评的过程是一个双向同构的过程，它既不是一个判断过程，也不是一个阐释过程，而是在审美的基础上批评对象主体化、批评主体对象化的过程。"所谓批评对象的主体化是指批评对象在批评主体的批评过程中，经过主体积极能动的审美体验、感知、分析和评价等个性化的鉴赏活动，逐渐被批评主体所认识、把握和重新塑造，被批评家所占有，成为批评家心智的结晶物。"而批评主体的对象化，则是指"批评家在批评过程中充分发挥自己的主体意识，把自己的精神个性外化到批评对象上去，在对象身上打下主体精神个性的印记，使其成为批评主体审美个性的化身"。[①]贾益民通过对双向同构过程的定义细化了对批

---

① 郭小东等 . 我的批评观 [M]. 桂林：漓江出版社，1987：276.

评过程中各个环节因素的定位和发生作用的方式，也突出了对于批评是一种过程这一性质的强化。北京大学的李黎和中国社科院的滕守尧都强调对于"过程"的重视。但在过程是否具有目的性上，大家的认识并不统一，形成了"目的论"和"无目的论"两个阵营。广东社科院的陈实认为"批评应有一定的目的性，我们不能过分强调批评过程而无视批评的目的性"。华东师大王晓明认为："反目的论在某种意义上和马克思主义的基本观点并不矛盾。反目的论不是不要目的，而是对机械的绝对论的反拨。"虽然在批评是否有目的性的问题上各执己见，但大家对于"批评是一个过程"的认识是基本一致的。

（三）批评的审美性。有关批评的审美性也是这次会议讨论的一个重要话题，尽管这并不是一个新鲜的话题。对于批评的审美性，南帆认为批评是一种审美反应的阐释，"审美反应是一种难以定量定性的现象，批评的解释则在于努力从不确定中寻求某些确定"。批评首先是一种审美反应，是对客观事物投身于内心之后的心理活动，批评的作用则在于在种种不确定之中提炼确定的内容。张奥列认为："批评不仅仅是生活的阐释，它更是审美的价值判断。""批评家借助对文学现象的理解和作品的体验来阐述现实生活的识见和审美价值的判断。"张奥列的观点也指出了批评的目的性，也即审美的价值判断。饶芃子认为："文学批评是对作家、作品、评论（批评的批评）价值的判断。对于作品来说，就是审美的判断，这种价值观是跟每个批评家的追求联结在一起的，追求不一样，价值观也不一样。我自己在文学上所追求的是有当代意识、有深刻美的民族文学。"

（四）批评的模式。在批评的模式上，也有人提出更形象的比喻和观点。比如女性批评家王绯认为批评是一种"多轨道的向心运动"，是"以批评主体为中心，向外扩散又向内凝聚的双向运动。向外扩散包含两个层次：一是指行为方式，即批评家自我实现的途径，也就是多轨道的自由选择；二是指行为内容，即批评主体面对批评对象所引起的对宇宙、社会、人生、文化及文学现象等多重感应的理论升华。向内凝聚是指潜在于批评行为的方式和内容中的一种向批评的主体和批评的本位回归的力量（向心力）"，概括来说，批评的创造性是一种"入乎其内，出乎其外"的二度创造。实际上，王绯所讲的双向运动基本等同于双向同构的意思，强调的是批评主体和批评对象之间的相互影响和相互渗透的关系。但王绯以"运动"来形象概括这种同构过程，仍具相当大的启示性意义。陈达专通过实际举例提出了两种新的批评模式："网状模式"和"层状模式"，并据此提醒人们要敢于向传统的固有的思维模式发起挑战，唯有具备这种动力，才可能推动理论批评的革新和超越。

（五）批评的历史文化意义。批评的价值和作用毋庸置疑，但是批评的意义和定位应该如何评判？有不少评论家从历史文化建构的角度提出看法。比如陈剑晖明确指出，批评观是一种历史文化建构，并分析了它的三个层次，"它首先要求批评家要有历史文化的观点，历史文化的胸怀与眼光，并以此为参照系来确定批评的位置"。其次，它"要求批评家要有比较强烈的文化意识，要具备一定的文化形态学的知识，也就是说，批评家不仅要拥有理论形态、著作形式方面的文化知识，还要懂得诸如人们的生活方式、风俗习惯、心理特征、价值观念等非理论形态的文化"。第三则是"建立在文化哲学基础上的对于创造的渴求"。① 陈剑晖是站在历史文化的角度来强调批评的历史性和整体性，指出文学批评在当代文化大生态中的角色定位，他认为文学批评应该是历

---

① 陈剑晖. 作为历史文化建构的批评［A］. 我的批评观［M］. 桂林：漓江出版社，1987：59—61.

史文化的一部分，应具有"史"的意识和眼光，换言之，文学批评是建构历史文化的一种方式和途径，也是当代历史文化存在的一种方式和内容。吴方认为，文学批评需要"一种境界——广阔深邃，一种眼光——历史的观点"，要有历史的视野和胸怀，唯有将"历史反思有力地投射于文学世界"，文学作品才能实现恩格斯所说的"较大的思想深度和意识到的历史内容"这一要求。显然，批评家们参照文学与历史的关系来思考批评与历史的关系，这当然是具有合理性的，而且较之于文学作品的自足性，批评的人发散性显然更强。相比于文学作品的感性，批评的理性和逻辑性也使其更便于与"历史"接轨。

从上述会议讨论的主题可以看出，青年批评家们对于批评的观念、本质、模式等多个层面都有深入的思考并取得了一些新的认识。但与此同时，也存在从理论到理论的空洞问题，有些观点的提出偏于理想化，而缺乏有效的现实实践经验的支撑。

四、民主的批评氛围与融洽的批评关系

这次会议另外值得注意的一点是民主的会议氛围和批评家之间的关系。会议有一种自由民主的讨论氛围，使得各种意见能够发出声音，与会者发出的是"我"的声音而不是"我们"的声音。陈剑晖和郭小东在总结会议时认为，青年批评家和中老年批评家在批评方法、批评观上有明显的不同。"中老年批评家比较强调批评的社会性、客观性、科学性、民族性和当代性，比较重视批评的价值判断；青年批评家较倾向于批评的主观性、创造性、自主性、独特性和随意性。中老年批评家坚持并发挥了马克思主义的历史与美学的批评原则；青年批评家比较偏重于使用当代西方的某些新观念、新方法来观照中国当代的文学批评。"尽管方法不同，观点也有分歧，但是会议始终有"一种和谐的、融

洽的氛围"，这得以让各种观点自由碰撞，互相启迪。面对挥舞西方文学理论武器的咄咄逼人的青年批评家，中老年批评家给予更多的是宽容和善意的提醒，比如陈骏涛提醒青年批评家"要有紧迫感、责任感、使命感，要关心人类的命运，国家的命运，要认识到自己肩负着继往开来的伟大使命。要有宏大的批评目标，不要满足于小打小闹，满足于阐发、解释某种观点"。周介人提醒青年批评家"要有一种'群体意识''贫民意识''桥梁意识'，青年批评群体要互相补充，每个人都要在这个群体中确定自己的地位。不要形成一个模式，每个人都要有自己的特点，这样才能在互相补充中创造一种新的批评局面"。这些善意的提醒无不透出老一辈批评家对于新生代批评家的宽厚包容和殷殷期待，他们甚至认为"青年批评家们应作为一代豪杰，在意识形态上刷新整个民族的精神面貌"。[1]

文学批评具有传承性，需要不同代际的批评家共同努力，一个和谐民主自由的批评氛围是重要的，一个团结共进的批评队伍是重要的。从海南会议来看，1986 年的文学批评圈从批评氛围和批评家关系上是团结的、融洽的，如果说先锋文学批评高潮的到来是多种因素共同作用的结果，理论批评界的内部力量的聚集和团结是其中重要的因素之一。

从上述对会议情况的梳理可以看出，尽管有明确的中心命题：批评观，但是会议所形成的成果并不是集中的，而是发散的。旗帜鲜明亮出"我的批评观"并正面回答"批评是什么"的人并不多，甚至有人还以虚无主义的态度认为这是一个伪命题。当然，我们并不能因此而忽视"我的批评观"这一命题提出的重

---

[1] 李挺奋.全国青年评论家文学评论研讨会在海南岛召开［J］.天涯，1986，（3）.

要意义，它提示了踌躇满志甚至有些骄傲自大的青年批评家们，在操持各种西方新式理论武器征讨四方的同时，要对自己的批评理念观念进行适当的清理和总结，要有稳定的根基，形成稳定的文学理念体系。

与此同时，还应该看到此次文学会议对于当代理论批评的推进，多数人有些看似顾左右而言他的发言，实际上仍然围绕当时理论批评的热点问题展开，比如批评的主体性、批评的尺度、批评的责任等等。这些都是当时的前沿热点问题，他们的发言无疑对于这些问题又有了进一步的深化。比如许子东关于批评中"我"的三个层次的论述，就进一步明确了"我"发挥主动性的三个方面，从同途同归到殊途同归再到殊途不同归，文学批评的路径进一步丰富，模式也进一步被打开了。

因此，我认为，这次海南会议在一定意义上呈现了"新时期"以来当代文学批评发展的新样貌，尤其是当代文学批评发展至 1986 年这个重要的历史节点时的复杂状态。它清晰地显现了1980 年代中期当代文学批评在思想解放背景下所呈现的勃勃生机和试图重建当代文学批评方法、路径、观念立场的强烈渴望。

本章小结

从本章对几次文学论争和文学会议的讨论情况的梳理和总结可以看出，1980 年代先锋文学批评的发展是在不断的论争和讨论中逐步形成新的批评思维和言说方式的。每一个新的批评观念的提出几乎都收到了否定和批评的回声。这一方面说明了新生事物诞生的艰难，另一方面也反映出传统批评惯性的强大。再看这些论争和会议讨论，又能发现一些这样的趋势，在整个 1980 年代，来自传统批评模式的声音逐步由强变弱，新的批评观念越来越为人们所接受，这也体现了历史发展的一般规律，即新事物要经过艰难曲折的斗争过程才能赢得最终的胜利。当然，新事物在确立自身身份之后又逐步在历史的推动下被划入"旧事物"的阵营，成为被反对和斗争的对象。在本论文中，我之所以愿意将1980年代的先锋文学思潮看成是一条流动的思潮，正是因为它在确立自身的过程中所经历的漫长道路和曲折过程，它不是一蹴而就的、一朝建成的，它甚至不像那些令人眼花缭乱的文学思潮一样有相对明确的起止时间，它是一条潜在的河流，悄悄奔腾于1980年代磅礴的时代洪流之中。

从批评内部看1980年代的这些论争又可以发现一些新的特征。首先是批评主体的"去政治化"。"十七年"和"文革"时期，文学批评是一种政治批评，是一种从政治意识形态出发审视和监督文学创作的行为，这是少数具有官方身份的批评家的权利和职责，因此，即使发生一些论争，也多是批评家内部的分歧，一定意义上，即是主流意识形态内部的讨论。但在1980年代的文学批评论争中，主要发生在新生代批评家和传统批评家之间，比如"三个崛起"的论争，方法论讨论，关于刘再复的论争，这些论争的双方，有传统的来自主流意识形态机构的批评家，更多是来自学院、文学期刊等学术性机构，他们虽然也在体制内，但主流意识形态属性已经大大弱化，甚至很多时候是与主流意识形态相左的，比如刘再复所倡导的一系列理论，即是对以"反映论"为主体的社会主义现实主义理论的颠覆。刘再复还回忆说，当时《文学评论》的评论编辑王信曾在办公桌的桌板下留下"宁可反'左'死，不求反'右'生"的座右铭。1980年代的学术机构，更多代表的是自由与独立。因此，从论争的主体来看，具有"去政治化"的特征。其次，论争的方式更学术化和理性。二十世纪有两个思想解放的时代，一个是"五四"新文学运动开启的二十年代，一个是改革与解放并举的八十年代，这两个时期的一个共同特征是发生了许多大大小小的文学论争和讨论。这些论争和讨论是以整体氛围的宽松为前提的，同时也以自身反证了时代之自由。1980 年代的文学论争不同于"十七年时期"的重要特征是文学讨论逐步回归文学自身，不再轻易上纲上线，以文学批评之名行政治批判之实，也较少像"五四"时期文学论争那样带有太多的情绪化色彩和人身攻击的性质，所有的讨论基本限定在了文学的框架之内，更趋学术化和理性，而这也正是先锋批评得以快速发展的重要原因。

总之，先锋文学批评是在不断的论争中得以成长和走向黄金时代的，它在这些论争中不断由失败走向胜利，由弱小走向成熟，在逐步突破传统批评模式的过程中，建立起自身的批评体系和模式。

第三章　主要阵地：
文学期刊与先锋文学批评发展

陈思和指出："凡一个时代的文学风气发生新旧嬗变之际，首先起推波助澜作用的往往是一两家期刊。"这一特征在 1980 年代的文学创作领域体现得尤为突出。以先锋文学为例，那些极具先锋特质的作品在最初发表的阵地集中于两三家期刊，比如《西藏文学》《上海文学》《收获》以及王蒙主编时期的《人民文学》。从先锋文学的发展历程来看，没有这些刊物的支持，这批作品的问世是相当困难的，作为一股带着明显的反叛意识的"新潮"文学，它们在问世之后的接受过程都十分艰难，更不用说发表之前在各个期刊之间的迁徙流转。在一定意义上，可以说，是先锋作家和文学期刊共同缔造了先锋文学思潮。这种情况，在 1980 年代较早出现的其他文学思潮中也是一个较为明显的现象。这些文学现实无不佐证着陈思和的观点，它所说明的正是文学期刊在文学发展史上的重要意义。

在文学批评领域，文学期刊的意义同样重大。相较于文学创作期刊对于文学作品的被动接受，文学批评期刊有更大的自主性和能动性。文学创作期刊一般根据文学作品来划分栏目，尽管这其中也是一个选择的过程，但其能动性主要通过选择作品来体现，它并不能根据某种预设的话题和理念去组织作品创作，尤其是在强调理念多元和个性的 1980 年代，这种概念先行的情况在创作中已很少见，文学期刊更多通过选择作品来实践其办刊宗旨和理念。文学批评期刊则存在特殊性，它往往可以通过设立讨论主题来组织讨论文章，进而形成规模性的争鸣和讨论，在这个过程中，文学批评期刊作为一个"主体"，其能动性要大于文学创作期刊，在促进文学理论批评的发展方面发挥的作用也非常重大。因此，研究 1980 年代先锋文学批评，要十分重视文学批评期刊和文学创作期刊中"理论批评"栏目的研究，许多带有先锋性质的文学批评的星星之火就蕴藏在这些文学批评期刊或一些相关的"理论批评"栏目之中。比如在关于"方法论"的探索中，许多文学批评报刊都设立过相关的专栏，"自 1984 年下半年以来，《文学评论》《文艺理论研究》《文艺报》等刊物相继设立了'文学研究方法创新笔谈''新方法与文艺探索''文艺特征与新方法'等专栏，连同在北京、厦门、桂林、扬州、武汉等地举行的一系列关于文学研究方法的学术讨论会，一举把文学研究方法的变革推向了高潮"。从中我们不难发现，这些灵活多样的专栏在批评变革中所起到的重要作用。

就 1980 年代的先锋文学批评来讲，有相当多的刊物曾发挥了积极的助力作用。比如《文学评论》《当代文艺思潮》《文艺理论研究》《当代作家评论》《文艺研究》《文艺报》《上海文论》《艺术广角》《文艺评论》《当代》以及一些以创作为主，但开辟有专门理论研究版块的文学刊物，如《上海文学》《人民文学》《北京文学》等，由于各个刊物成立时间以及介入力度的不同，所发挥的作用也有所区别。但不可否认的是，正是在多种力量的合力之下，才出现了 1980 年代先锋文学批评令人眼花缭乱的批评实践。本章拟选取其中《文学评论》《当代文艺思潮》《当代作家评论》《上海文学》这几个期刊作为考察对象，在总结期刊对于先锋文学批评发展的推动作用和历史价值的同时，也试图从期刊这一微观层面，勘探先锋文学批评发展的历史过程。需要说明的是，选择这四份文学期刊并非意味着它们是所有期刊中对先锋文学批评发展产生作用最大的刊物，选择的原因在于它们曾在不同时段或不同方面对于先锋文学批评的推进具有典型性，比如《当代文艺思潮》是较早成立并在批评理念上具有强烈的先锋意识的刊物，在先锋文学批评的早期尤其是"朦胧诗"的批评上发挥了重要作用，引一时潮流之先；《上海文学》是一家以创作为主的刊物，但开设有理论评论栏目，其重要作用不仅体现在通过理论评论栏目推动先锋批评发展上，更体现在对于青年批评家不遗余力的推介上，而青年批评家队伍的集结是先锋文学批评在1980年代不断获得发展的重要基础，在这方面，《上海文学》以其刊物自身资源发挥了重要的作用。《文学评论》在1985年后对于先锋文学批评发展起到了重要的引领作用，且由于其在1980年代前后期不一致的态度，构成了从刊物角度考察先锋文学批评发展过程的一个重要的视角和标本。《当代作家评论》成立于1980年代中期，正值寻根文学、先锋文学思潮以及先锋文学批评步入高潮的历史时段，其办刊特色是注重对于新作家作品的研究，也因此成为重要的先锋文学批评的实践地，对于先锋文学批评的发展发挥了重要作用。

第一节 《当代文艺思潮》：
先锋文学批评倡导的先驱者

在1980年代先锋文学批评萌发并不断发展的过程中，文学期刊媒介无疑发挥了重要的作用。这种作用表现在，首先，为一大批具有先锋意识和创新能力的文学批评文章提供了发表和展示的平台，提供了最基础也是最重要的生存空间。虽然我们在今天以回望的姿态来阅读 1980 年代那些具有先锋性、革命性的文学批评时，并不觉得有什么出格之处，很多已成为常识，但在当时政治与文学仍然密切结合的时代语境下，这些正在挑战传统批评理念和文学秩序的文章，并不容易寻找到发表的舞台。徐敬亚《崛起的诗群》发表前后所面临的一系列困难和遭遇即能很好地说明这一点。其次，许多有卓识远见的理论期刊，以超前的眼光和切实的编辑实践为先锋文学批评的发展做出了不可磨灭的贡献。虽然，1980 年代初期，许多研究个体已经在个人化的批评实践中不断觉醒和进步，但要完成文学批评的现代转型，显然并不是某个个体甚至某几个人所能承担的，它需要借助于多方力量，才有可能唤起更多的回应，进而形成足以改变现有秩序的整体性力量，这其中，文学期刊无疑是一个重要的力量，正是在几个重要文学期刊的动员和号召之下，散落在各处的先锋文学批评力量才慢慢集结到一起，形成声势浩大的"革命"洪流。

在 1980 年代的众多文学理论期刊中，《当代文艺思潮》是较早关注、推介并推动先锋文学批评发展的刊物。梳理这本刊物与先锋文学批评的关系，有助于呈现 1980 年代初期先锋文学批评的萌发状态。

《当代文艺思潮》创刊于 1982 年 4 月，隶属于甘肃省文联，是从《飞天》杂志分离出来的一份纯研究性期刊，与《飞天》杂志形成了创作与研究并举，两翼齐飞的格局。它是全国第一份省级文艺理论刊物，最初设定为季刊，1983 年开始改为双月刊。到 1987 年被合并回《飞天》杂志，这期间一共出刊 33 期。

从时间上来看，这是一份生命周期比较短的杂志，存在时间短，出版期数也不算多。但它的特殊之处在于，它所存在的这段时间，恰好是中国当代文学思潮涌动和文学批评经历转型的关键时期，且由于该刊编刊人员思想的开放和具有卓识的远见，这份刊物在 1980 年代初期的文学研究界扮演了十分重要的角色。著名评论家阎纲曾戏称它"省队打出了国家队的水平"，这句话很形象地说出了这本刊物当时在全国范围内的巨大影响力。

鉴于这本刊物为当代文学批评发展所做出的突出贡献，有必要列出曾参与编辑的一些主要人员的名字。他们是谢昌余（总负责人）、余斌（负责人），编辑人员有管卫中、李文衡、屈选、魏珂、李天成等。① 正是他们在当时对于青年批评家和具有先锋革命意识的文学批评的发掘和推举，才形成了第一波先锋文学批评的小高潮。

一

在发刊词中，他们就相当直爽和自信地亮明态度和期待，"创办《当代文艺思潮》的目的是：以马克思列宁主义、毛泽东思想为指导，深入地、科学地研究新中国成立以来，尤其是现阶段文学发展中各种文艺思潮、文学流派的产生、消长和文艺思想斗争，探讨社会主义发展的客观规律。此外，还将适当地介绍国外文坛有关这方面的一些情况，以增进国内文艺评论工作者和读者对国外当代文艺思潮发展轮廓和动向的了解。概括地说，'研究当代文艺思潮，追踪文艺发展趋势，开拓文艺研究领域，革新文艺研究方法'，将是我们办刊的口号和宗旨。"② 这份发刊词的刊出时间是 1982 年初，彼时的文学发展状况是，曾打开一代人心灵伤口的"伤痕文学""反思文学"思潮在激荡了三四年之后，正在慢慢退潮，同时，始于十一届三中全会的改革开放正在逐步深入到社会结构的各个层面。与此相对应，在文学领域，一批反映时代经济发展和农村变化的"改革小说"正在浮出水面，成为

---

① 参见管卫中.《当代文艺思潮》杂志二三事［J］.扬子江评论，2012，（4）.
② 当代文艺思潮，1982，（1）.

新一波文学的浪潮。显然，《当代文艺思潮》编辑部的同人们已经隐约意识到了文学变革的大潮即将进入更加宽阔的水域，即将迎来更为迅猛的浪潮。因此，他们确立了研究文艺思潮、追踪发展趋势的宗旨，在当时的文艺界，这或许是一种潜在的共识，敏感的人们对此都不会毫无察觉。但值得注意的是，口号和宗旨的后半部分内容，"开拓文艺研究领域，革新文艺创作方法"，这显然是有的放矢的一句口号，它所针对的是当时文学批评研究的理论更新跟不上文学思潮发展状况的错位现状。在1980年代初，在文学创作思潮此起彼伏的几年间，文学批评所操持的理论武器却没有迎来真正的革新，旧式武器面对新的批评对象失去了以往无坚不摧的效用。因此，《当代文艺思潮》杂志的这个宗旨实际上也代表了文学理论批评界的一种焦虑和努力方向，革新批评方法，才有可能更加深入地介入创作和现实。

革新的愿望还体现在对于新人和青年人的大力扶持上。这在发刊词中也有清楚的表述，"本刊对文艺理论研究新人们的劳作将予以特别的关注。一切从事切实的研究和探索，立论有创见的年轻文艺评论工作者，本刊都有他们的一席之地。对于众多有志于从事这方面研究的大学生，本刊特意开辟了'大学生论当代文学'，他们是尽可以在这里显露他们的敏锐的才思，展出他们辛劳所得的成果的。纵使还只是刚刚顶破土皮的嫩绿的小芽吧，我们也当珍爱。"从这真诚的表述中不难读出他们对于年轻一代的殷殷期待，其背后是他们对于"新"的迫切渴望，虽然仍显稚嫩，但这"新"对于旧有风气和秩序的冲击是他们所看重的。事实上，在为数不长的存在周期中，《当代文艺思潮》的确践行了他们在发刊词中的承诺，仅就"大学生论当代文学"（后期改为"大学生研究生论新时期文艺"）这个栏目，就刊发了多位大学生的论文，其中不乏优秀之作，比如阎真的《超越观念——评第一阶段改革题材小说的艺术缺陷》，将以蒋子龙为代表的"以反映改革者与反改革者的斗争为内容的小说"视为第一阶段，以贾平凹为代表的反映"改革带来的心灵波动的描写对民族心理的探索"视为第二阶段，并指出第一阶段改革小说的主要缺陷表现为："第一，在矛盾冲突的安排和人物形象的塑造中，表现出由人物政治态度决定道德面貌的善恶二分法。在与现实的关系上，它扭曲了生活的本来面貌；在思想观念上，它曲解了改革的一般性质。"第二，"普遍缺乏文学情致"。且分析其原因为"首先，以观念为构思出发点，人物是观念的载体，情节是展开的线索，因而缺少生活质感而显得枯涩，其次，勉强地将社会政治经济命题当作文学的主题，而不能超越政治经济，在人生层次上表现生活"。① 阎真不仅科学地区分了改革文学思潮的两个阶段，并指出了第一阶段的艺术缺陷，这不能不说是十分敏锐的，同时对于第一阶段改革文学观念化、模式化、政治化的分析也准确而到位。再比如张志忠《冬·春·雪·雾——〈多雪的冬天〉与〈冬天里的春天〉》运用比较分析的方法，对于苏联作家伊凡·沙米亚金的《多雪的冬天》与李国文的《冬天里的春天》进行文本比较，通过文本细读，指出两部作品之间的共同之处，进而总结认为，"在各国文学中，借鉴是必要的，有益的，独创性更不可少。我们的文学，应当更放手地借鉴和继承，以更快的步伐前进。当前，如能有重点地介绍苏联当代文学，其意义当在大量介绍西方现代文学作品之上，因为，那种的社会责任感，历史使命感，个人服从社会需要的自我牺牲精神，追求个人品格完善的努力，是中国文学和俄苏文学共有的"。② 这是较早的运用比较分析理论进

---

① 阎真.超越观念——评第一阶段改革题材小说的艺术缺陷［J］.当代文艺思潮，1986，（5）.

② 张志忠.冬·春·雪·雾——《多雪的冬天》与《冬天里的春天》［J］.当代文艺思潮，1984，（5）.

行文学批评的文本之一。更难能可贵之处在于，在西方文学理论译介大行其道的时期，作者再次提示了中苏文学的紧密关系，这对于盲目追求"西化"的文学界是一个重要提醒。潘洗尘、杨川庆《开放在校园里的诗华——漫谈我国近年来的大学生诗歌创作》则关注了 1979 年至 1983 年的大学生校园诗歌的发展状况，并以 1981 年为界将此一阶段的诗歌划分为"反思阶段"和"尝试阶段"，并总结认为，在反思阶段，"大学生们的诗在思想上表现出相当的深刻性。但在艺术上，尚显得一般，基本上沿袭着建国三十多年来的诗歌形式，一些新的艺术表现手法才刚刚萌芽"。[①] 而在尝试阶段，"大学生诗作多从大处落墨，使诗作带有一种历史的纵深感"。同时在表现对象上，"大学生的诗歌从现实的生活中产生，容纳着现代的生活节奏，表现着人们新的生活情趣"。两位年轻作者对于彼时大学生校园诗歌的扫描是比较全面的，对于两个阶段的划分和特征的分析也具有科学性，其中提及的一部分诗人如叶延滨、高伐林、赵丽宏、王佳欣、王小妮、孙武军、吕贵品正是 1980 年代中国当代新诗发展的中坚力量。

尽管大学生作者尚显稚嫩，有些文章论点也有失偏颇，但不可忽视的是，这些年轻作者所具有的锐气正是革新大潮风起云涌的时代所急需的，尤其是面对正在成长的同代作者，他们共同的成长经验、情感结构，更容易把握新时期文学发展的方向和存在的问题。

《当代文艺思潮》的另外一个重要栏目是"国外文艺思潮之窗"，这也是从该刊物创刊即设立的一个固定栏目，其目的在于追踪国内外的当代文艺思潮。从具体实践来看，这个栏目是国内

---

① 潘洗尘，杨川庆. 开放在校园里的诗华——漫谈我国近年来的大学生诗歌创作 [J]. 当代文艺思潮，1984，(3).

较早地介绍西方文艺发展思潮的文学园地，所关注的对象包括"意识流"（瞿世镜《"意识流"思潮概观》1982 年第 1 期）、"现代派诗歌"（郑敏《庞德，现代派诗歌的爆破手》1982 年第 1 期）、"英国工人阶级文学"（蒲隆《英国工人阶级文学现状》1986 年第 11 期）、"苏联军事题材小说"（何茂正《苏联军事题材小说的某些倾向》1984 年第 1 期）、"美国非虚构文学浪潮"（王晖、南平《美国非虚构文学浪潮：背景与价值》1986 年第 2 期）、"日本大众文学"（莫邦富《当代日本大众文学盛行原因之我见》1985 年第 1 期）、"拉丁美洲爆炸文学"（朱景冬《拉丁美洲爆炸文学的思想艺术倾向》1984 年第 3 期）等等，在《当代文艺思潮》前后发行的 33 期刊物中，几乎每期都有 1—2 篇世界文艺思潮的研究文章，从性质来看，有的是研究性的，有的是译介性的。从范围上来看，覆盖欧洲和美洲，既有英法等欧洲国家，也有正在崛起的拉美文学，既有远在大洋彼岸的美国文学，也有近邻日本文学，该栏目的全面性和丰富性，为国内文学界了解世界文学打开了一扇重要的窗口。这一栏目的设立与 1980 年代文学"走向世界"的内在需求有深度关联，"睁眼看世界"正是"走向世界"的过程中所必不可少的环节和步骤。

二

在《当代文艺思潮》的办刊宗旨中，有对"革新文艺研究方法"的明确诉求，在具体的办刊实践中，也有多样的落地生根的尝试与探索，"文艺新百科""文艺学与现代科学""文艺学与社会科学""理论探索与争鸣"等栏目都在力图推动当代文艺研究方法的革新。在编刊过程中，的确涌现了许多有理论深度和新意的文章。比如在大力推崇用自然科学研究方法来分析文学作品的风潮中，《当代文艺思潮》刊发了姜庆国的《信息论美学初探》，认为"信息论美学是一门理论与应用并重的科学，它的研究结果可以应用于现实的审美活动"，"信息论美学希望将美学改造成一门真正的科学，是美学发展的必然，它带来美学研究方法论的巨大变化，使对美的本质、艺术的本质等问题的研究进入新的阶段"①。在1985年第5期，又刊发了带有争鸣性质的严昭柱的文章《控制论基础理论与美学基本问题浅识——兼与黄海澄同志商榷》，这同样是一篇关注自然科学研究方法与美学问题的文章，在1985年初，借鉴和引入自然科学研究方法到文学中来的呼声很高，《当代文艺思潮》编发这篇文章显然有将对这一潮流的探讨引向深入的意图。尽管这一倾向被证明带有盲目性和非科学性，但《当代文艺思潮》勇于参与争鸣、积极推进理论探索的热情和态度仍然是值得肯定的，它的强烈的参与意识，体现出了一种文学担当和追求。

经过1985年"方法论年"对于方法论问题的热烈讨论之后，批评方法的多样化成为批评界的新气象，这一气象也显著地体现在《当代文艺思潮》刊物上。《当代文艺思潮》1986年第6期，刊发了胡河清的《张洁爱情观念的变化——从〈爱，是不能忘记的〉〈方舟〉到〈祖母绿〉》、梦湖的《中学生——大学生：性意识在小说中的变化》以及肖君和的《论文学的主体客体性》，这些研究分别从情爱、性爱等角度来分析文学作品，讨论文学主体性与客体性的关系，明显受到弗洛伊德、黑格尔、柏拉图等人学说的影响，这些文章从新的角度进入文学作品或文学理论，探析出新的意义来。

可以说，在《当代文艺思潮》办刊的过程中，对于新的研究方法的探讨和推出一直都是不遗余力的，以高度的参与性投入到

---

① 姜庆国.信息论美学初探［J］.当代文艺思潮，1985，（1）.

了新时期文艺研究方法的革新事业中去，它所刊出的一系列理论文章，也的确卓有成效地推动了当代文艺研究方法的变革。最能突出表现这一点的还有它们精心打造推出的"第五代批评家"的专号，是较早地使用和阐述"第五代批评家"这一概念的先行者，总负责人谢昌余还专门撰文论述"第五代批评家"的思维特征及艺术追求，这一期专号对于团结凝聚第五代青年批评家，推动中国当代先锋文学批评的前进具有重大的意义。关于"第五代批评家"会在第四章中有专节论及，此不赘述。

第二节 《上海文学》：
上海批评圈与青年批评力量培养

一

"文革"结束之后的中国文坛，实际上有一南一北两个主要文学中心，即北京与上海，虽然同为重要阵地，二者在文学发展过程中所扮演的角色却并不相同，相比于北京较为浓烈的政治色彩，上海更多时候扮演的是一个反叛者的角色，被视为自由与先锋的圣地，容纳了更多先锋文学意识。

从创作上来看，新时期文学的最早发声其实是在上海，卢新华拉开了"伤痕文学"思潮序幕的作品《伤痕》发表在上海的《文汇报》上。但由于彼时文学与政治的关系仍然紧密地捆绑在一起，因此，作为政治中心的北京显然能够最快感受到政治的调整以及由此所带来的文学上的调整。因此，在十一届三中全会和第四次文代会结束之后的几年中，文学的一些新气象是以北京为中心层层传导出来的，作为另一方重镇的上海接到讯号的时间则要晚于北京。但上海并不因此总是"落后"于北京，它也有自己的优势，即"边缘"的优势，相比于北京明确的政治中心的位置，上海在经济和文化上有着自己的优势，甚至于由于沿海城市历来的开放风气，上海地区有着更为活跃的思想和更加自由的空气，这些都是 1980 年代的上海所独具的特征。正是这种外在的特殊环境形态培植了《上海文学》《收获》等几个重要的文学刊物，借助于这些刊物阵地，上海的文学创作和文学批评在 1980 年代非常活跃，常常开风气之先，成为新时期文学发展和进步的重要策源地。

《上海文学》的前身是《文艺月报》，创刊于 1953 年 1 月，第一任主编为巴金。刊物是原创性的，以发表文学作品为主要内容，体裁范围涵盖小说、散文、诗歌等各大门类，在 1980 年代，许多重要的作家作品都刊发在这一刊物上，比如王蒙的《色拉的爆炸》（1983 年第 6 期），阿城的《棋王》（1984 年第 7 期），苏童的《飞跃我的枫杨树故乡》（1987 年第 2 期），马原的《冈底斯的诱惑》（1985 年第 2 期）、《游神》（1987 年第 1 期），这些作品在当时都是极具先锋色彩的，突破了传统的文学创作观念，形成了新的艺术特色。但《上海文学》同样注重对于文学批评的推进，创作与评论"两翼齐飞"是《上海文学》在 1980 年代办刊的特色之一，这一方面体现在它设置了专门的批评栏目，同时还隐藏在他们的编刊实践中。这种办刊方针和风气的形成与彼时掌管刊物的两位老一代的编辑家李子云、周介人有密切的关系，他们自身编辑家和批评家的双重身份形成了推动刊物在文学理论批评方面发展的重要动力。

周介人在《上海文学》最早的工作是理论批评组的组长，专门负责理论批评版块的编辑工作。但不同于其他编辑的是，周介人具有编辑家和批评家的双重身份，他将这两种身份很好地融合到了一起，形成了他的文学实践。"对我来说，编辑工作就是文

学批评的一种方式，而从事文学批评，又是编辑工作的自然延伸
和必要补充。编辑的日常工作是选择，这是不着文字的批评，它
为批评文章的写作提供了大量的感性经验，而批评的理性思考，
又为编辑的自由选择提供了超越经验局限的尺度。因此，编辑家
和批评家是可以合二为一的。"① 周介人就是这种合二为一的典
范，雷达称他是"编辑界的奇才"，正是编辑和批评两大身份的
融合成就了他。

　　除了双重身份，编辑的视野和心胸也尤为重要，"编辑应该
有'职业病'，见到好稿就动情，发现了好作者就倾心，他只知
道让别人踩在自己身上过河去，而不计较别人是不是会'过河
拆桥'；后面还有许多人等着过河呢，管他过去之后给你什么脸
色！正因为编辑是大度的，所以他还能保持一个公正的、批评的
眼光，覆盖这文坛上林林总总的事物。"② 实际上不仅是主要办刊
人对文学和批评的倾心决定了刊物的发展方向，他们的心胸、视
野、胆识、学识也决定了刊物的高度。在《上海文学》1980 年
代的办刊过程中，这两位实际的负责人决定了刊物的办刊方向和
高度，他们对于文学新人新作、文学理论批评的推动起到了重要
的作用。从地理分布上看，在先锋文学批评发展过程中，上海地
区的贡献是明显大于其他地区的，上海地区聚集的先锋批评家也
要远远多于其他地区，出现这种情况的原因除了上海地区良好的
整体氛围之外，两位主编的提携是重要因素，吴亮、程德培、蔡
翔、许子东、殷国明等一批青年先锋批评家皆从两位前辈的提携
中受益，"在我的印象中，当年的作协和《上海文学》更像是一
所学院，充满着学术气氛，李子云、周介人都是我们终生受益的

---

① 周介人 . 周介人文存［M］. 桂林：广西师范大学出版社，2004：2.

② 周介人 . 周介人文存［M］. 桂林：广西师范大学出版社，2004：7.

导师"。① 有了两位具有先锋精神和理论素养的主编不遗余力的推举以及刊物阵地的加持，上海的青年批评家们获得了广阔的翱翔空间。反过来，青年批评家们迅猛的进击姿态又极大地推动了刊物的发展，这种良性的循环是 1980 年代上海这一文学理论批评重镇得以迅猛发展的基础和关键。

<h2 style="text-align:center">二</h2>

《上海文学》具有关注文学理论批评的传统，新时期文艺理论讨论的第一枪可以说是从《上海文学》打响的，这便是发表于 1979 年第 4 期的评论员文章《为文艺正名——驳"文艺是阶级斗争工具"说》，该文明确反驳了"文艺工具论"，指出这一理论束缚了文学创作的发展，为了更好地为社会主义服务，为"四化"服务，必须消除这一理论在我们文艺工作中的不良影响。随后又刊出了一系列的讨论文章，比如吴世常的《"文艺是阶级斗争的工具"是个科学的口号》（1979 年第 6 期）、张居华的《坚持无产阶级的党的文学原则——"文艺是阶级斗争的工具"不容否定》（1979 年第 7 期）、顾经谭的《文学的发展与"为文艺正名"》（1979 年第 7 期）、《文艺必须正名》（1979 年第 9 期）等文章，这些文章从正反两方面进行论辩争鸣，展开讨论，对于"文艺工具论"的价值和局限进行了充分的探讨。随后，这一讨论在全国范围内热烈展开，各文学刊物和作为重要理论批评力量的高等院校召开了大量的讨论会进行讨论，在这次大讨论之后，"文艺工具论"的说法逐步被破除，文艺的功能和自由度得到极大释放。

再比如，1982 年关于"现代派"的讨论实际上也是从《上

---

① 程德培，白亮．记忆阅读方法——程德培与新时期文学批评［J］．南方文坛，2008，（5）．

海文学》发起的。1982年,高行健的《现代小说技巧初探》一书出版后,引起了强烈的反响,冯骥才、李陀、刘心武三人觉得有必要支持一下高行健,同时"轰一轰"文坛沉闷的局面,三人商议之后,决定发起关于"现代派"的讨论,三人以通信的方式各写了一篇文章,这便是冯骥才的《中国文学需要"现代派"!——冯骥才给李陀的信》,李陀的《"现代小说"不等于"现代派"——李陀给刘心武的信》,刘心武的《需要冷静地思考——刘心武给冯骥才的信》,三封信虽然对"现代派"的态度并不完全一致,但打开了对于"现代派"讨论的空间,这对于1982年仍然占据文坛主流的创作思想构成了强烈的挑战。据李子云回忆,李陀告诉他"北京不好发",于是李子云表示可以拿到《上海文学》发。但在上海发表的过程也充满曲折,据李子云回忆:"发表通信的刊物出厂那天,我早上刚到办公室,冯牧同志就打电话来,命令我撤掉这组文章,我跟他解释,杂志已经印出来了,根本来不及换版面。他说,你知道吗? 现在这个问题很敏感,集中讨论会引起麻烦的。但我认为没什么关系,讨论一下不要紧。……他把电话挂了,后来我就发了。"[1] 从这段气氛紧张的电话通话中能清晰地感受到主编李子云当时的压力,三篇文章最后均发表在1982年第8期的《上海文学》上,在当代文学批评发展的历程中,关于"现代派"的讨论意义重大,所承受的来自各方的压力也是巨大的,《上海文学》杂志对于三封信的刊发,充分说明了刊物在当时所具备的先锋性和前瞻性。

在刊物层面,1980年代的《上海文学》对于文学理论批评的推动主要是通过"理论"栏目的设置来实现的。在新时期伊始的几年内,《上海文学》的栏目比较简略地按照体裁分为四大

---

[1] 王尧."现代派"通信述略[J].文艺争鸣,2009,(4).

类，"诗歌""小说·散文""理论""美术"，在这个分类方式中可以清晰地感受到"诗歌"和"理论"的重要性来。1985年之后，鉴于小说的崛起以及理论批评的勃兴，小说栏目独立出来，并开始了短篇和中篇的"分家"。而理论版块也有变化，除了常规的"理论"版块之外，另设批评家评论小辑、读者评论等栏目，来进一步推动讨论以及理论批评的发展。比如，李庆西、李劼、程德培等先锋文学批评家都曾以"评论小辑"的形式在刊物上亮相。

当然，栏目的设置只是一个"形式"，真正产生意义的在于其"内容"。在1980年代先锋文学理论批评发展的过程中，《上海文学》的重要价值体现于其自身的"先锋性"和前瞻性。它对理论批评思潮律动的敏锐洞察以及大胆推介，为先锋文学批评的发展提供了极为重要的展示舞台和阵地。

比如，在"寻根文学"崛起过程中有过关于"根"的大讨论，《上海文学》也积极介入其中，集中刊发了一批讨论"寻根文学"的理论文章。比如郑万隆的《我的根》明确提出："黑龙江是我生命的根，也是我小说的根。""独特的地理环境有着独特的文化"，他的小说就是植根于这种地域性、民族性的文化之中。而在1985年的第1期，郑万隆的"寻根文学"代表作《老棒子酒馆》开始发表在《上海文学》上。

先锋文学批评的发展与先锋文学思潮的涌起有着非常明显的对应关系，这种对应关系一方面体现在时间上，另一方面也体现在理论来源的一致上。在1985年之后，先锋文学批评借助于先锋文学思潮的崛起，走向高潮。《上海文学》在这一过程中也成为了理论批评"变法"的阵地之一。比如李劼关注先锋文学语言和形式变革的重要文章《试论文学形式的本体意味——文学语言学初探》是较早系统论述语言和形式问题的论文，他认为："从八五年开始的先锋派小说是一种历史标记。这种标记的文学性与其说在于'文化寻根'或者说现代意识，不如说在于文学形式的本体性演化。"在这里，"形式"成为了重要的"内容"和叙述对象，而这正是先锋作家为作为一种反叛策略所极力追求的。作为形式的重要内容之一，语言成为了李劼重点关注的对象，在同期刊发的文章《我的理论转折》中，李劼明确表达了对于"建立文学语言学的断想"，"文学的人性不仅仅在于它的主体性，而且更具体地在于它的本体性，即文学主体在文学语言和形式结构上的创造力。人是一个自我生成的自足体，文学也是一个自我生成的自足体，两者通过文学语感和作品系统的程序编配而连接到一起，体现出文学的人学性质。"在这里，能明确感受到李劼的"理论转向"，即从社会历史到文化心理再到文学本体。

在 1987 年第 5 期的理论版块中，夏中义的《接受的合形式性与文化时差》从接受美学的理论出发，谈论了新的写作理念方法与读者之间在接受上存在的"文化时差"问题，他虽然是以外国文学作品如《尤利西斯》《老人与海》《秃头歌女》等作品为例证，但实际上，这种"文化时差"在正在熊熊燃烧的先锋文学思潮中也存在。这篇文章的价值在于注意到了作者与读者之间在接受层面上的错位问题。

在接受美学的视野中，文学作品实际上由作家、作品、读者共同构成，但在现实中，读者的作用往往被人忽略，实际上，读者的接受和反映构成了文学作品的重要环节，这在先锋文学思潮发展中有鲜明体现，先锋文学作品对于读者的拒绝和背离实际上也构成了"作品"的重要特征，这虽然是一种有意为之的策略，但在客观上，它的确构成了先锋文学的重要特征。《上海文学》非常注重读者在文学创作中的作用，他们专门开设了"读者评论"的栏目，用以刊登普通读者对于文学作品的看法和阅读感受，从署名单位来看，这些读者来自各行各业，他们是非专业的普通读者，但却提供了极为鲜活的阅读体验。比如在 1987 年第 3 期中，读者李辉在《对民族性的反思》中说道："我抱着与作者同样的历史感审视我们民族文化心理的递变，就像翻阅一幅幅子、丑、寅、卯、辰……的画卷。小说那荒诞的讽刺，那寄予民族深沉而痛苦的责任感震撼着我的灵魂，让人反思民族的根性。这种根性潜藏深厚。当我们如数家珍地炫耀祖先的功绩时，却少有妄自尊大的可悲而气短；当我们因顽固和愚蠢被当头棒喝时，失态的自嘲总是能最终聊以慰藉的；我们自以为构筑起一堵坚固的屏障，足以捍卫道德的训条，然而内心的空虚又无以抵抗天性的脆弱。我们的民族就是在这种集体无意识的失重中疲惫而曲折地前行。"这种反思无疑是深刻的，尤其是当它来自于我们的普通民众，这种反思就更显珍贵而发人深省，而这正是文学的启蒙力量。

"读者评论"不仅针对作品，也对理论批评发声。1987 年第 4 期中，读者宋继高以《理性的洞观与文体的构建》对刊发于第 3 期的三篇理论文章表达看法，认为"批评主体的独特及理性洞观的外化，必然导致批评文体的觉醒：三位批评家都在孜孜追求着文体的构建……'文体也是方法'无疑道出了他们的共同追求，而他们的目标显然在文体的个性化与艺术化，使我们既能体味理性思考的快感，又能领略艺术感染的愉悦。新时期的文学批评，正日益焕发出艺术的魅力"。这位读者敏锐地注意到了批评自身在"艺术化"和"个性化"上的细微变化，这种变化正是"主体性""本体性"理论不断影响文学批评的重要表现。在 1987 年第 5 期中，来自"南市区工人俱乐部"的顾国泉这样描述阅读苏童《飞越我的枫杨树故乡》的感受："那是一片怪异的歌谣挟着恍惚的鬼火，通人情的狗挟着狗性的人的神话般的梦幻。从表层来看，作者是回忆那个遥远的逝去的故乡人幺叔，然而这种生前之动态和死去之灵魂的描述，蒙罩上层层叠叠的浊黄色、猩红色的色块，投注着闪闪烁烁的忽蓝忽黑忽紫而交织的光影。"无疑，这种阅读是深潜在作品的文本之中的，是作品与读者发生了良好的接受化学反应的明证。

从这些"读者评论"来看，读者与作品和作者之间建立起了一个化学反应良好的文学场，它提供了职业批评家所不能提供的另外一种阅读体验，这种体验有时可能缺乏理论的建构和思想的支撑，但这种鲜活的经验和民众的态度依然是非常重要的，因为，他们才是基数庞大、占比最高的"读者"，而经过了读者的"接受"，文学创作才达到了"完成时"态。

三

除了以刊物自身为平台推动创作与批评的发展，《上海文学》在1980年代先锋文学批评发展过程中另外一个突出作用表现在对于文学会议的组织以及青年批评家队伍的扶持和集结上。在文学会议的组织方面，影响甚大的1984年底在杭州西湖召开的"杭州会议"最具代表性，这次会议由几位青年人提出，而最终得以落实和举办则要归功于《上海文学》编辑部的大力支持。值得注意的是，这次会议的参会人员是由《上海文学》编辑部拟定并出面邀请的，从参会人员可以看出，与会者均是在当时具有先锋精神和创新意识的作家和批评家，正是这种先锋意识的汇聚和碰撞，使得已经露出头角的"寻根文学"在1985年后迅速达成一致，蔚为大观，这其中"杭州会议"的作用十分重要。其实从这次会议的参会人员也可以看出，《上海文学》对于先锋文学理念的推崇。

具体到对于青年批评力量的培养，《上海文学》的作用更加突出。在上海，当时主要有两拨人。"一拨就是原来作协培养的年轻人，主要是通过《上海文学》杂志李子云、周介人他们培养的，就三个人，吴亮、蔡翔、程德培。他们在报纸上、杂志上写文章比较早，大概在1978年、1980年、1981年开始。他们都是搞当代文学批评的，给当时文学界一种很新的感受，原来文学评论可以这么写，以前的文学评论都是受苏联的影响，很枯燥的，他们的思路不同了，很清新。另外一拨人就是复旦和华师大这一批人，就华师大来说，有夏中义、宋耀良、许子东、毛时安，等等，李劼和胡河清等还要更晚一些。还有就是当时在华师大读书的南帆、殷国明，反正一大批。复旦也有一大批。我们这批人呢，都是从学校里出来的，做现代文学研究出来的。大概是到1985年前后这两拨人开始合流。"[①] 虽然分为两拨，但身处华师大校园的一波年轻人与《上海文学》并不疏远，他们实际上是《上海文学》理论批评栏目的常客和中坚力量。在当时的上海，《上海文学》《上海文论》（1987年创刊）《收获》是上海地区的几个主要文学阵地，虽然办刊宗旨不同，但几个刊物之间的互动却非常地频繁紧密。《上海文论》创刊之后，所发文章多是关注《上海文学》和《收获》的作品的，而在作者的选择上，对于本地的青年批评家也格外青睐，他们在刊物之间以及刊物和本地作者之间形成了一个颇具特色的圈子，所谓"海派文学""海派批评"正是建立在这种"圈子"之上的。这其中，《上海文学》对于本地青年批评力量的扶持最为突出，上海地区的青年批评家正是在刊物的大力荫庇和提携之下迅速成长起来的。

---

① 杨庆祥.历史视野中的"重写文学史"——王晓明答杨庆祥问［A］.重写的限度［M］.北京：北京大学出版社，2011：203.

第三节 《文学评论》:
理论变革的先导与激进的试验

作为新中国成立以来在当代文学研究领域发挥着重要作用、有着重要影响力的学术性期刊,《文学评论》在 1980 年代文学研究批评的现场同样扮演了重要角色,但就推动文学批评发展的效果而言,在本文研究的时间范畴内,其在不同的历史时段内又有着明显不同的表现。以 1985 年为界,可以分为前后两个时期。前一个时期《文学评论》积极介入文学批评现场,推动理论批评的讨论和争鸣,但在理论贡献上并没有特别突出之处,基本是一种中规中矩的状态。后一个时期则更为激进和冒险,提出了一系列的新理论,引领着理论批评的讨论和发展,对 1980 年代文学批评的发展做出了巨大贡献,但与此同时,过度的"西化"和"自由化"也带来了一系列的问题。两个时段,作用不同,但对当代文学理论批评发展的影响都可谓深远。

一

《文学评论》的前身是创刊于 1957 年的《文学研究》,1959年改名为《文学评论》。"文革"开始后,1966 年 6 月停刊,1978年 1 月复刊。虽然并非像《人民文学》《诗刊》等一批创作型刊物一样伴随着新中国成立的脚步应运而生,但在当代文学领域的学术性刊物中,《文学评论》算是较早的排头兵和先锋队了。同时,它也是较少地立足于当代却在研究方向和范围上面对整个"中国文学"的刊物。在各类刊物纷纷选择固定领域寻找阵地的整体态势下,其面向文学整体的开阔姿态和实践也在一定程度上奠定了其在学术界的重要地位。

《文学评论》由中国社会科学院文学研究所主办。中国社会科学院是中央直接领导、国务院直属的中国哲学社会科学研究的最高学术机构和综合研究中心，其前身是 1955 年成立的中国科学院哲学社会科学部。1977 年 5 月 7 日，经党中央批准，在中国科学院哲学社会科学部基础上正式组建了中国社会科学院。党中央对中国社会科学院提出的三大定位是：马克思主义的坚强阵地、中国哲学社会科学研究的最高殿堂、党中央国务院重要的思想库和智囊团。其主办单位的政治属性决定了刊物在意识形态上的规定性，即从属于主流意识形态，与国家的总体方针政策保持高度一致。这种政治属性也决定了其在推动新生理论发展变革上要以国家的总体性计划为准则，而并非以民间的、个人化的意识追求为指向。这也正是在 1980 年代前期，其虽致力于推动当代文艺理论的发展但效果并不如其他期刊（如《当代文艺思潮》）突出的原因所在。

《文学评论》的定位是"全国性文学研究和理论批评的大型学术刊物"，其宗旨是"重视对新时期文学成果的研究和评论，注意扶植中青年文学研究工作者，为繁荣文艺，为改革开放和社会主义精神文明建设做出自己的贡献"。从定位和宗旨上不难看出，面向全国和古今中外的历史视野和推动理论批评发展变革的目标是十分明确的，对于理论的重视和推动也的确是其一以贯之的风格。但在 1980 年代前后，其推动理论批评发展的效果却是有着明显不同。

二

在"文革"结束至 1985 年前的这一时段内，《文学评论》在推动当代文学理论批评发展方面的成绩可以用"中规中矩"来形容。一方面，几乎所有理论批评方面的讨论它都参与其中，刊发了一系列的讨论文章。另一方面，在这些讨论中，它所持守的是一种"中正"的态度和立场，即，对于新生的理论既不推崇也不否定，基本持观望的态度，一些文学讨论也限定在既有的文学观念和意识形态要求之内。

"文革"结束之后，尤其是真理标准问题大讨论之后，文艺界对于一些既有的文学观念展开反思，尤其是对于文学与政治的关系这一老问题展开新讨论。周扬在第四次全国文代会的报告中首先提出，他在总结三十年来当代文学发展教训时认为，"归纳起来，主要是要正确处理三个关系问题：一个是文艺和政治的关系，其中包括党如何领导文艺工作的问题；一个是文艺和人民生活的关系，表现在艺术实践上，也就是文艺创作上的现实主义问题；一个是文艺上的继承传统和革新的关系，也就是如何贯彻推陈出新、古为今用、洋为中用的方针的问题"[①]。在论及文艺与政治的关系问题时，他进一步阐发认识，"文艺和政治的关系，从根本上说，也就是文艺和人民的关系。""文艺反映人民的生活，不能与政治无关，而是密切相联，只要真实地反映人民的需要和利益，也就必然给予伟大的影响于政治。鼓吹脱离政治，只能使文艺走入歧途。""文艺反映生活的真实，就应当适合一个历史阶段的政治的需要。在今天来说，就是社会主义现代化建设的需要。凡是有利于实现现代化的，凡是能直接间接鼓舞人们献身于建设社会主义祖国的，都是为无产阶级所需要的，都是符合无产阶级和广大人民的利益的，而不应该把文艺和政治的关系狭隘地理解为仅仅是要求文艺作品配合当时当地的某项具体政策和某项具体政治任务。政治不能代替艺术。政治不等于艺术。政策图解式的、说教式的、公式化概念化的、标语口号式的作品，由于缺乏生活的真实和艺术的力量，是不为人们所欢迎的，也不能很好

---

① 周扬.继往开来，繁荣社会主义新时期的文艺 [N].人民日报，1979，11（20）.

地发挥文艺的政治作用。"① 可以看出，周扬辩证地分析了文艺与政治的两方面关系，将文艺从单纯为政治服务的"左"倾理论中解放了出来，这种概括在一定程度上实现了为文学松绑的功能，也激发了对这一问题的重新思考。

从 1980 年第 1 期开始，《文学评论》组织发起了关于文艺和政治关系问题的讨论，并持续推进，在近半年的时间里，在 3 期讨论专栏中，先后刊发了罗荪、梅林、付惠、刘纲纪、王得后、张建业等人的文章，这些文章的观点虽不尽相同，但基本都是在周扬报告的基础上展开的，并有进一步的阐发。比如罗荪认为："艺术首先是艺术，否则就取消了艺术，也就取消了政治。是以政治取代了艺术，把二者的关系等同了起来，这是不对的。为什么长期以来我们文艺评论，只有政治思想的分析，没有艺术的分析。这是造成我们的文艺作品不能在艺术上提高的原因之一。"② 罗荪的分析切中要害，指出了长期以来的将文艺等同于政治的错误观点，更为重要之处在于，这种观念不仅仅存在于创作之中，更存在于文艺批评之中，政治思想分析性的文艺批评必然将文学创作导向政治性、思想性的方向。王得后则认为："文学不等于政治，一方面要反对忽视文学的特性，要求文学作品图解政治观念的偏向，反对把文学创作问题简单化地当作政治问题来处理的偏向；另一方面也要反对忽视政治倾向性，使文学脱离党的中心工作，走上自由化的偏向。"③ 王得后从正反两方面提出警告，尤其是警惕"自由化"倾向的警示无疑具有前瞻性，过度的紧密是桎梏，过度的自由是放纵，容易走上歧途。1980 年代先锋文学批

---

① 周扬.继往开来，繁荣社会主义新时期的文艺 [N].人民日报，1979，11（20）.

② 罗荪.文艺·生活·政治 [J].文学评论，1980，（1）.

③ 王得后.略论文学与政治 [J].文学评论，1980，（2）.

评思潮的发展正印证了这一历史规律。这些讨论无疑进一步深化和延展了周扬在第四次全国文代会上的讲话精神，对于活跃文学思维和创造力有极大的促进作用。

而在具体的推动文学批评发展上，《文学评论》也通过设立专栏的形式积极进行。比如在1981年第1期，设立了"发展与活跃文学评论"栏目，并由丁玲、荒煤、王朝闻、罗荪、袁文殊、邓友梅、王春元等几位在当代文学领域有重要影响力的作家、评论家撰稿。丁玲从作家身份出发，发出"作家欢迎批评，尊重批评家"的真诚邀请，认为："批评可以提高我们的文艺理论与文学创作的水平，真正的批评，只会对团结有利。"但同时也提醒批评家"批评要出自公心、党性，而不要出于私利、派性"。① 作为二十世纪跨越各个历史时段且有重要建树的作家，丁玲的"表态"无疑具有示范效应。而文艺理论批评家荒煤则从批评家的身份出发，发出要"真正理解那些优秀的人民的作家，才能有真正的文学研究"的呼吁，他"衷心期望文学评论工作从一九八一年开始，来一个新的突破，开拓一个新的更广阔的领域，扩大视野，眼睛向下，理论联系实际，实事求是，把主要精力放到作家作品研究方面来，尤其是要积极注意爱护、帮助、引导和培养新的作家更快地成长，把文学研究与评论工作搞得更加活跃起来"。② 荒煤发出了一个文艺理论批评工作者的呼声，也是面向文艺理论批评界的一个倡议。作为作家，邓友梅也倡议"在发展不同风格流派的创作的同时，也发展不同风格流派的评论"。③ 罗荪则指出"在评论工作中还存在着很大的不足，主要是同整个

---

① 丁玲.我所希望于文艺批评的［J］.文学评论，1981，（1）.

② 荒煤.理解作家、人民和时代——对当代文学研究、评论工作的一个期望［J］.文学评论，1981，（1）.

③ 邓友梅.几点浅见［J］.文学评论，1981，（1）.

文艺形势的要求，同近年来迅速发展的创作趋势相比较，显然是很不适应的"。这些评论不管是从创作的角度出发还是从评论的角度出发，都指向了一个核心问题，即文学理论批评发展滞后、模式僵化单一。这正是1980年代初文艺理论批评界面对的困境和问题。《文学评论》所组织的这些讨论有助于将问题明朗化，引起大家更多的思考，专栏的名称"发展与活跃文学评论"无疑也蕴含了一种呼唤和期待，希望文学评论能够像文学创作一样呈现出新的气象和样态来。

虽然有这样的期待，但在文学批评开始出现变革态势的时候，《文学评论》的立场和态度却又变成了另外一番样态。1980年代初，文学理论批评变革的先声出现在诗歌领域，即围绕朦胧诗思潮所出现的"三个崛起"①，"三个崛起"出现之后，文学批评界出现了很大的争议，引发了大讨论。作为当代文学批评领域有重要地位和影响力的《文学评论》也组织了相关讨论，在1983年9月5日《文学评论》编辑部邀请中国社会科学院文学研究所的部分同志召开的座谈会上，与会同志基本一致认定徐敬亚《崛起的诗群》"是当前文艺思潮中有代表性的错误言论之一"，是"有明显的错误倾向的文章"。这种否定对于刚刚发出"新声"的文学批评来说无疑是打击巨大的。当然，"三个崛起"的被否定并非是某个单一团体或个人直接作用的结果，但《文学评论》的立场和态度无疑是当时整个环境的缩影，它一方面呼唤着批评的多样化和更新，另一方面又在新的批评样式出现的时刻作出了否定的姿态。其实出现这种内在的矛盾性的原因也不难分析，这显然与其自身的身份属性有着直接关系，它的立场和态度并不仅仅代表刊物自身，还代表了更高层、更大范围的主流声

① 关于"三个崛起"的争论，本文有专节论述，此处不再详细展开。

音。与其形成鲜明对照的是一些地方文学理论刊物，比如刊发了徐敬亚文章的《当代文艺思潮》①，虽然深受影响，但在刊发过程中，无疑体现出一种前卫的推动文学批评变革的先锋意识和先锋姿态。

《文学评论》的立场虽然有内在的矛盾性，但他们对于推动文学理论批评变革的初心是不曾改变的，也以切实的行动和实践在做出贡献。比如，在1984年，他们特别开设了"文学研究方法创新笔谈"栏目，具体探讨研究方法的创新问题，刘魁立、刘再复、林兴宅、钱中文、杨义等人纷纷撰文参与讨论，这其实是1985年方法论热的前奏，这些文章从不同角度探讨方法之于文学研究的重要意义，以及方法的获得和使用。钱中文指出"文艺理论的发展与方法更新的迫切性"，认为"在改革之势已成，新的潮流不可逆转的今天，文艺研究方法上的改造，自然是顺理成章、十分迫切的事"。②刘再复提倡思维方式要有"开放性眼光"，"应当自觉地对自己的思维方法进行反省，应当改造封闭式的思维方式，从而对社会、对人生、对知识、对文学，都采取一种开放性的眼光"。③林兴宅则从科技革命中获得启示，认为科技革命将"惊醒传统研究方法一统天下的美梦"。④虽然观点和角度都不尽相同，但从中不难看出，《文学评论》对于推进文学理论批评变革的态度和立场，它始终持有一种开放性的态度。

总体来看，在1985年刘再复担任主编之前，《文学评论》一直在致力于推动当代文学批评的发展和变革，但就效果而言，与

---

① 关于《当代文艺思潮》刊发徐文经过，也有专节论述，此处不再详细展开。
② 钱中文.文艺理论的发展与方法更新的迫切性［J］.文学评论,1984,（6）.
③ 刘再复.思维方式与开放性眼光［J］.文学评论, 1984,（16）.
④ 林兴宅.科技革命的启示［J］.文学评论, 1984,（6）.

全国其他同类学术刊物相比并不突出。这一方面与 1980 年代初文学理论批评自身的变革力量尚未由量变达到质变的内在因素有关，也与《文学评论》刊物自身的身份属性和功能定位有关。

三

1985 年之后，《文学评论》与当代文学批评的关系变得更为紧密，且不再是一个普通的推动者的角色，它从众多推动者中一跃而出，成为具有先锋精神和探索精神的文学理论批评的引领者。这种变化与新任主编刘再复有着直接的关系。

1985 年开始，刘再复担任中国社会科学院文学研究所所长，同时担任《文学评论》主编。在 1984 年，刘再复在《文学评论》上发表了《论人物性格的二重组合原理》①《思维方式与开放性眼光》② 两篇文章，对当代文学理论批评界产生了极大影响，这些文章体现出一种新的研究视角和思路，以及期待思维方式变革的开放性视野。在 1985 年开始主编《文学评论》后，他将这种思维和视野转化到了《文学评论》的办刊实践中。1985 年后的《文学评论》以一种较为激进的姿态开始引领文学批评变革的风潮。

尽管引进西方文学理论的译介工作早在 1980 年代初就已开始，同时又有相当多的刊物开辟了关注外国文艺思潮和介绍外国文艺理论的专栏。但从文学刊物的角度来看，在 1980 年代先锋文学批评发展过程中，西方文学理论的本土性转换和集中提出是从《文学评论》开始的。

任何文学理论的移植和转化都必然面临这样一个问题，即与新的文学经验相遇并与之发生化学反应，其结果大致可能导向两个方向：一是文学理论能够有效阐释并进入新的文学经验内部，

---

① 发表于《文学评论》1984 年第 2 期。
② 发表于《文学评论》1984 年第 6 期。

使之发生新的变化。二是文学理论在新的文学经验面前失效并因新的文学经验出现而推动自身的理论变革。具体到1980年代文学批评的语境下，由西方舶来的文学理论与中国文学经验之间的关系显然属于第一种类型，并由此而催生出了崭新的文学批评样态。但需要进一步追问和总结的是，在西方文学理论与1980年代的中国文学经验融合的过程中，由西方文学经验培植的多元化的现代文学理论是如何落地生根进而融入文学现场的？理论的本土化是如何完成的？在我看来，《文学评论》在一定程度上承担了这个历史的重任。

　　刘再复担任《文学评论》主编的时间前后不到五年。但这五年，是1980年代文学批评变革最为剧烈的历史时段，这一点鲜明地体现在《文学评论》刊物上。作为期刊平台，《文学评论》一改1980年代前半期"中规中矩"的姿态，以一种较为激进和先锋的姿态充当了先行者的角色。这种角色的定位可以从几个重要理论的提出找到合法依据。

　　首先是刘再复的文学主体性理论。在《文学评论》1985年第6期和1986年第1期，刘再复连续发表两篇文章《论文学的主体性》和《论文学的主体性（续）》，提出"文学主体性"概念，强调文学创作要坚持以人为中心，重视人的主体性。同时在人的主体性的基础上，建立文学自身的主体性。他认为"文学的主体性包括作为对象主体的人物形象，作为创造主体的作家和作为接受主体的读者和批评家"。[①]"文学是人学"的观念早在1950年代便已被提出，但在1980年代前的二十余年的历史时段里，作为群体指称的人并不是文学的中心。1980年代初关于人性、人道主义的讨论将此观念再度提出，引发思考，但建立人在文学创作中

──────────

① 刘再复.论文学的主体性［J］.文学评论，1985，（6）.

的主体性以及由此而形成文学自身的主体性是在刘再复这里提出的。这种理论当然有着西方文学理论和思想的痕迹，比如马克思关于人的论述、人本主义心理学、精神现象学等等都提供了很多的启示，这一方面说明刘再复的这一理论并非凭空而来，有着理论的来源，同时也说明这些西方文学理论在他这里完成了某种转化，具有了本土性的特质。"主体性"理论的提出赋予了文学以生命力和活力，将文学从政治学中剥离出来，具有了独立性。同时，也激发了创作者的主观能动性和创造活力。这一理论的提出对 1980 年代中后期文学批评界产生了深远的历史影响。

其次是鲁枢元的文学心理学理论。1985 年，鲁枢元在《文学评论》发表了《试论文学语言的心理机制》①《用心理学的眼光看文学》② 两篇论文，试图搭建从心理学的角度探寻和理解文学的理论路径。他援引冯特"心理世界"的心理学理论，认为在创作过程中，作家的"心理世界"起着重要的作用，并总结认为，"文学艺术的创作过程，是一个包括文学家自己的需求、欲望、感觉、知觉、思维、情感、注意、记忆、直觉、想象等心理功能在内的极其复杂的过程。这是一个同时包括了认识的高级形式和低级形式，心理的智力因素和非智力因素，意识的显在成分与潜在成分，主体的定势因素和动势因素在内的心理活动过程，是一种基于文学家的气质、人格、个性之上的立体的、流动的、完整的、有序的心理活动过程。"③鲁枢元在这里强调作家的一系列个体特征对于创作过程的影响，并将文学创作视为一种"心理活动过程"。这种认识建立了从作家心理世界出发考察作品的新的研究路径，相比于长期以来提倡从外部社会历史进入作品的路

---

① 鲁枢元.试论文学语言的心理机制［J］.文学评论，1985，（1）.
② 鲁枢元.用心理学的眼光看文学［J］.文学评论，1985，（4）.
③ 鲁枢元.用心理学的眼光看文学［J］.文学评论，1985，（4）.

径，甚至是在现代西方文论影响下建立起来的从作品的形式、语言进入作品的路径，从作家的心理出发研究作品显然打开了文学研究的另外一个重要空间和维度，这个维度不仅是进入作品、理解作品、阐释作品的维度，实际上也是进入作家、理解作家、阐释作家的重要路径。作为创作的主体，作品生产的起点和源头，对于作家整体心理世界和精神世界的研究和勾勒无疑也是文学研究的重要任务，是构建文学史的重要组成元件。在此理论的影响之下，出现了一批从心理学角度研究作家作品的成果，比较有代表性的成果有王晓明的《所罗门的瓶子》，他将这一研究方法用之于现代文学，分别对鲁迅、茅盾、张天翼进行精神世界的探察与研究，得出鲁迅是"现代中国最苦痛的灵魂"的结论，也用以分析高晓声、张贤亮、沙汀等人的创作。这些成果不但建立了作家心理世界与作品的联系，也较好地总结了作家的内在精神世界的不同风貌。从文学批评史的角度来看，在此后的当代文学研究中，从心理学角度研究文学成为一个常见的研究方法，而其源头，则无疑可以追溯到鲁枢元在 1980 年代的历史建构。

第三，提出了"二十世纪中国文学"的概念。1985 年第 5 期，黄子平、陈平原、钱理群联名发表了《论"二十世纪中国文学"》的文章，提出了"二十世纪中国文学"的新概念，并进而阐释说，所谓"二十世纪中国文学"就是"由上世纪末本世纪初开始的至今仍在继续的一个文学进程，一个由古代中国文学向现代中国文学转变、过渡并最终完成的进程，一个中国文学走向并汇入'世界文学'总体格局的进程，一个在东西方文化的大撞击、大交流中从文学方面（与政治、道德等诸多方面一道）形成现代民族意识（包括审美意识）的进程，一个通过语言的艺术来折射并表现古老的中华民族及其灵魂在新旧嬗替的大时代中获得新生并崛起的进程"。① "进程"是他们这一概念的核心术语，也是文学史论述的新名词，在以往的划分中，文学史都被看成是"完成时态"，都是一段又一段的完成了的发展史。"进程"这一概念提出的重要意义在于将文学史从凝固的、静止的、分散的定位中解放出来，赋予了其变化的、动态的、一体性的生机与活力，这种变化使得文学史从已经被固化的乃至于僵化的历史叙述中跳脱出来成为可能，打开了重新阐释的巨大空间。与此同时，他们将"二十世纪的中国文学"看作世界文学整体的一部分，看到了自晚清近代以来中国文学与西方文学的紧密关系，这种视野重新建立了中国文学与世界文学的连线，将中国文学置于世界文学的整体框架之中进行考察，打破了惯常的文学史叙述中完全以中国为中心的叙述方式，这将有助于对中国文学的历史价值作出更为客观公正的判断和定位。另外，他们还进一步分析提出了"启蒙主题""悲凉基调"以及"文体演进"等概念，从新的角度概括"二十世纪中国文学"的特征和内涵，这些概括所体现出的共同特征是一切从文学的角度出发进行判断评价，跳出了长期以来将文学史置于政治史之中或将文学史作为政治史的附属和补充的固有框架，这种阐释和概括，在无形之中进行了评价前提的置换，即将文学视为具有独立性、主体性的自主体系，而不再视为衍生品和附属物，在这个前提之下，评价的标准也由社会学、政治学转变为文学的标准。以今天的术语来表述，这是一个"去政治化"的过程，"去政治化"在今天看来是一个值得商榷的史学思维，但在 1980 年代的语境之下，它的破坏性和冲击力是巨大的，它的价值在于打破一种惯性的历史思维，在僵化凝固的历史叙述中打开了缝隙，从而为文学史的重建提供了可能。它引发了人们

---

① 黄子平，陈平原，钱理群.论"二十世纪中国文学"［J］.文学评论，1985，（5）.

对于文学史问题的重新思考和评价，对于二十世纪文学史的研究开始有了新的视角和论述维度。不久之后，陈思和、王晓明等人在《上海文论》开设"重写文学史"的专栏，发出重写文学史的呼吁，这些学术行为无疑与"二十世纪中国文学"概念的提出有着紧密的内在联系。"二十世纪中国文学"概念与"重写文学史"的概念，都代表了文学史研究的新观念，它们从根本上打破了原有的文学史观，对于新的文学史观的萌发和重建起到了启蒙和奠基的作用。

以上是1980年代《文学评论》所推动和发起的几个典型的新理论的例子，在更具象的层面，还有更多的代表性的文章，比如关于文学语言学的分析，形象思维的探讨，等等。不过，《文学评论》在推动文学批评变革的过程中，也存在盲目和过激的情况。比较典型的是向自然科学借鉴研究方法的"三论"讨论。

在向自然科学借鉴研究方法的问题上，刘再复是坚定的支持者，比如对于持这一观点的代表性人物林兴宅，他多次表达了支持，"从林兴宅同志的文章和其它运用新方法论的文章中，我们会感到已有的某些文学观念和理论思维方式过于狭窄，有些文学观念和文学研究方法确实必须更新。这种更新，有利于我们接近真理，有利于文学艺术创作水平的提高，也有利于文学自身的建设。"[①] 作为《文学评论》主编和理论创新的重要源头，他的这一观点对文学理论批评界产生了很大的影响。他不仅在出席各类方法论讨论会议时强调和阐释自己的这一观点，在《文学评论》的办刊上也鲜明地体现他的这一立场。在1985年后的《文学评论》上，发表了一系列关于向自然科学借鉴的文章，比如林兴宅的《文明的极地——诗与数学的统一》《论系统科学方法论在文

---

① 刘再复.思维方式与开放性眼光［J］.文学评论，1984，（6）.

艺研究中的运用》《科技革命的启示》，等等。这种倡议一方面推动了人们对于方法论问题的思考，但同时因为过于盲目而引发了误导和争议。在今天，对于1980年代方法论热的反思和清理也成为当下研究的方向之一，其源头不能不追溯到这里，而《文学评论》与此有着直接的关系。

整体来看，1985年后的《文学评论》在推动文学批评变革的问题上是不遗余力的，尤其是在刘再复的一系列新理论的支撑下，使得《文学评论》成为1980年代中后期文学理论批评变革的先锋阵地和风向标。在实际效果上，也的确非常突出，一定程度上实现了西方文学理论在中国文学土壤之中的落地生根，但激进的态度也带来了负面的问题，盲目推崇西方，造成了自由的失度，使得变革走向了另一个极端。因此，在1980年代末，《文学评论》进行了新的调整和清理，再度调整了自身定位和办刊方向。

从1980年代先锋文学批评发展的角度来看，《文学评论》在这一思潮发展的过程中起到了至关重要的作用，它在这一思潮逐步由量变走向质变的关键时刻，以一系列的新理论推动了先锋文学批评思潮由量变走向质变，尤其在1985年后，在各式文学理论批评如万花筒般绽放的历史过程中，《文学评论》扮演了急先锋和开拓者的角色，它不仅以自身平台为先锋文学批评提供表演和展示的阵地，也以新理论的提出引领思潮的发展，成为耀眼的弄潮儿。但与此同时，也应看到理论的激进所带来的问题，比如方法论的盲目借鉴和滥用，对于西方文论的过于推崇，对于自由的过度追求，等等，这些问题在《文学评论》刊物上也都有着不同程度的体现，这些都是当下的理论批评界需要继续反思和清理的对象。

第四节 《当代作家评论》：
先锋文学批评的践行者与推动者

《当代作家评论》创刊于 1984 年 1 月，是一本立足于当代文学现场，及时追踪新作家作品的刊物。他们在发刊词中表示，"我们不能不承认，当前我们的文学评论落后于创作。""创作与批评是文学的两翼。文学的繁荣，应该也必须包括批评的繁荣。"这是一本纯理论批评的刊物，所刊发的文章都是理论批评性质的，他们充分肯定理论批评在文学发展中的重要作用，"有创建的评论，有见识的批评家是繁荣文艺创作不可或缺的"，"经验和现实都告诉我们，大力开展当代文学的评论工作，做到鲁迅所说的'使文艺与批评一同前进'，这是时代的需要，是文学进一步发展繁荣的需要，是广大读者、文学工作者、文学爱好者的需要，是建设社会主义精神文明的需要。这也就是我们筹办《当代作家评论》的初衷。"① 由此可见，从创刊之初，他们就明确了推动理论批评发展的目标和任务，落实到具体的办刊实践中，则是格外重视对于新作家新作品的追踪，同时也推崇以新的批评理论进行批评实践。

一、注重对于文学新思潮的关注和推介

1980 年代是文学思潮争相盛放的年代，但理论批评界对于新文学思潮的态度并不统一，且在介入上存在普遍滞后的问题。《当代作家评论》对于新的文学思潮则持一种开放的态度，并及时刊发有关新文学思潮的理论批评文章。

比如在创刊伊始的 1984 年，时值寻根文学思潮逐步浮出水

---

① 发刊词·让创作与批评一同前进［J］. 当代作家评论，1984，（1）.

面的关键时期，1983 年，李杭育的《最后一个渔佬儿》，邓刚的《迷人的海》已经发表，并在文学界引起反响，但这种反响中的意见并不统一，甚至出现了李杭育所说的代表着批评界权威的老一代批评家无人发声的境况。沉默有时也是一种态度，也有刺痛人的尖锐力量，李杭育等"寻根文学"新生力量不免感到彷徨和怀疑。但《当代作家评论》对于新的文学思潮持接纳态度，在创刊的第一年里他们刊发了大量的追踪"寻根文学"思潮的批评文章，这给了"寻根文学"作家以极大的鼓舞。

比如在创刊号中，彭定安的《越过生活的"恩赐"》即是关于邓刚《迷人的海》的批评文章。文章在做出这样的作品"是他的艺术再觉醒的表现。他的足迹踏进了一个艺术新天地"的肯定性评价之后，也指出了作品的缺点，"这就是社会生活和时代的背景，又过于隐晦了。如果不是有'脚蹼'和'鱼枪'的出现，我们几乎很难清楚地确定事情的年代和时代区划。更主要的是，无论是理念还是思想，感情还是性格，作者都可以和应该点染得更明确清晰，使人明了人物和生活的时代背景和社会环境"。[1] 这样的批评在今天看来难免有些幼稚，从中能够看出依然带着鲜明的社会历史批评的思维惯性，但正是这样的批评显现出传统批评思维对于新文学思潮的态度和立场，尽管对于"缺陷"的指责在今天看来并不成立，但在当时，其所代表的正是理论批评界对于新文学思潮的一种真实的态度。

再比如对于寻根文学的重要旗手张承志作品的关注也十分惹人注目。季红真在《沉雄苍凉的崇高感》一文中指出，张承志的小说具有"沉雄苍凉的崇高感"，"让人振奋而又喟叹不已，开拓了当代小说美学风格的新领域"。文章从"苦与爱：人民主题

---

① 彭定安.越过生活的"恩赐"[J].当代作家评论，1984，（1）．

的多重变奏""理想与现实：一代人道路的多种探索""文明与野蛮：社会人性的多种形态""勇敢与牺牲：强者性格的多种矛盾""抒情与象征：艺术手法的多样尝试"等多个角度来分析张承志小说的美学特征，这种分析脱离了传统社会历史批评的单一结构，搭建起了一个立体的美学空间，这种肯定和认可对于作者无疑是一种极大的鼓舞。同期刊出的蔡翔的《在生活的表象之后》一文则进一步预言了张承志小说的潜在价值，"张承志具有一种诗人的资禀，他常常沉溺在精神的无边无际的漫游中，这种对精神的偏爱使他不惜模糊人物的外部特征而使读者把更多的注意力投向人物的精神世界。很难说张承志的作品具有什么样的急功近利的兑现价值，它所包蕴的全部深刻的内涵将通过时间的推移而逐步显现出来。"时间证明了蔡翔的预言，在人们的认识尚未完全摆脱传统思维模式的时刻，张承志小说所蕴藏的巨大的精神价值显然不能够被人们所全面感知和承认，其价值也只能交给时间和未来来发掘。蔡翔的分析抓住了张承志小说的核心特征和价值所在，尽管由于时代的局限，他并不能够给予这种价值以客观的评定，但其分析和预言仍然是十分有效且极具穿透力的。

在 1987 年，他们开始以评论专辑的形式更为集中和多角度地关注作家作品，在作家作品的选择上，他们仍然是具有前卫意识的，比如马原、铁凝、林斤澜、邓刚、李锐、张炜这些新思潮的代表作家都曾荣登其上，有评论专辑推出。具有代表性的先锋文学批评的文本吴亮《马原的叙事圈套》就刊发在 1987 年的关于马原的评论专辑上。在评论专辑文章的选择上，他们也注重角度的多样性，比如在关于张承志《金牧场》的专辑中，四篇文章分别从张承志小说的民族意识、精神追求、叙述方式、精神品格等多角度切入，实际上形成了一个关于作品艺术的立体讨论空间。这种集中而多角度的分析和解读，能够发出不同的声音甚至形成不同的结论，从而完成对于作品的更为客观和完整的评介。

1980 年代的《当代作家评论》始终是立在文学前沿的，在思潮迭起的年代，它们以批评促创作的作用非常明显，不管是在具体作品文本阐释上，还是在理论总结上，都对于新兴文学创作思潮的勃兴发展起到了巨大的推动作用。

二、注重推介扶持先锋批评力量

在新一代青年批评家浮出历史水面、走向批评舞台中心的过程中，对于自我身份和批评形象的确认和建构的历史过程是极其艰难的。与前一代批评家相比，他们失去了通过革命经历获得政治身份，并通过政治身份与文学身份的统一来完成文学形象建构的便捷通道。可以看到，在新时期文坛初期掌握批评重要话语权的前一辈批评家如阎纲、曾镇南等人基本都有官方身份，两人都曾在中国作家协会或中国社会科学院这样的政府机构工作，这种政治身份赋予他们某种意识形态代言人的功能，同时在确立其批评地位和形象的过程中发挥了重要作用。在一定历史时期，这种身份决定了其批评具有某种天然的合法性和正确性，这种地位的特殊性给批评身份的确立带来了极大的便捷。

但在 1980 年代青年批评家进行自我形象建构的过程中，这种便捷消失了。首先是文学与政治的关系出现了松动和位移，具体到个人层面，是政治身份和文学身份的统一性在慢慢减弱乃至分离，上述所描述的特殊通道的大门正在慢慢关闭。另一方面，新一代的批评家虽然也有一些在高校、期刊编辑部任职，但多数人没有官方背景，其批评更多是个人化的，既代表不了主流意识形态，本身也无意去承担这个历史使命，甚至在一定程度上是反意识形态的。在这种新的历史语境下，青年一代批评家身份的确立方式注定了与上一代人是截然不同的。概括一下，主要有两种途径：一是通过各类文学会议彼此确认并建立某种联系，进一步发生文学的化学反应。二是通过在文学期刊上的亮相来发出自己的声音，建立自己的话语空间和批评形象。前一种属于集体行为，具有公共活动的性质，后一种属于个人行为，更易于操作实践。这也是绝大多数青年批评家走向历史舞台中心的途径。在这条路径上，文学期刊的接纳变得尤其重要。

1980 年代的《当代作家评论》杂志在一定意义上就扮演了这样一种角色，成为青年一代批评家们的重要聚集地。在被命名为"第五代批评家"的青年批评家中，绝大多数人都曾登上《当代作家评论》这个重要的舞台，比如吴亮、程德培、蔡翔、李劼、吴俊、南帆、陈思和、周政保等等，甚至于老一辈中具有先锋意识和开放精神的主编李子云、周介人也都曾在该刊物上发文，这一方面说明了《当代作家评论》对于不同代际批评家的接纳，也说明了他们与《上海文学》等刊物在办刊理念上具有相通之处。

年轻的先锋批评家们在登台表演时携带的正是对于新文学思潮作品的批评，提供的正是先锋文学批评实践的成果。比如李洁非、张陵的《矮凳桥文体》是一篇尝试集合了各种批评方式方法的文章，它所要努力实现的并不仅仅在于对作品的解读，还承担着尝试实现批评模式和路径突破的努力。在一开篇他们即明确表明态度，"在讨论林斤澜近作结集《矮凳桥风情》系列小说时，我们企图在某种程度上改变以往评论代替读者阅读的通常做法，尽可能地去帮助读者更有效地发挥主体接受的特性，真正实现对作品过程的有意义的参与。""我们不拘泥于讨论作品或作家告诉和给予读者一些什么……而在对作品本文的读解——语言结构、叙事特征、时空组合——分析中，讨论作品是以什么样的组合方式形成现有的语言文体形态。"这一番开场语非常简洁地表明了他们的批评目的和批评路径，他们要实现的并非是揭示隐藏在作品中的某些暗语和意义，而是试图引领读者参与其中，让读者成为文学创作的一部分，实现读者的"接受主体性"。这种批评的目的比较明显地体现出"接受美学"的影响，即重视读者在文学创作中的作用，在"作家—作品—读者"这个系统中，读者的参与是最容易被忽略的环节，也是作品最后完成的环节（当然，批评家作为读者中的一部分，其批评实践也是一种读者接受）。而在批评路径的选择上，则属于典型的先锋范式，语言、结构、叙事、时间与空间，这些几乎就是先锋批评惯常使用的全部武器和进入作品的路径，它几乎就是一个先锋文学批评范式的集合。批评目的和批评样式的转换显现的是批评理念的转换，它所呈现的是一种全新的批评形态。

吴亮的《关于洪峰的提纲》是一篇以先锋批评形式解读先锋文学作品的典范，这里所说的先锋文学批评不仅指批评的理念和方式，还体现在批评的文体上，可以视为一篇探索批评文体的代表作。在这篇文章中，吴亮以"爱欲""赴死""态度转变""一张图表""自我的分裂""丧失""存在观""他人的事""第一人称""外化式""内向式""缓和自卑的方式""语言特征""关于《湮没》""关于《奔丧》""关于《瀚海》""关于其它""关于洪峰""多余的说明"19个关键词来进入洪峰的作品，考察洪峰的整体文学观。它没有传统批评那种逻辑严密、层次分明、主题突出的文体模式，代之以分散的、多变的视角，在各个点的论述上，也用力不均，有的系统论述，有的则蜻蜓点水。这种新颖的批评文体具有那个时代所特有的时代特征：先锋性和实验性。尽管这种批评形式并非代表主流，更多显现个性，但正所谓"形式也是一种内容"，吴亮的这种批评文体实验，代表了一种寻求解放、追寻个性和自由的努力，具有强烈的先锋意味。

在1980年代各种方法和理论占据批评界中心位置的总体态

势下，《当代作家评论》坚持以作家和作品为中心组织刊物，并以具有前瞻性的意识和眼光紧贴文学现场，追踪最新最具有代表性意义的作家和作品，体现了一种难得的理性和沉着。同时，以作家评论专辑等形式组织的专题研讨对于深化大众读者对作家作品的认识有着非常重要的意义，它将不同的声音汇聚在一起，从不同的角度审视作家作品，对于全面而客观地理解作家作品的意义有重要作用。相比于从方法到方法的理论空洞，《当代作家评论》的扎根作品，确保了理论与文本的深度结合和相互渗透，这种从理论到实践，又从实践到理论的批评方式正是文学批评应该倡导的。对于1980年代当代文坛形成滥觞之风的方法热、理论热起到了一定的降温和矫正作用。

本章小结

从对以上几家在1980年代先锋文学批评发展过程中发挥了重要作用的期刊的研究梳理可以看出，1980年代先锋文学批评发展与文学期刊存在着密切关系。这种密切性，一方面，体现在文学理论期刊以平台形式对于先锋文学批评的接纳和展示上，是它们提供了先锋文学批评力量不断展示活力和自身特征的舞台；另一方面，各个文学期刊并不只是被动地作为一个客体承载物存在于批评界，它们还有极为活跃的能动性，它们通过组织文学会议、组织专栏讨论等丰富的手段在推动理论批评发展、发掘青年批评力量上发挥着重要作用。反过来，青年批评力量的崛起又进一步增强了这些文学期刊的影响力。另外，需要注意的是，1980年代文学期刊在办刊理念上具有很强的先锋性，一些编辑家（比如谢昌余、周介人、李子云）也是重要的批评家，其主要贡献并不在于撰写了多少批评文章，而在于以先锋性和前瞻性的视野推动了先锋文学批评的发展，这种力量是隐性的，不以具体物象存在，但其力量在某些时候要远比一篇批评文章强大得多。从一定意义上讲，先锋文学批评的主要推动力量，除了那些写下大量有影响力文章的批评家，还应包括这些隐匿在批评文本背后的编辑家，是他们共同完成了先锋批评文本"创作＋发表"的流程，让批评文本得以与广大读者见面，是二者的合力共同推动了1980年代先锋文学批评的向前发展。

第四章　主要力量："第五代批评家"群体

　　1980 年代先锋文学批评的力量主要集中在北京和上海。北京方面，有李陀、刘心武、季红真等人。上海方面有两拨人马，一拨来自作协体系，比如吴亮、程德培、蔡翔，一拨来自学院系统，比如陈思和、南帆、王晓明等。1985 年前后，上海方面的两拨人开始合流，继而分散在全国各地的先锋文学批评力量开始大汇合，这主要体现在文学批评界对这一批正在崛起的青年批评家的命名和理论概括上，也体现在文学批评界此后频繁出现的以这些青年批评家为主体的文学会议上。

第一节　"第五代批评家"的命名及批评特征

　　在 1980 年代先锋文学批评发展的历程中，"第五代批评家"（或新潮批评家）的集体登场显然是一个至关重要的因素，也是一个具有历史象征性的重要事件。正是这一批出生于 1960 年前后、经历了"文革"残酷洗礼的青年一代批评家的涌现，构成了先锋文学批评发展的中坚力量，最终将 1980 年代文学批评变革的浪潮推向了高潮。

一、概念命名及范畴

"第五代批评家"名称的由来最早可以追溯至《当代文艺思潮》1986年第3期的《编后絮语》,"在变革的时代精神感召下,为展示评论新军的锐进姿容,编辑部萌发一种设想,决定委托我们三个青年编辑独立主事,集中编发一期'第五代批评家'专号"。这是较早提出"第五代批评家"这个概念和称号的文章。显然,这个概念的提出是经过了充分酝酿且是集体生产的过程,它是《当代文艺思潮》编辑部有意识地汇拢文学批评新生力量、展示"新军锐进姿容"的一次精心操作。当然,这不是一次偶然性或一时兴起的操作,是以谢昌余为总负责人的编辑部深感"一代新人已咄咄逼人地来到我们面前,而且是这样血气方刚,锐气勃勃",而"我们原来似乎已了解的那个艺术世界,经过这些年轻论者的开掘和翻耕,突然变得异样的新鲜独特,放出熠熠的光;我们原来不甚了解或尚属未知的艺术世界,被这些勇锐的探险家一个一个地发现出来,闯入我们的心灵,走进我们的视野,使我们忽然感到艺术的世界原来是这般广袤无垠、辽阔深邃,这样充满了趣味和魅力"。[①] 由此可见,在1985年底至1986年初,青年一代的批评家已经成长为文学理论批评界重要的新生力量,他们带有先锋气质和新潮特色的批评实践已经成为文学批评的重要组成部分。《当代文艺思潮》编辑部的命名冲动既来自办刊人员敏锐的文学发现力,也来自这一群体不断成长之后越来越耀眼的外推力。

1986年第3期的《当代文艺思潮》是一期"第五代批评家专号",集结了陈思和、陈晋、朱大可、蔡翔、周政保、李书磊、

---

① 谢昌余.第五代批评家〔J〕.当代文艺思潮,1986,(3).

郭小东、李洁非、李庆西、邹华、李黎、徐亮、刘树生、邓平祥、谭明、王铁、郑羽，共十七位青年批评家，每人一篇学术文章。

值得注意的是，在这期专号的开篇，有一篇总负责人谢昌余的带有总论性质的关于"第五代批评家"的论述文章，文章对"第五代批评家"的命名原因和内涵进行了理论阐释。对于"第五代批评家"代际性命名的由来，谢昌余的解释是，"'五四'的先驱者们属于第一代。""左翼文学运动是'五四'文学革命合乎规律的发展。鲁迅是左翼文学运动公认的领袖。在鲁迅思想的影响下，第二代评论家逐渐形成。""新中国成立后的十七年，是中国当代文学理论批评发展非常重要的十七年。活跃在这一时期的理论批评家，属于批评史上的第三代。""文艺批评的第四代，我们指的是新时期发挥了重大作用和产生了重大影响的那一代。他们是承前启后的一代，也是除旧布新的一代。"而"第五代批评家"则是此后更年轻的一代，是在新时期改革开放语境下成长起来的新一代。从年龄上看，他们以"60后"为主，经历了"文革"风雨的洗礼。从成长语境来看，他们是在新时期思想解放和改革开放的时代语境下成长起来的，接受了西方文学理论的熏陶，在文学观念以及批评理念上形成了新的特点。由此看来，这个划分虽然也有代际的性质，但其划分的方式和依据显然又不是完全按照出生年代和年龄进行的，不同于我们后来研究中经常使用的"60后""70后""80后""90后"的纯年龄划分方式，它结合了政治学层面的历史分期、思想层面的历史语境，更多的是从历史背景、思想资源、知识结构的角度出发进行划分。这种划分无疑具有创造性和前瞻性，它为新一代批评家的成长竖起了旗帜，吹响了集结号和冲锋号。

在此之后，使用过这一名称的，还有王文的《第五代批评家的特征》（《社会科学》1986年第8期）和陈骏涛的《翱翔吧，

"第五代批评家"》。王文的文章是以文摘的方式对谢昌余文章的转载,仅将谢文中关于"第五代批评家"的划分方式和艺术特征做摘录性的介绍,没有进行新的阐释和讨论。陈骏涛的文章写于1986年5月在海南举行的"全国青年评论家文学评论研讨会"之后,是在"与一群思维状态极其活跃,充满着青春朝气、生命活力和创造精神的年轻朋友相处了整整一周",深刻"感到了'第五代批评家'与我们这一代批评家的不同,也感到了我与他们的差距"之后写就的一篇洋溢着激动与期待的评论文章。从其文中表述不难看出,在1986年5月,"第五代批评家"这一概念不能说深入人心,但至少已是一个被大家所熟知的概念。这也从侧面说明《当代文艺思潮》其时在国内的影响力和普及度是非常高的。《当代文艺思潮》编辑管卫中也参加了在海南举办的此次会议,而他正是"第五代批评家"专号的主要组稿人之一。

除了旗帜鲜明地使用"第五代批评家"这一称号外,还有一些文章,也关注到了正在崛起的这一群体,尽管他们并没有使用这一名称,但在论述对象上无疑是一致的。比如樊星发表于《文艺评论》1986年第8期的《青年批评家的崛起》一文,他从青年批评家的批评实践出发论述这一群体所具有的艺术特征有:"审美意识的苏醒""对永恒主题的沉思""理解的精神",并期待他们有"宏大的气魄",像柏拉图、狄德罗、泰纳、勃兰兑斯、车尔尼雪夫斯基、克罗齐一样"向着那光辉的顶点去攀登"。文章论述的对象包括了吴亮、黄子平、季红真、南帆、陈思和、李庆西、许子东、周政保等中青年一代的评论家,论述了他们在借鉴西方文论资源的基础上所进行的对于中国当代文学批评的创造性改革和实践。从中能够感受到樊星对于青年一代批评家批评文本的细致阅读和观察,以及在此基础上所充满的对于批评未来的希冀。虽然他在文中使用的是"青年批评家"这样一个名称,但从具体指向来看，无论是具体人员上还是群体特征上，其与谢昌余所言的"第五代批评家"有着高度的重合。

另外一位对"青年批评家"群体做出集中描述的是陈剑晖，他在发表于1987年第3期《社会科学战线》上的《时代大潮中涌起的青年批评群体》一文中将这群"有思想、有理想、有追求、有独立的见解和创造精神的青年"称为"中国文艺批评的'新生代'"，并开列出一份长长的名单："黄子平、许子东、吴亮、南帆、王晓明、周政保、蔡翔、李庆西、程德培、陈思和、刘齐、郭小东、宋耀良、李洁非、朱大可、范咏戈、李黎、殷国明、李劼、王光明、李书磊、吴方、罗强烈、李兆忠、王东明、王斌、张志忠、陆文虎、张陵、屈选、丁帆、张奥列、陈达青以及女性批评家季红真、王绯、徐芳、吴黛英、王超英……"这份名单中的人彼时的年龄多在三十至三十五岁之间。尽管作者声明"这是一份很不完整的名单"，但无疑这便是1980年代中后期中国当代文学场域中具有先锋精神的批评家的核心力量。从人选名单中，我们可得出这样的结论，陈剑晖笔下的"青年批评家"群体也便是谢昌余所言的"第五代批评家"。

一向以发掘新人著称的《上海文学》编辑部主任周介人先生也曾撰文描述新评论群体，他主要是从理论角度出发来描述这个群体的范围和特征。他认为，在新时期文学"骚动的潮汐中，一个新评论群体裹着浪花悄然崛起"，但这个群体并不是以年龄作为划分的依据，因此，"组成新评论群体的，不仅仅限于一批初出茅庐的青年评论家……还应包括一批有学识、有眼光、有气度的老评论家和中年评论家"。而在新评论家群体的性质上，他认为"不是一个学派的概念"，"在学术观点上，新群体内部并不是完全一致的……在学术上主要以互补状态存在。成员之间不仅在研究课题的选择上相互补充，而且在具体的学术观点上，通过争论而认识自己，发展自己，逐渐形成一种比较自觉的理论主体意识。"因此，"新群体不是封闭的、静态的；而是一个开放的、动态的、在历史变革中不断变化着的科学共同体"。①

潘凯雄也曾在一篇回忆文章中谈及《文艺报》所组织的一次青年批评家的集体亮相。"1985 年《文艺报》组织过一次不到五十人规模的全国青年文学批评家座谈会，我是会议的具体'操盘手'。当时我们自己给青年批评家的年龄划定到四十岁，除了个别省带有一点'扶贫'的意思而略有放宽，其余四十岁以上的一个不邀。在那次会议之前，大家认可的是老一代批评家和中年批评家……这次会议意味着一代青年批评家的崛起，比如陈思和、王晓明、鲁枢元、吴亮、程德培、南帆、许子东、蔡翔等都属于参会的四十岁以下的青年批评家。这个名单第一次在官方的报纸上亮相，好像就是官方予以认可了，一代青年批评家由此诞生，这是 80 年代文学批评中重要的队伍建设。"② 1980 年代的《文艺报》带有鲜明的官方性质，具有强烈的意识形态属性，《文艺报》专门组织的这次青年批评家会议，一方面说明当时青年批评家的崛起的确已成为文学界令人瞩目的力量，另外，这种带有官方性质的"予以认可"，也显示来自官方的对于青年批评家的支持和期许。这也从一个侧面再次说明了一个问题，即 1980 年代先锋文学批评的变革之路，是在官方的意识形态框架之内进行并得到了大力支持的，它的先锋意识和革命精神，一方面是文学批评内部的自我革命，另一方面也是社会总体"改革"总方案中的一部分。

---

① 周介人.新潮汐——对新评论群体的初描［J］.文学评论，1986，（10）.
② 潘凯雄.回望 80 年代文学批评［J］.上海文学，2014，（1）.

二、批评特征

除了进行群体指认和命名，对于这一群体批评特征的概括也有不少细致而准确的理论分析。

谢昌余在《第五代批评家》中概括了"第五代批评家"的四个重要特征：（一）宏阔的历史眼光。（二）顽强的探索精神。（三）现代的理性自觉。（四）深刻的自由意识。他认为开放的性格、永不疲倦的探索精神、自觉和自由的现代意识构成了这一代批评家最为重要的精神内核，这使得他们有可能超越传统文学批评思维的束缚以及旧有意识形态的管控，开辟出文学理论批评的新天地来。

周介人以"新态势""新节奏""新向度"来概括新评论群体带来的新变化。"新态势"即"批评终于能以平等的姿态同创作对话的态势"。文学批评既不再以政治代言人的身份居高临下地出现，也不以高级文学广告的面目廉价地登台，文学批评终于能以平等的姿态与文学创作对话、交流，能在文学层面上携手出场。新评论群体同时带来了理论批评的"新节奏"，"使社会主义文学理论终于有了自己的潮汐，自己的骚动，自己的节奏"。它使文学理论批评摆脱了长期以来完全跟随政治的律动而摇摆的地位，形成了文学化的潮汐和节奏。与此同时，在新评论群体中形成了主客观双向度的理论观念，"他们一方面把文学理论看成是主体对于文学规律的一种客观描述；但同时又看到在客观描述的过程中，渗透着主体对于文学的某种需要和评价的表述"，这种双向度的理论观念使理论批评获得了摆脱传统僵化封闭框架的可能，当主体的内在需要不断超越原有的框架和尺度，那么新的理论体系的重建就变得势在必行。正是在这种新的向度中，人们看到了理论批评体系重建的可能。

陈剑晖在概括新评论群体的特征时认为，他们具有"开放的批评观和多样化的批评模式"，有明确的"主体意识"和独立人格，有"整体研究和宏观把握"的开阔视野，有"哲学倾向和思辨色彩"。陈剑晖的概括与谢昌余有诸多相似之处，比如强调新评论群体开阔的视野和历史眼光，强烈的主体性和自由意识，但陈剑晖同时分析了很多个体个案，比如指出蔡翔文学批评的个性和创造力，认为蔡翔采用的是"丹纳式的科学实证和文艺心理分析相结合的方法"，"从文学形象引导到时代背景和社会环境，以一种非文学意义的眼光，在时代折光和社会环境的多重关系中考察人物的命运沉浮，揭示他的多层次的心理素质以及人与社会环境不平衡造成的心理移动和变态"。这种整体与个案相结合的分析概括更具说服力，也体现了那个时代所推崇的科学实证精神。

陈骏涛在谈及"第五代批评家"时，也认为他们的文学考察"更带有宏观性和开放型的特点"，他们的思维"摆脱了封闭的线性结构，能够从总体、从全局、从多维、多向、多侧面、多层次来思考问题和研究问题"，同时，他们具有"强烈的自主、自强、自立、自创的意识"，"他们无视种种批评的模式和规范，都有各自的批评观念、批评观点和表述方式"。从陈骏涛的这些描述中不难看出与前面几人的相通之处来，新一代的青年批评家已经非常鲜明地展现出自己的艺术特征和锋芒来。

值得注意的是，这几篇描述新评论群体的文章几乎都出现在1986年，这说明在1986年这个年份，青年批评家的成长已经引起文坛的重视，并形成了自己的风格。尽管命名有差异，但这个群体所代表和蕴藏着的强大力量是不可忽视的。从这些判断趋向近乎一致的溢美之词中能够充分感受到文坛内部对于新生力量出现的喜悦之情。的确，任何运动的发展与推进最终都要落实到具体的个人身上，要靠人来推动，文学理论批评的发展亦不例外，没有一批新的批评家的出现，要想实现对文学理论批评的变革和创新是很难想象的。

尽管对于这个群体的命名并未取得一致和统一，这个群体也在 1980 年代末随着先锋文学和先锋文学批评思潮的落潮而解体，各奔东西，但不可否认，在 1986 年，对这一群体的命名和指认，仍然极为有效地推动了当代文学批评的变革和发展，它所聚集起的先锋批评力量和在此基础上所举起的新文学批评的旗帜，将当代文学批评变革的运动推向了高潮。

第二节　吴亮论：实验性与"片面的尖锐"

在当代文学史或当代文学批评史中，吴亮有一个极为显眼的标签或者说历史坐标，这便是那篇著名的关于马原的批评文章《马原的叙述圈套》，在多数人对先锋文学的出现以沉默应对的时候，吴亮这篇带着相当自信的批评文章被认为切中了马原小说的要害，成为解读先锋文学作品的一把引领风尚的钥匙。但吴亮的先锋文学批评并非始于对先锋文学创作思潮的批评，他在 1980 年代的文学批评也经历了一个变化发展的过程，与 1980 年代文学创作与文学批评的变革历程具有一定程度上的同步性和同构性。他既深刻受到文学创作和文学批评变革的影响，也以自身的批评实践参与并推动了变革的进行，在某种意义上，他自身的批评历程与文学的演变具有相互重构的关系。

一

吴亮最早见诸报刊的文字是写于 1980 年 11 月的《变革者面临的新任务》（收录于其第一本论文集《文学的选择》中），这是一篇关注蒋子龙《乔厂长上任记》的批评文章，他从小说主题出发来分析主人公乔光朴的人物性格，同时从当时的社会历史环境分析乔光朴式的人物面临的新任务，指出"他（乔光朴）不会停留在原地，停留在某些成绩上。相反，他一定不满足于现状，痛苦而曲折地认识事物的真相，然后有步骤地实行根本性的变革。他会明白，或者已经明白，他不再把他已经克服的弊病看作阻碍经济发展的原因，而只是另一些更深刻原因的结果。为了克服这些更深刻的弊端，他必须积极地投入经济和政治体制的改革"。"乔光朴，一个有作为，有胆识的企业领导者——将意识到自己正处于大变革的前夜。条件正在成熟，乔光朴已经面临着新任务……"从这些总结性的断语可以看出，其分析方法仍然建立在社会历史批评的基本框架之上，从文学中来，到社会中去，将文学视为社会历史的一部分。

可以说吴亮的文学批评是伴随着改革文学思潮的勃兴起步的，自此开始，他的批评随着文学创作思潮的跌宕起伏而不断更迭变化。总体来看，吴亮的文学批评是"善变"的，正如他在第一本书的后记中所说："我经常更改着自己的想法。有时候会有几种互相抵触的想法共存着，迫使我选择。"① 但这种善变恰恰是他思想活跃的表现，他不断重建自我的内在逻辑和理念体系，又不断自己去打破，从而完成更新和替换。

吴亮早期的文学批评有着社会历史批评的鲜明痕迹。如《从乔光朴到傅连山》《内在的文学批评》《王蒙小说思想漫评》《两代人的延续——读〈迷人的海〉》《张弦的圆圈》，等等，这些文章虽然也带有吴亮惯有的思辨和质疑，但整体上仍然是建立在传统的社会历史分析批评模式基础之上的，他非常看重文学与社会、人物与社会的关系，并将之视为评判作品价值的一个重要标

---

① 吴亮. 文学的选择［M］. 杭州：浙江文艺出版社，1985：247.

准。比如他曾谈及对于"纯文学"的看法，他认为"文学一旦以纯粹的形态出现，文学也将丧失生命力。上述那种纯审美、纯感情的文学观仅仅存在于某些人思辨的主观世界中。迄今为止，我们还未能看到与社会现实无沾无碍的纯粹感情"。"谈文学怎能不谈现实生活，怎能不言及生活中的其他领域呢？"[①] 在文学与时代生活的关系上，吴亮显然是笃信二者之间的牢固联系的。

如果我们把吴亮在 1980 年代的文学批评划分为两个历史时段（从理念上，确实可分为明显的两个历史时段），那么 1985 年是一个比较明显的分水岭。这个时间点，恰恰通常也被认为是 1980 年代文学的一个重要分界点。1985 年，诞生了众多有影响力的文学作品。寻根文学进入高潮，先锋文学在西藏首先举起旗帜。在针对这一年的文学创作进行梳理时，吴亮曾有如下表述："就我个人而言，比较广泛地注意当代的中国小说是从一九八五年开始的……回顾起来，与其说是我主动地向一九八五年的小说靠拢，不如说是它向我逼来使我无法逃避更为确切……在这么一个思想状态下，我就有意识地放弃掉个人既定的评判框架和惯用的尺度，试图以一种陌生无知的态度来进入小说的阅读，想据此扩大自己的眼界并修正自己的理论规范。"[②] 在这里，可以明显看出，吴亮意识到了自己现有的理论规范无法对新的文学创作进行全面有效阐释，需要进行"修正"和充实。当然，这种心理变动并不是吴亮一人所独有，而是文学理论批评界的一种具有普遍性的感受。"我从未像今天这样缺乏自信。当代文学史上从未见过的各色各样的小说，不约而同地在这一年接二连三地冒出来，向

---

① 吴亮. 内在的文学批评［A］. 文学的选择［M］. 杭州：浙江文艺出版社，1985：114—115.

② 吴亮. 前言［A］. 程德培，吴亮编选. 新小说在 1985 年［M］. 上海：上海文艺出版社、香港三联书店，1986：1—2.

第四章 主要力量："第五代批评家"群体　　　　　　　　　　121

我们赖以安身立命的文艺理论和审美习惯挑战，使我感到眼花缭乱，不知所措；而那用内行、权威的口气列出的一串作品的名单和对这串作品的评价，更使我惶惑不安：'只有到了一九八五年，出现了这样一批小说，文学，才更像文学！'我为什么不能这样估计八五年的中篇小说？我的艺术感觉麻木了吗？我身上的文学细胞死光了吗？也许我根本不曾有过文学细胞。"①"这一年（1985）所出现的一系列新情况、新趋势，引人注目，耐人寻味，确实是公认的事实。……一九八五年的文学开始了一个历史性的转折，将来的文学史会记它一笔。"② 从上述批评家的描述可以看出，1985年的文学创作给人留下了深刻的印象，也给文学理论批评带来巨大的心理冲击。批评家们一方面对于新出现的文学思潮和作品文本给予了正面的、积极的肯定和评价，另一方面又对这些"新事物"充满了惶惑和不自信，乃至于一种惶恐。这种心理的出现表面看是人们面对新生事物时的一种正常反应，在文学体系内部，则是文学理论批评无法有效应对新文学现象和文学作品的外在表征。

　　尽管对于理论批评滞后的惶恐是一种具有普遍性的心理状态，但吴亮的自我调整显然是比较快的，比较明显的标志便是他很快写出了那篇著名的批评文章《马原的叙述圈套》，实现了自己批评的一次重要突破和转型。

二

　　之所以将《马原的叙述圈套》视为吴亮文学批评进行转型

---

① 刘蓓蓓.惶惑：面对一九八五年的中篇创作［J］.当代文艺探索，1985，（5）.

② 钟闻.为了我们文学的明天［A］.潘旭澜，王锦园主编.十年文学潮流［M］.上海：复旦大学出版社，1988：4.

的重要标志，是因为在这篇解读马原小说的文章里，他完全舍弃了惯常的社会历史分析视角，从"叙述"的角度进入了马原的小说。"我不打算循规蹈矩按部就班依照小说主题类别等等顺序来呆板地进行我的分析和阐释"，他一开始就不打算从人们熟悉的通道进入马原的小说，因为虽然也可以有一些收获，但那并不是马原小说真正的秘密和价值所在。他指出："马原的重点始终是放在他的叙述上的，叙述是马原故事中的主要行动者、推动者和策演者。"马原的小说显然缺乏传统小说那种严密的逻辑和起伏的情节，这使得小说的动力成为一个疑问，而吴亮则敏锐地破译了这个秘密，是叙述本身构成了小说前进的动力，而非人物、情节等传统因素。"马原的小说主要意义不是叙述一个（或几个片段的）故事，而是叙述了一个（或几个片段的）故事。"叙述的内容并不重要，重要的是叙述本身。吴亮的这个发现无疑是对于马原小说叙事特征最为核心的揭示。

而这篇文章的另外一个重要收获则在于，对于虚构与作家本人经验关系的新发现。在传统的观念中，创作就是叙述一个业已完成的经验，更确切地说，是通过作家的想象完成的经验。在社会主义现实主义文学的创作理念中，极为强调具体的现实生活经验的可靠性，认为，现实经验是创作的出发点和基础，先锋作家通常是反对经验写作的，更强调想象和虚构的作用和价值。在这一点上，马原也不例外，但《虚构》的独特之处在于，马原通过创作完成了一次经验上的"亲历"，他没有遵从"现实亲历"到"想象创作"这样一个常规的过程，而是反向地完成了这个过程，"尽管事后我得悉那确是马原的一次'虚构'，但我仍然坚信马原的虚构过程本身却是确定无疑的一次'亲历'。马原在写作它时，便完成了这独一无二的经历，它是不可重复的"。因此，吴亮得出结论认为："写作并不仅仅是记录一次已有的经验，或是记录想象中业已完成的假定经验，因为写作本身已经构成了经验。"①
吴亮的这个总结揭露了先锋作家对于现实经验的排斥，这种排斥
并不仅仅存在于马原身上，在先锋文学风流激荡的高潮时期，这
几乎成为作家们的共同特征，但创作过程本身也有可能提供通往
现实经验的通道，这可能是一种无意识的关系，吴亮通过马原的
小说发现了这个隐秘的关系，这对于传统的现实经验与作家创作
的关系而言，无疑是一个重要的发现。

　　而他对于马原叙事观念的总结也颇具穿透力，"我所关心的
马原的观念，并非是马原本人企图塞在他的小说里的外在意图和
见解，或者是他偷偷地假借他的故事来隐喻、象征、提示的抽象
概念。对这一点我并无兴趣，当然，我也不反对别人这么去破
译。我这里想要论及的马原的观念，已经是贯穿在他的叙述本能
之中，贯穿在他每一次具体的叙述故事的过程里，它们不是超出
具象指向抽象彼岸的，恰恰相反，它们滞留在具象此岸，在此岸
即涵带有抽象性质的"。这实际上指出了马原叙述观念的独特性，
即它不通过叙述指向任何意义，而是通过叙述来显示叙述本身的
价值，它停留在叙述自身层面，并以此而产生价值和意义。

　　吴亮对于马原观念的概括也极为精辟而准确，"我想用叙述
崇拜、神秘关注、无目的、现象无意识、非因果观、不可知性、
泛神论与泛通神论这八个词来概括马原的观念"。②马原曾在一次
访谈中回忆李陀对其小说《冈底斯的诱惑》的印象，"突然感到，
这篇东西有种强烈的形而上的力量，通篇渗透着对某种绝对意志
的崇拜"。这种崇拜其实是一种叙述崇拜，是对于叙述本身的迷
恋和执着，让小说陷入一种神秘的氛围之中。无疑，吴亮和李陀
都感受到了这种神秘的力量。

---

①　吴亮. 告别 1986 [J]. 当代作家评论，1987，（2）.
②　吴亮. 马原的叙述圈套 [J]. 当代作家评论，1987，（3）.

可以说，对于马原叙述圈套的揭示，预示了在西方现代文艺理论影响下吴亮批评理念的一次重要革新的完成。就像马原凭借叙述本身构成小说的价值，吴亮也从叙述本身入手完成对于马原小说的破译，叙述成为解读小说尤其是先锋小说的一把重要的解剖刀。

三

吴亮的文学批评显然受到了萨特存在主义哲学的影响，比如面对寻根文学思潮的崛起，他认为："人们在生存中老是要想到自己何以存在，存在的价值和可能；总是要想到存在的来源和归处，存在的位置和希望。所谓的'寻根欲'，就是对所有生存困惑的最终释除行动。寻根欲不单指向过去，也向未来延伸——因为寻根必然要导致归处。"[①] 在这里，吴亮将寻根的终极动机和目标解释为对于"存在"的追寻，这种解释显然越过了文化寻根的界限，上升了到了哲学的层次，这与萨特的存在主义哲学一脉相通。

吴亮是工人出身，没有经过系统的学院训练，因此，其批评有着一种难得的自然和自由，他不喜欢受到理论框架的束缚，但这并不是说他不注重理论学习。相反，他大量阅读了西方的文艺尤其是哲学的理论。据他的同事兼好友程德培回忆，吴亮不喜欢藏书，经常将一些报刊随手送人，但有些书他是不肯送人的，"像黑格尔《小逻辑》《精神现象学》，还有叔本华、康德的几本书，因为这些都是长期的反复阅读的基本著作"[②]。从吴亮对这些书的喜爱，我们也大致可以看出吴亮的理论来源和观念取向。

---

① 吴亮.文化、哲学与人的"寻根欲"［A］.批评的发现［M］.桂林：漓江出版社，1988：15.

② 程德培.我看吴亮［J］.文学自由谈，1986，（1）.

吴亮对于语言的认知也是通过先锋派文学得以确证的，"文学先锋派近乎热狂地沉浸到语言的组织过程里，改变着说话方式和感受世界、事物的方式，它反对语言的单纯通讯性质，反对语言单纯传达公共思想，它把语言和事物的那种单一的对应关系打破，找到一种崭新的比喻通道。在这种纯粹形式化的努力中我们看到了神圣的责任感，这种责任感的要义即在于拯救人的感觉，因为人的感觉已被语言的实用符号作用所麻痹所钝化所抽空，而先锋文学就是要恢复和重建一个新颖的语言世界，然后让那些有相同愿望的人经由这个语言世界重新发觉世界，并且意识到人的想象力和形式感受力是何等的重要"。[①] 在这里，吴亮指出了先锋派文学建立自己逻辑体系的一个重要方式和手段，即语言的重组。在叙事实验之外，语言的重组，通过语言秩序的重组来完成对于陌生化效果的实现无疑是极为有效的，用语言来重新建造一个世界，也是先锋派实现文学革命的一个重要手段。在这方面，莫言、残雪和孙甘露的作品都非常具有代表性。

作为作协体制下生长出的一个耀眼的花朵，作为"他者"和"对立面"，吴亮对于学院派批评的危机和问题有独到的见解，他认为学院派有狭义和广义两个范畴，"狭义地说，这个称谓代表着某种老年文化，代表着一成不变的教学制度与治学方法，还代表着对年轻人文化的反感以及压制。从广义上来说，学院派是指那些脱离生活的学者，他们根本不管世俗事务，一心一意在精神思想的领域从事他们自己的事务"。对于前者，他认为"是必须予以坚持反对的"，对于后者，他认为"应当竭力鼓吹和倡导"。"学院在当今文化中的主要作用，在于它是文化的领导者，它是一切新思想的策源地，它是知识革命和价值革命的中心。""学院

---

① 吴亮.向先锋派致敬［A］.批评者说［M］.杭州：浙江文艺出版社，1996：23.

应当是独立于社会权力机构之外的文化中心，应当是独立于商业文化、公司和大众传媒之外的文化中心，它是人类社会的良知，是理性的化身，它是政治和商业之外的精神之邦。在理想的学院中必然会生长出新的学院派，他们一定是些独立不羁的学者，他们一定有知识分子的良心，他们一定代表着公正，他们一定推动着民主和进步。"[①] 尽管将学院派的概念进行狭义和广义的区分，但这不过是对学院派的困境和期待的另一种表述方式，对于学院派的顽疾和病灶，吴亮是有清晰判断的。但对于学院或者说学院派，吴亮仍然抱有极高的期待甚至是乌托邦式的幻想，作为当代文学批评的两支重要力量，"作协派"和"学院派"在1980年代都曾发挥了重要的作用，但贡献方式并不相同，后来走向分化也在所难免。但吴亮对于学院派的巨大期待仍然是从当代文学批评的发展出发，饱含了他对当代文学的一腔热忱。

1980年代中后期，吴亮的文学观念和批评观念都发生了重大转变，比如在时代与文学的关系上，他产生了与1980年代初期刚刚进入文学批评时不同的认知。时代与文学的关系向来是缠绕作家和批评家的一个重要话题，在相当长的一段历史时期内，这一问题有着极为明确且不可动摇质疑的结论，即文学是反映时代的一面镜子。这也是"反映论""工具论"等社会历史批评理论中的核心理念，这一理念自《在延安文艺座谈会上的讲话》开始萌发，一直到"文革"结束，始终是主导文学批评的一个重要原则和标准。文学来源于生活（时代），高于生活（时代），同时又要反映生活（时代），这是文学创作必须要遵循的规律，否则就是脱离了时代和人民的"不良倾向"。1980年代，"寻根文学"思潮之后，文学的创作实践在逐步远离这个"指导思想"，吴亮

---

① 吴亮.论学院派［A］.批评者说［M］.杭州：浙江文艺出版社，1996：32—33.

的文学理念和批评思想也与这一新的文学趋向相一致。他认为:
"时代不是素材,时代只是人的生存空间和精神空间。文学在任
何时代中的意义,绝非是重现或复述该时代的某些现有碎片或抽
象性质,而是对这个时代空间和精神空间的挑战和背叛,人通过
文学获得精神自由,树立新的标准,使他们所生活的时代暴露出
致命的缺陷。"① 在吴亮的表述中,文学不仅不是时代的"镜子"
和附属品,反而是一个挑战者,是人逃脱时代宿命的一个通道和
方式。这种认识不仅斩断了一直以来时代和文学相互依附、共生
共存的关系,反而以"挑战"建立了另外一种崭新的关系。尽管
从今天的角度来看,吴亮对于时代和文学关系中"共生"一面的
看法比较极端,但对于"挑战"关系的提出显然在艺术层面打开
了一个更为广阔的空间,这种"极端化"的观念和方式正是当代
文学以及当代文学批评在 1980 年代中后期惯常的姿态,我们也
可以将之看成是一种策略,即以极端性换取话语的空间和地位,
以"片面的深刻"打开新的审美空间。

　　而对于这种极端或片面的批评,吴亮十分认同其价值。"要
容纳'片面',不容纳片面之论,思想就会沉寂,就会没有证明,
我们也会裹足不前。正如必然性通过偶然性表现出来一样,整体
认识也是通过各个片面逐步达到的。""没有片面,便没有整体,
便没有创见,也便没有可能出现文学研究和评论的繁荣;没有不
成熟,便没有新生命。当然也便没有将来的成熟,同样也没有文
学研究和批评的不断产生。""因而,片面性和不成熟不仅是必不
可免的,在某种意义上,它甚至是当代文学研究和评论得以突破
和创新的必然构成。"② 在这里,吴亮意识到"片面的深刻"所蕴

---

① 　吴亮.想象的逃遁 [A]. 批评者说 [M]. 杭州:浙江文艺出版社, 1996:35.
② 　吴亮.论片面性和不成熟 [A]. 批评者说 [M]. 杭州:浙江文艺出版社,
　　1996:107—108.

藏的巨大的创新力以及由此所提供的推动历史前进的动力，这对于传统社会历史批评所常见的千篇一律的理论和概念说辞无疑是一种解构，那种"文坛定于一尊"的大一统局面在这种新的理念冲击下，逐步走向瓦解和坍塌。

在吴亮 1980 年代的文学批评实践中，还有一个颇具开创性并显现了其辩证分析思维的成果：《艺术家和友人的对话》，这是一系列的对话体文章，"艺术家"和"友人"构成了亦"敌"亦"友"的复杂关系，在对话中讨论艺术的诸多问题。在文学批评中，这种方式和结构很新颖，颇有些先锋小说的神韵，带着 1980 年代文学的特殊烙印和气息。但除了形式的新颖之外，值得注意的是其中所体现的辩证思维以及从中所铺陈开的关于 1980 年代文学批评的内部分歧和相互辩难。相比于传统批评文章所表达的"我"的观念和分析，对话体文章中存在两个"我"，且作者"承认双方共同的合理存在"。[①] 这就意味着两个"我"都是从作者的主体中分裂出来的"形象"，尽管所表达的观点未必与作者的艺术观完全统一，但它们都是作者艺术理念的一部分，确切地说，是艺术观生成过程中艺术思考的一部分。他们之间的对话和辩难所体现的不是某种确定和确信了的立场和观点，而是作者在形成艺术观的过程中的一种思考状态。《艺术家和友人的对话》的特殊价值就在于呈现了这种思考的过程和状态。比如，在讨论艺术的社会功能时，"友人"认为"艺术只有参与生活，对世界持一种热诚的关怀态度，才能影响世界，在多元化中走向统一"。"艺术家"则回应"恰恰是你夸大了艺术的社会效能。艺术不是普通的舆论，不是实况报道的通讯……你怎么能让艺术担负它不能胜任的社会职责，而忽视它作为情绪闸门的根本特点呢？让我们分

---

① 吴亮.艺术家和友人的对话［M］.上海：上海文艺出版社，1987：6.

清各个领域的界限，不要让艺术越俎代庖吧！"对于艺术的社会功能的问题正是 1980 年代文学讨论中非常重要并具有本质性特征的问题，对于这个问题看法的分歧导致了 1980 年代文学批评的不同立场和价值判断，在这个对话中，我们清晰地看到了两种立场、两种观点，它所显现的是吴亮的个人思考，同时也是 1980年代文学批评内部观点的对立和争辩。对话体完整地呈现了这种分歧的"状态"，而非某种坚硬的观点，这正是"对话体"系列文章的特征和优长。

再比如，在批评与理论的关系问题上，"两人"也体现了某种批评的歧见。"艺术家"认为"艺术理论"作为一套用概念和术语建构起来的"理论巨人"与"让人心领神会"的艺术本体之间存在天然的隔阂，并不能真正处理艺术中存在的问题。而"友人"则强调理论自身的独立性，"有许多理论并不旨在培养与促进人们对艺术的感受能力及领悟能力，……它们造就的不是艺术的观者、听者或读者（这是艺术的事），而是理论的读者。人们不仅想感受艺术，也想思考艺术，艺术理论服务的多半是后者"。两者之间的对话显现了"理论""艺术"与"批评"之间的复杂关系，"艺术家"的态度显现了理论融于实践的某种困难和隔阂，而"友人"则指出了理论自身的独立性和价值。1980 年代是一个文学领域理论滥觞的时代，五花八门的理论大行其道，但又未能充分与文学实践结合到一起，"艺术家"的困惑也正是 1980 年代文学理论问题症结的表现。

类似的对话构成了《艺术家与友人的对话》这本书的主要内容，两"人"时而激烈交锋，时而相互补充，从而更为全面地展现了作者本人的思考和困惑，在一定程度上，它也是一代批评家的整体性困惑。它所描述的不同观点，不仅来本人，也来自整个批评界。在某种意义上，我们可以把这些对话看成是 1980 年代特殊样本的批评历史，是一部既个人化又具有隐喻整体功能的批评样本。

1990 年代以后，吴亮的当代文学批评发生了转向，他感觉"仿佛突然被抛掷到了九十年代的大街上，措手不及地面对周围目光惊奇的陌生行人。世界变得太快，难以识别。我缺乏勇气，常常陷于对刚过去十年的回忆"。①他在自己居室的墙上写了一句话："坐着什么也别干，这就是一切！"这是吴亮在八九十年代之交历史转型之际的心理过程和面对这种巨大转变时的态度，从中不难看出其内心的煎熬和痛苦的历程，它一方面显示出某种程度上对于 1990 年代的不适和拒绝，另一方面又显现出其对于 1980 年代文学的无限留恋和怀念，而这正是因为他对于 1980 年代文学的深度介入和参与，他的文学批评是 1980 年代文学和文学批评的同路者，也是重要的参与者与建构者。

将吴亮在 1980 年代的文学批评实践当作一个整体来看，他显现出这样的特征：一是其文学观念和批评观念随着文学环境的变化而不断更新，有一个发展变化的轨迹，这种变化一方面显现出吴亮的"善变"，另一方面也体现出其受文学形势变化的影响。这种轨迹与 1980 年代的文学创作和文学批评的发展有着同频共振的关系。二是吴亮的文学批评具有明显的实验色彩，他并不看重某一理论或某一模式，也不迷信自己的判断，他对于包括自己在内的一切持反思和开放的态度。因此，我们看到吴亮在不同的批评中经常有不同甚至自相矛盾的观点出现，这种开放性和反思性，让他的批评充满灵动和飘逸的美感，与 1980 年代热烈的文学氛围交互映照。

---

① 吴亮.九十年代：写作、艺术和流行文化——答友人问［A］.批评者说［M］.杭州：浙江文艺出版社，1996：64.

第三节　李陀论：批判性与"整体意识"

严格来讲，李陀并不属于一般意义上的文学批评家，单纯从李陀在 1980 年代的文学批评实践考察，这种判断就更有依据。在 1980 年代，李陀的文学批评从数量上看并不多，他自己也说，"我在写作上一向是个慢手"①，一篇《1985》写了近一年时间，最后还是被北岛逼着在机场旁边的咖啡馆里匆忙写完的（写不完不让上飞机）。其实，慢还只是他的借口和说辞，更为重要的一个原因是李陀的"杂"，"杂"不仅意味着知识容量的多和大，有时也意味着思考和判断的难度。李陀的兴趣驳杂，爱好广泛，所有与艺术相关的领域他几乎都涉猎过。仅就 1980 年代而言，他就曾涉猎小说创作、文学编辑、文学批评、电影剧本创作、电影评论等多个领域且有不凡建树。也正是在这个意义上，我将他排除在一般意义上的批评家群体之外。但这种看似芜杂的实践行为又产生了另外一种效果，即李陀的文学批评显现出一种宏阔的气象，跨界的实践经验让他有了一种开放的视野和整体性的眼光，让他在观察文学和进行文学批评时有一种超越常人的整体视角，具有一种历史意识，加之他浓重的反思精神和批判精神，他的文学批评就呈现出一种整体批判的特征来。当然，形成这种特殊风格并非仅仅因为其涉猎领域的广泛，还因为这些领域都隶属于艺术这样一个大的学科范畴之内，本质上具有相通之处。众所周知，1980 年代的先锋思潮并不仅仅发生在文学领域，它也出现在美术、电影、音乐等其他艺术门类中，正是这些领域的艺术共通性，使得李陀的"杂"成为一个整体，形成了以整体观察具体的优势。李陀文学批评中的这种整体意识及其鲜明的反思性、批判

---

① 李陀.雪崩何处［M］.北京：中信出版社，2015：54.

性是本文将其列为考察对象的重要原因。

一

但在进入他的文学实践之前，有必要回顾一下他的成长经历，因为在一个作家、批评家形成自己文学观念的过程中，成长环境的影响是极大的，这是艺术领域中的普遍现象。李陀"中学毕业即到工厂，先后做热处理工和钳工，并于业余时间参加车间文艺及工人文化活动（编写黑板报、创作快板、对口词、小评剧、组织宣传队、写作厂史）；一九八零年调北京市作家协会做驻会作家，一九八二年前后停止写小说并转向文学和电影批评"。[①] 这是较早试图重返和清理"八十年代"历史问题的查建英在《八十年代访谈录》中对李陀的简单介绍，这里只摘录了与1980 年代有关的部分。还可以再作一点补充，李陀是内蒙古人，少数民族，1958 年毕业于北京第 101 中学。

从上面的描述中，我们可以做一点总结：1. 李陀在凭借《愿你听到这支歌》荣获第一届全国优秀短篇小说奖并因此而借力进入作协（文坛）之前，有长达二十年的工人生活经历。2. 他在工厂工作期间已经开始各种类型的文学创作的尝试（写快板、评剧、厂史、小说都可视为不同形式的写作尝试）。3. 他在 1980 年代的文学实践活动覆盖小说创作、小说批评和电影编剧、电影批评等多个领域。

1958 年，李陀 19 岁，开始进入工厂工作，1978 年，李陀 39岁，开始进入作协体制内工作。从时间线可以看出，李陀的成长期贯穿于整个"十七年"和"文革"，这是李陀成长的历史背景，

---

① 查建英.八十年代访谈录［M］.北京：生活·读书·新知三联书店，2006：246.

也是知识背景和思维背景。因为这三十年是意识形态高度一体化的时代。在文学层面，社会主义现实主义文学具有无可置疑的正统地位。但这一背景之下成长起来的李陀却并没有继承这种传统，而是走向了与此传统不同的另外的方向，这些历史传统没有成为其精神思想中的一部分，而是成为了他着力反思和批评的对象，在一定意义上，他也正是在对于这个对象的批判中建构起了自身的批评形象。

李陀的知识结构和思维方式显然受到了西方文学的影响，有着明显的西化特征，这也正是他用以反抗传统的有力武器。分析其形成过程，我们可以从李陀的阅读入手进行考察。在《告别梦境》中，李陀梳理出一个个人的西方文学阅读史，以及自己面对外来文学时的认知变化。李陀的阅读从莫泊桑的小说开始，"翻开第一页就被吸引住了，于是一口气把《项链》这个短篇读完，接着又一口气把上下两册的莫泊桑的小说选本读完"。这是西方文学对李陀最初的文学启蒙，尽管"如今莫泊桑对我已不再有那样大的吸引力，然而每一次回顾自己认识世界文学所经历的过程，我还是带着一种感激的心情想到它"[1]，这正是启蒙的力量。但在长时间内，对于李陀影响比较大的是巴尔扎克、雨果、陀思妥耶夫斯基等现实主义流派作家的作品，而且这类作品在李陀的大脑中形成了一个坚固的关于文学认知的传统，对于新的艺术风格的进入造成了障碍。真正对李陀艺术观念产生重大影响的是卡夫卡，他认为卡夫卡的作品是"另一种伟大的作品"，是与十九世纪占据主流的现实主义作品不同的类型。这种影响使得李陀在思想上完成了一个认知上的转变，即，需要向十九世纪的西方文学告别。因此，在1980年《文艺报》召集的一个作品研讨会上，

---

① 李陀.告别梦境［J］.外国文学评论, 1987,（12）.

他提出了"艺术创新的焦点是形式变革"的大胆观点，而这正是《变形记》带来的启示，我不确定这是不是最早提出"形式变革"概念的文章，但在李陀这里，对于"形式"的关注和思考早在1980年就开始了。

从李陀的阅读史可以看出他的文学观念不断变化的过程和轨迹，某种意义上，这也是青年一代批评家共同的观念变化轨迹。他们生于旧的文学传统之中，却在最关键的成长期遭遇了西方文学及其理论批评，借助于思想解放的历史机遇，大量吸收借鉴西方文学的观念和经验，从而成长为一个具有不同于传统文学观念的"新人"。

二

李陀的文学批评具有浓重的反思意识和批判色彩，他的反思意识不仅指向外界，也指向自身，在他的观念之中，世界包罗万象，皆是反思的对象。这种持续不断的质疑和反思让他处于一种不稳定、不固定的状态。这种批判性思维既赋予他一种洞察表象的穿透力，也让他自身时常陷入思辨的深渊。

1984年，中国作协第四次作代会明确提出了"创作自由""评论自由"的口号，与会者皆感到欢欣鼓舞，豪情满怀。在会后组织的多人访谈中，大家几乎全部沉浸在"春天"到来的喜悦中，喜庆祥和的气氛洋溢在每个人的发言中，我们可以看下这些代们的发言标题：白桦《敢于飞翔》、李准《文学创作大繁荣的号角》、鲁彦周《迎接电影创作的黄金时代》、彭荆风《能够拿出好作品来了》、李玲修《忧心·放心·信心》、黄宗英《我会永远记得》……无需再列举具体内容，这些标题已经将参会者主要的情绪和观点说明了。在这样一种感人的氛围中，李陀却在反思，在题为《实现创作自由的保证》的发言中，他尖锐地提醒人们，虽然解放思想的春风吹拂在社会的各个角落，但电影界"'左'的东西并没有受到很大触动，它们像一块块坚硬的花岗岩横在路上"，而电影和文学最大的差别，正在于"对'左'的东西的批判程度上"。"在这方面，电影大大落后于文学"。在电影事业中，想要真正实现创作自由，则要"对一切形形色色的'左'的流毒进行批判和斗争"。李陀在1982年后，转入了电影剧本创作和电影评论中，这番以电影为对象的反思和提示发人深醒。这就是李陀，在喧闹中不失冷静。

他的反思意识和批判精神还鲜明地体现在他的另外一篇文章《概念的贫困与贫困的批评》中。他在开篇即旗帜鲜明、一针见血地指出："检讨近几十年来的文艺批评，我以为一个显著的弱点是缺少概念的创造。在很长的一个时期里，我们很少看到一篇批评文章能提出新鲜的概念，并使用这概念发表新鲜的见解。相反，许多文章借以立论的基本概念不但彼此重复，而且数量有限。这难免使人产生一种印象，似乎作文者手里只有数目固定且形状颜色又相当单调的积木，虽然颠之倒之，力求诸般变化，却无论如何逃不开千篇一律。"李陀准确又形象地指出了当代文艺批评的症结。作为文学批评的基础单元，概念起着非常重要的作用，一个准确形象的概念对于阐释问题能起到事半功倍的成效，相反，没有准确对应的概念，阐释就会陷入无限接近却始终难以抵达的困境，徒然地在外围进行循环的重复。概念的贫困不仅会造成批评的词不达意、隔靴搔痒，也会造成批评整体的贫困，新的概念不仅是词语的再造，也会带来思想的碰撞和丰富。

虽然进入1980年代中后期以来，当代文学批评引入了大量的西方的批评词汇，但由于同根同源，同时又有些盲目选择、囫囵吞枣，导致某些批评概念在中国化的过程中出现消化不良、比较生硬的情况，真正与中国文学相结合，并孕育出新的符合中国当代文学语境和实践的名词并不多，这是当代文学批评贫困的一个重要原因。

李陀也从正面进行举例说明。比如李泽厚和刘再复创造的新概念，"情感结构""历史积淀""二重性格组合"，李陀认为"刘再复以'二重性格组合'为核心概念对典型人物的内部结构及内部机制所进行的研究，使人大有柳暗花明之感。原来这个领域是如此空阔，原来恩格斯留下要我们继续的工作是如此之多"。这是李陀的肯定，也是李陀的反思。在新时期文学中，"反思"是一个长久持续的普遍状态，但李陀的不同之处在于，1980年代的诸多反思的共同对象是"文革"和"十七年"的文学观念，是指向过去的，而李陀的反思则是突破了这个范畴，直指当下，直指百花盛放中的1980年代，这种反思的尺度和价值显然别具一格，具有特殊的意义。

三

前面总结过李陀的文学批评的特征之一是整体性和历史性，这是他有别于众多批评家的显著特征。但这里所言的整体性和历史性是指一种分析问题和现象的角度和评判标准，在具体的实践中，李陀的批评落脚点反而是在文学的细部，从细节观察，从整体考量，这是李陀文学批评的常见模式。就细节而言，李陀的文学批评与1980年代的整体保持了同步。比如他极为关注文学语言。

李陀对于小说语言非常敏感，也是最早察觉到现代小说语言变化的一批人之一。在人们关注的目光仍然聚焦在小说的主题和意义层面的时候，李陀率先发现了二十世纪八十年代文学语言的变化，事实上，正是语言本身从结构到形式的变化从根本上改变了八十年代的文学面貌，是在崭新的现代词语结构的基础上，长出了新时期文学的参天大树。比如李陀在解读汪曾祺的小说时，没有从小说内容所显现出的突出的民俗文化风格入手解读其意义，而是非常敏锐地指出了汪曾祺小说中有明显区别于主流风格的语言系统，这种语言系统颠覆了自延安时期以来所建立的一套主流文学话语体系，为新时期文学语言的变革开了风气之先。李陀的这个发现体现出他的文学敏锐性和别具一格的观察视角。

而在先锋文学崛起之后，他又注意到先锋作家们所建构的另外一套文学语言体系，即割裂了语言的能指与所指，阉割了语言的意义指向的语言实验。"在'言'和'意'的关系上，这（先锋小说）同1985年的小说也是不一样的。这里（先锋文学）所说的'意'主要是指通过语言所构成的'意象'或者'意境'，而并不是所谓的'意义'，从某种角度上说，它甚至可能是反意义的。"[1] 先锋文学的先锋之处在于通过各种手段来隔断作品与意义之间的联系（至少是显性的联系），而其中之一是通过对语言的改造来实现的，正是语言和语法的重构形成了陌生化的文学效果，将他们的作品与传统的作品区分开来。而对于先锋文学与读者的距离，他分析认为，"先锋作家已经进入到二十世纪艺术的层次，而二十世纪艺术的特点是欣赏这种艺术都得要有了专门的训练才能接受。但这样的读者在中国毕竟太少。所以这是中国先锋文学的一个巨大的悲剧。这悲剧一方面反映了艺术家的尴尬，一种极为尴尬的脱离群众，很容易被人讥讽为孤芳自赏，但它确实又是一种悲壮的努力，即要在一种更高的层次上对艺术以及对人本身进行思索"。[2] 李陀观察到了先锋文学与大众读者之间的明

---

① 李陀，张陵，王斌."语言"的反叛——近两年小说现象［J］.文艺研究，1989，（2）.

② 李陀，张陵，王斌.一九八七——九八八：悲壮的努力［J］.读书，1989，（1）.

显脱节，这种脱节看上去像是先锋作家们有意为之的一种行为，但其背后，是大众读者与先锋作家在艺术层次上明显的不对等，这种不对等超越了普通"作家—读者"的关系，因而形成了巨大的裂隙，也使得先锋作家们的努力显露出李陀所说的浓重的"悲壮"色彩来。

从李陀对 1980 年代文学语言的关注和分析可以看出，他具有非凡的洞察力和想象力，能够敏锐地把握住一些隐性的细微的变化，将它们置于艺术的整体中进行考察、思考和辨析，指出这些变化所蕴含的深远意义和象征性。1980 年代的先锋文学批评在 1985 年后才走向高潮，而对于许多共性问题的思考，李陀早在 1980 年代初就已经开始，这体现出他的文学观察力和敏锐性。但可惜的是，李陀并未一直坚守于 1980 年代的文学批评现场，他的文学实践游离于 1980 年代先锋文学批评的整体节奏之外，这不能不说是历史的遗憾之处。

最后有必要提及李陀出版于 2018 年的新长篇小说《无名指》。李陀在 1982 年后基本停止了文学创作，转向了其他领域。1989 年后出国生活。虽然在这近三十年的时间里，他也曾间断性地以一些方式发出声音，但整体上与中国文学是一种断开的状态。《无名指》可以看作是一种回归，这种回归有两层含义，一是李陀回归文学创作，二是李陀回归中国文坛。从小说《无名指》来看，李陀的回归显然是经过了精心准备的，这不仅体现在《无名指》的创作周期长、数易其稿上，且体现在作品所蕴含的文学精神和理想中。《无名指》可以看作是李陀文学观念的集合和展示，在狭义的先锋文学思潮偃旗息鼓二十余年之后，它的先锋意味依然浓烈，显示出一种坚守的意味，这也正是一种李陀式的文学姿态和形象。

《无名指》是一部从心理医生（杨博奇）视角来观察和探测世界和人的小说，这种视角的设置本身有着浓重的哲学意味，观察人和分析人正是文学的本职任务之一，用心理学的滤镜将观察和捕捉到的人世百态予以分析更多了一分理性和科学性，总结的意味更加浓厚。从情节来看，作品很好读，通篇多是以对话方式完成，作者本人也说："和一切晦涩、灰色的写作告别。"这似乎是对 1980 年代的先锋写作拒绝读者的一种反拨，是一种主动靠近读者的"回归"。但在思想性和批判性上，仍是"李陀式"的。小说所塑造的当代知识分子"孤独的城市漫游者形象"，既蕴含着对知识分子的批判，也隐含着对社会整体的批判，知识分子在 1990 年代后的分化和边缘化，既有社会整体转型的宏观原因，也有知识分子自身精神追求沦落的主观因素，在李陀看来，知识分子应该天然地承担起传递精神和思想火炬的重担。因此，李陀的新作虽然有着向读者主动靠拢的姿态，但对于知识分子群体仍然是持批判的态度。因此，虽然很多人认为《无名指》是李陀的一次"回归"（向读者的回归，向现实主义的回归），但在我看来，这种回归并不意味着根本性的转向，他或许在很多方面（比如与读者、与现实）达成了和解，但在精神层面，他的固守与坚持反而更加鲜明和牢固。他的批判性随着岁月的流逝反而更加锋利。

第四节　程德培论：文本细读与"本体思考录"

在 1980 年代的先锋文学批评中，程德培的文学批评具有鲜明的个性特征，他的批评较多地继承了"新批评"文本细读的传统，注意对于作品文本的反复阅读，并从细节中捕捉微妙的情思和意蕴，进而展开批评的翅膀。

在 1980 年代，程德培写了大量的作家作品论，在"方法论热""观念热"风行一时的年代，这种自觉紧贴作品的批评实践在一定程度上弥补了文学批评过于侧重理论和方法的单一性和局限性。这也是本文将其作为先锋文学批评家个案来进行重点考察的原因所在。

程德培也是工人出身，有工厂工作经历，并自工厂工作时期就开始了文学阅读和批评，"我是个工人，工作之余才读书写作"。[①] 对程德培的文学批评产生重要影响的《上海文学》编辑部李子云也回忆说："记得是在《上海文学》召开的一次青年业余评论工作者的座谈会上，我第一次见到程德培同志。"程德培这种一边做工一边从事文学评论的工作状态一直持续到1985年，这种游离于文学圈之外的工人身份赋予他相对的自由性和自主性，也影响着他的文学批评实践。

一

程德培在1980年代的文学批评写作以1985年为界分为两个风格不同的时段，两个时段呈现出不同的批评风貌。在1985年之前，程德培基本在以社会历史学的方式方法来分析和解读小说文本，以小说的时代价值和历史意义为评判标准来分析和解读作品。

《短小精炼　清新自然——读贾平凹的几个短篇小说》是程德培的处女作，是关于贾平凹几个短篇小说的研究和评论。这篇文章写于1978年8月20日，彼时其仍在工厂做工，属于业余的青年评论家，而作家贾平凹也尚在"青年业余作者"的群体之中。这篇青涩稚嫩的处女作，明显地受到传统社会历史学批评的影响，反映出程德培早期文学批评的批评理念和写作风貌。在这篇文章中，程德培从作品题材和人物形象两个角度入手分析作品

---

① 程德培.后记［A］.小说家的世界［M］.杭州：浙江文艺出版社，1985：238.

的艺术价值，比如认为《满月儿》"是一篇较好的作品，人物写得简练，但却有个性，其中纠葛和提供人物活动的场景也写得自然，也较能反映一定的时代气息"。① 在分析题材和人物的基础上，他总结认为"艺术地再现生活的画面，这是贾平凹所刻意追求的艺术道路"。对于贾平凹作品中艺术形象的典型性和丰富性他持肯定的态度，"我想，贾平凹的创作经验，对至今还以为搞创作只要有思想性，而忽略对于生活形象的积累的青年作者来说，应该是有启发的"。在指出贾平凹创作的"粗糙的地方"时，认为"如何进一步开掘作品的深度，如何用更丰富的表现手法来反映生活画面的丰富多样，如何做到再现了生活而又是更集中更典型，这些都是有待于作者提高的"。"三个如何"的指向内容其实都集中于作品与时代生活的关系以及人物的典型性等社会历史学批评的核心问题。在这篇文章中不管是肯定性方面还是不足之处都集中于人物、生活、表现手法等艺术层面，这些都隶属于社会历史学范畴。可见，在程德培进入文学批评之初所使用的批评理念是社会历史学的，这也是当时主流文学批评的惯常模式和批评思维。不过，除了具体的内容分析之外，仍然不乏亮点之处。比如对于作品思想性和文学性关系的思考就具有超出当时主流批评理念的倾向，虽然他是将"思想性"与生活形象进行对比分析，且轻盈带过，但仍能显示出其自身对于思想性和文学性关系的思考，即，认为思想性并不能等同于文学性，文学并不是某种思想和理念的载体和化身，青年作家们应该在思想性之外，寻求作品自身的文学性和丰富性。

从文学与时代生活的关系入手分析作品的批评理念在程德培早期的文学批评实践中占据了主流，长时间主导他的批评活动。

---

① 程德培. 短小精炼　清新自然——读贾平凹的几个短篇小说［A］. 小说家的世界［M］. 杭州：浙江文艺出版社，1985：191.

比如在写作于 1981 年 11 月 22 日的《别是一番滋味在心头——读汪曾祺的短篇小说》中，他认为："汪曾祺作品真正可贵的地方，并不在于作者简单地写出了地方风光、水乡色彩，也不在于作者单纯地写出了人物的善良。而是在于将这美丽的乡土、故乡人朴素而美丽的灵魂和时代的重压糅合在一起。他写美好的灵魂、美好的事，但决不忘却它们都是存在于不美好的时代环境里。作者写的是逆境中的顺境，抑郁的乐观主义；写出的是时代阴影遮掩下的劳动人民的苦处。"① 程德培也注意到了汪曾祺小说中最有特色、最具价值的部分，但他的关注和分析却又偏移了这个众人瞩目的焦点，移向了小说与时代关系的薄弱地带。这种关注点的转移一方面显示出其努力摆脱大众看法影响跳出人云亦云窠臼的难得之处，同时也是其受到传统批评理念影响的重要表征。实际上，相对于民俗性和文化性，汪曾祺小说的时代感是偏弱的，甚至是游离于时代的主潮之外的。但程德培仍然从小说与时代关系的角度进行考察，并得出其置身于"不美好""逆境"的时代"阴影"之下的历史现实，这种考察自然揭示了汪曾祺小说与时代的某种隐秘关系，但同时也将批评再次导向了传统的批评模式。

再比如在早期的另外一篇代表性作品《"雯雯"的情绪天地——读王安忆的短篇小说》中（写于 1981 年 4 月 3 日），程德培通过对《幻影》《苦果》《广阔天地的一角》《从疾驶的车窗前掠过的》《雨，沙沙沙》《命运》《当长笛 solo 的时候》《小院锁记》《新来的教练》等王安忆早期作品的分析，认为王安忆"大部分小说的角度来之于人物的主观镜头，来自女主人公的情绪延伸，这种情绪变化与作品本身的情节、矛盾、事件糅合在一起，叙来真切、自然、通畅"。并指出王安忆小说的吸引力"不是来

---

① 程德培.小说家的世界［M］.杭州：浙江文艺出版社，1985：5.

自一般小说所讲的曲折情节，而是来自情绪组接所构成的那种氛围，使读者不知不觉进入作者所创造的情绪天地"。这篇批评文章是程德培早期较少从艺术层面分析作品的佳作，对于王安忆小说"情绪模式"的解读和总结极具新意。他认为王安忆的"最突出之点，还是在于表现出自有童子佳致的境界，而不是脱离自己的人生经历和感受，脱离自己的感情世界和情绪天地，戴上假面，去片面追求深刻性、广阔性、爆炸性"。这些对于个人特点的总结和自我表现的肯定无疑是十分准确和合理的，但在指出作者的不足时，作者又再度回到了传统的角度和模式，"若论不足的话，我以为是……现实主义力量不够，就人物塑造而论，多样化不够是个弱点，她的小说中的男女主角在个性上都有似曾相识之处。这可能是由于人物的社会关系过于单纯的缘故所致"。在这里，程德培从人物（小说）与时代生活的关系角度指出多样性的不足以及现实主义力度不够，仍然是在考量作品与时代历史的关系，这表明，在其批判理念中，无论作品在个人心理或艺术形式上做出了多少可贵的探索，其与时代生活的联系永远是考量价值大小的重要尺度。

这种情况在 1984 年底出现了一定程度的变化。在他写于 1984 年 4 月 12 日评价李杭育的葛川江系列小说的文章《病树前头万木春》中，他穿过主流批评所关注的"民俗学"视角，指出在美妙的风俗画的中心，"都站着一个正在与世界进行告别的、某些行当的'最后一个人'"。[①] 这些"最后一个人"代表着一种过时的、行将被历史所淘汰和淹没的内容，具有"深厚的历史感"和"强烈的悲剧色彩"。这种思考和判断无疑超越了那些从民俗学角度进入所到达的关于民俗文化分析的层面，进入到一

---

① 程德培. 序 [A]. 小说家的世界 [M]. 杭州：浙江文艺出版社，1985：3.

种历史的、审美的新境界。但这样的突破并非是一种根本性的质变，他仍然在传统的批评思维框架中寻找着、奔突着、苦闷着、困扰着。

在1985年3月4日写的一篇《后记》中，他在文末总结道："回过头来再看看我所写过的习作，除了高低不齐反映了我的前进和停滞、胜任和不胜任之外，总体来说，自我感觉不好。也许正因为如此，我想得更多的是：以后怎么写得更好些？"① 他所谓的"感觉不好"更多指向的是批评的模式化和僵化，他一直试图寻找新的批评方式和方法，创建新的批评路径和模式。而迎来转变的时间发生在1985年。

程德培在描述这种批评模式切换前后的心路历程时，曾有这样一段文字："84年底，我在编选自己的论文集《小说家的世界》的时候，借机把自己的批评文字重读了一遍，结果所得的印象是一种难以摆脱的厌倦。我无法理解，以推崇个性与风格为己任的批评，何以会落入千篇一律的批评模式。这种厌倦感使得我在以后的一年时间里，再也没有写过一篇像样的作家作品评论。"而在一年之后（1986年），"我又重操作家论的旧业，陆续写下了评莫言的童年视角、评王安忆的'面对自己'、评陈村的生死观，还有发表在此的评残雪的梦几篇"，在比较两段写作的不同时，他说："倘若要说这些作家论和以前有什么不同的话，就我明确的意识来说，那就是一条：重分析。我开始将以往那种把维护褒贬作为繁衍批评文字的头等灵感降到次一等的地位，而把对作家、作品的微观分析、心理分析、解读分析升之为第一等的发生动因。"在这里，程德培所完成的即是批评对象从外部到内部的一个转变，由外部分析、宏观分析转向了微观分析、心理分析，

---

① 程德培.后记［A］.小说家的世界［M］.杭州：浙江文艺出版社，1985：239—240.

这种分析理所应当地展现了各种作品的不同个性和价值，实现了他"以推崇个性和风格为己任的批评"理想。值得注意的是，他还描述了这种新的批评写作带给自己的感受，"当我在写这些批评文字的时候，确实有一种快感，一种隶属于我个人的，即一种摆脱以往固有模式的快感"。① 显然，作者在这种新的批评思路和模式下摆脱了束缚，获得了自由，这种自由即是批评思路由外部回到内部，回到本体所带来的结果。

二

尽管侧重于作品文本阅读和阐释，但程德培对于小说本体的理论思考也从未停止，程德培 1987 年出版的第一本个人理论专著《小说本体思考录》几乎涉及了小说这一文体的各个理论层面。在《编者与作者的对话》中，他提醒人们"新时期文学在近两年来之所以表现了一种非同寻常的姿态，就在于小说对于自身的反省。小说不再像以往那么自信了，它开始学会了照镜子，留意自身以往的模样，并开始流露出一种不满的神情"。② 这种不满实际就是变革的动力和开端。在谈"模式"而色变的时代，程德培认真地探讨了小说模式的理论问题，通过对张承志、刘索拉、史铁生等人作品的分析，他认为："小说叙述模式不止是表层意义的行为模式，而且也应当包括深层意识的表现，真正的创作模式应当和文学符号的本性，与作家的情绪热点、个人阅历难以割裂。"③ 这种认识摆脱了将"叙述模式"视为一种机械和僵化的理论规范的认识，指出了"叙述模式"本身的复杂性以及与作家本人的内在联系，这种联系有时是隐性的、无意识的，它天然地存在于作

---

① 程德培. 批评·分析·解读［J］. 上海文学，1987，（6）.

② 程德培. 小说本体思考录［M］. 上海：上海文艺出版社，1987：9.

③ 程德培. 小说本体思考录［M］. 上海：上海文艺出版社，1987：149.

家的创作过程中，同时又受到各种因素的影响而不断发展变化。

对于小说批评中忽略形式研究的问题，他也有非常深刻的体会和洞察，"我们对小说形式的研究的忽视由来已久。几乎是一片空白。一九七八年我曾将建国以来的《文艺报》等刊物作过整理，发现三十年来所有的文学评论文章，都是对作品的思想、技巧、语言、风格等的分析，而且所用的词汇最多不过几百个，太贫乏了，对小说形式的研究，几乎是没有的"。"三十年来，我们没有一本关于小说理论的书。在西方，从三十年代到四十年代，创立了小说叙事学，而在国内，却至今还对之抱有一种自觉不自觉的拒绝态度。"① 程德培在 1978 年所发现的这个问题其实一直延续到了 1980 年代中期，在 1978—1985 年的这一时段内，当代小说批评的模式处于一种新旧交替的缓慢变化过程中，是一个新批评模式形成的酝酿期，而程德培本人的批评也被淹没在这样一种大的时代潮流中，显现出某种单一和僵化。

对于结构在小说创作中的作用，他认为："现代的小说，其结构发生了很大的变化，已经由过去的单线、复线蜕变为多视点、淡化情节线索的复调型叙述。"而且，结构在小说中的作用越来越大、越来越复杂。他以王安忆的《大刘庄》为例，认为这是一部结构小说，"以结构的方式作为作品的骨架和支撑力。作者运用她以前写惯了的城市和农村的生活作为小说结构的'左右脚'。拉开那浑浑噩噩时代帷幕，'左右脚'的交替运动成为整个小说的行为方式"。在传统的批评中，对小说结构的重视和认识，要让位于内容和思想，但就像一个容器一般，结构的设计在一定程度上决定了内容和思想的容量，因此，考察小说的结构对于认识和判断小说的价值有着重要的意义。

---

① 程德培.小说本体思考录［M］.上海：上海文艺出版社，1987：5.

总体而言，在理论盛行、张扬自我的 1980 年代，程德培的文学批评显现出一种难得的"脚踏实地"的风格，这种风格一方面表现为对于作品文本的紧贴和细读，坚持从文本出发阐释作品和作者，而不是借文本之壳表现自我，宣扬理念。另一方面表现为批评中所显露出的问题意识和批判意识，1980 年代是一个创作和批评极为绚烂的时代，但也是一个浮躁和变形的时代，程德培的文学批评始终有一种鲜明的问题意识，既寻找文学的价值，又寻找问题和缺陷。正是这种自觉的反思意识和辩证思维，让他的文学批评不同于 1980 年代文学批评中常见的夸大和不及物，形成了一种踏实沉稳、言之有物的批评风格，这种风格对于 1980 年代的整体文学批评而言无疑是一种反拨和补充。程德培文学批评的价值在于这种脚踏实地的批评实践，正如他自己所言，"批评的出路究竟是一个理论的问题还是一个实践的问题？一个人的批评观，究竟是取决于一篇言之成理的文章，还是取决于一个人的批评实践？对此，我倾向于后者。在我看来，批评归根到底是一种实践的运动。批评的主体性与方法论唯有依附于批评的实践才能显现。鉴于此，我观自己批评的存在与变化，也只能局限于批评的实践"。由此可见，这种批评特征不仅是一种个人化的风格，同时体现了个人的"批评观"，是一种观念的外在体现和具体实践。

本章小结

从批评力量上来看，1980 年代先锋文学批评的崛起得益于一代青年批评家的集体努力，从年龄上来看，这是一代出生于新中国成立之后，在青年成长期经历了"十七年"和"文革"历史洗礼的一代人。从教育经历来看，他们中的一批人在高考制度恢复之后，进入了大学学习，受到了相对系统的学术训练，形成了新的知识谱系和价值观，最后落脚于高校，如南帆、王晓明、季红真等。另一批人则是凭着自身对于文学的爱好和坚持不懈的努力，从工人（或知青）进入了评论圈，落脚于作协、期刊社等文学机构，如吴亮、程德培、蔡翔等。尽管具体的生活道路不尽相同，但他们有着相似的成长经验和精神品质，他们均"是在邪恶的斗争环境中长大成熟的，他们在饱经各种生活曲折，洞悉苦难现实之后，由上当受骗而幡然醒悟，上代人失去了的勇敢和独创开始回到他们身上"。① 这种精神品质成为他们这代人的共同烙印和特征，也成为他们担负起 1980 年代文学批评变革重任的重要前提和基础。值得注意的是，在贯穿于他们青少年成长期的这段文学与政治高度同步、社会主义现实主义主导文艺的历史过程中，他们是亲历者和观察者，而非参与者，他们作为历史的"同路人"熟悉这种文学样式，但又未被严格规训纳入这一体系之中。这种成长体验，让他们一方面极为熟悉社会主义现实主义创作方法、阶级论、工具论等作为后来"革命对象"的理论观念，为他们在 1980 年代的反叛奠定了基础，另一方面与这一体系的相对距离又让他们保持了某种独立，因而得以在 1980 年代的思想解放和新启蒙之中迅速吸收西方文学理论和思想，成为掌握新式理念和武器的主力军。这种身处历史夹层或断层之间的特殊位置，是历史选择了他们的重要原因，也是他们得以最终成其为"他们"的关键所在。

这是一代与前代人截然不同的批评家群体，他们对于文学本体的重视程度远高于对"本体外部关系"的重视程度，他们提出"批评即选择""我写的就是我"的口号也体现出迥然不同的批评

---

① 李泽厚.中国近代思想史论［M］.上海：上海三联书店 2008：481.

姿态和批评理念。他们对于前一历史时段文学批评传统的拒绝，对于自我的极端自信，对于西方文论的盲目崇拜，构成了他们最具辨识度的群体性特征。

此外，这一代批评家走上批评之路的过程也值得关注和思考。"十七年时期"和"文革"时期，是批评与革命一体化的时代，批评的对象虽然是文学作品，但批评的目的却与革命和建设等国家主题和意识形态紧密地联系在一起，批评的标准和目的在于维护革命建设的合法性，在于宣扬以革命和建设为中心的意识形态话语，批评家要有革命家的价值观和立场，因此，那个时代的批评家一般兼具革命家的身份，甚至于先具有了革命家的身份属性，批评家的身份属性才具有合法性。像周扬、胡乔木、林默涵等一大批在"十七年时期"非常活跃的批评家，无不具有革命家的经历和政治家的身份，他们在走上批评之路之前先走过了漫长的革命道路，是一批沿着革命道路成长起来的批评家。"革命家 + 批评家"的身份成为一个共同的特征。同时，在革命胜利之后，他们几乎都在官方机构任职，这种身份决定了他们的批评在相当程度上不再仅仅代表个人话语，而是成为主流意识形态的代言者，他们的批评由个人批评转化为集体批评，文学批评转换为政治批评，"十七年时期"文学批评的政治化即是建立在这样一种批评家特殊身份的基础之上的，只有"批评家"与"政治家"身份的重叠与合体，才有可能实现通过文学批评来完成维护主流意识形态的任务。反过来说，正是这种规定任务，选择了这样一批带有政治性质的批评家成为那个时代文学批评的主导者。这种特殊的批评家身份是"十七年时期"文学批评区别于其他历史时段的一个鲜明特征，也是从根本上决定了这一时期批评样貌特征的原因所在。

相比于前一个时代，1980 年代的先锋文学批评家失去了通过

"革命"来进行出场和建构批评身份的可能性。此时，"革命"早已完成，甚至于"以阶级斗争为纲"的政治话语都被抛弃，取而代之的是以经济建设为中心。在这样的新的语境之下，先锋文学批评家们不可能通过经济手段来建立自己的身份地位，他们只能通过纯粹的文学的方式来确立自己的批评家身份。无论是像吴亮、李陀、蔡翔、程德培等立足于各类文学期刊，还是李劼、季红真、南帆、许子东等立足于高校，他们的批评家身份都是在不断的批评实践中确立起来的，相比于前一代批评家的官方身份，他们有着更多的民间属性和个人属性，他们的批评更多是从个人和文学自身出发的，有着更为充足的个人风格和"文学性"。当然，这种充分的自由度在释放了创造力的同时也带来了一些问题。比如感性批评的泛滥、个人话语的充斥，等等。但这种民间性和个人性所带来的创造力的释放是必须加以肯定的，没有这种批评身份和批评位置的变化，1980 年代先锋文学批评的发生就变得不可想象，这是 1980 年代文学批评迎来变革的一个重要前提和基础。青年批评家们通过纯文学之路走向文学的中心，让他们得以解除束缚，在最大限度上完成对于传统文学批评的解构与超越，进行新的批评试验与实践。这种批评的位置和身份，也从根本上决定了他们之间的批评也会各有方向和特色，会沿着不同的路径伸展开来。

因此，面对这一代批评家，既要注意到他们之间的共性，也要注意到他们之间的差异。他们共同缔造了 1980 年代先锋文学批评的辉煌，又展现了强烈的个人风格。比如李陀浓重的反思精神，吴亮自信的主体张扬，程德培严谨的文本细读，在"张扬主体性"的旗帜之下，他们的文学批评都最大限度地打上了自我个性的烙印，呈现出色彩斑斓的多元化景观。在本章中，之所以选取吴亮、李陀、程德培作为个案进行研究，一方面是因为他们在先锋文学批评思潮中有着突出贡献，从不同角度用不同方式为 1980 年代先锋文学批评发展作出了历史性建构。另一方面是因为他们极富个性的批评风格具有典型性，他们既显现了先锋文学批评的共性特征，又显现了极具辨识度的个性特征。

第五章　先锋文学批评的
批评理念及话语方式

经过 1980 年代前半段的积累和发展，先锋文学批评力量不断发展壮大，先锋文学批评理念在论争和讨论中也越来越深入人心，先锋文学批评所获得的言说空间和自由度也不断拓展。与此同时，同样援引西方文学资源具有强烈先锋精神的先锋文学创作思潮的到来，进一步推动了先锋文学批评在 1985 年后的发展，崭新的文学现场和琳琅满目的实验性作品，西方文学理论武器"中国化"的不断深入和熟稔，这些内外条件为先锋文学批评走向高潮提供了绝佳条件，1980 年代的先锋文学批评迎来集大成的一个历史阶段。在激情澎湃又令人眼花缭乱的批评实践中，先锋文学批评进一步颠覆了对于传统社会历史批评模式的解构和超越，完成了对于西方文学理论的接纳和一定程度上的"本土化"转换，形成了新的批评理念和话语方式。

第一节　回归本体：从"外部"回到"内部"

在社会历史学批评中，对于作品外部关系的探讨始终是研究的重点，比如作品主题与时代历史的关系，典型人物所蕴藏的思想意义和社会影响，作品及其所描述人物的阶级性，作品在主题指向上所表现出的政治立场，等等，这些以作品为中心所形成的外部关系研究范式在相当长的时间里占据着批评的中心位置，形成一套文学批评的"标准模式"。与此相应，这些外部因素也成为评判一部作品优劣高低、成功与否的关键所在。这种批评模式强调的是作品与时代和历史的关系，突出考察作品的社会性、时代性甚至是战斗性。这种批评理念自有其存在的合理性和科学性，尤其是面对现实主义文学作品时，这种批评有着极高的对应性，是分析解读现实主义文学作品的理想理论和模式。因此，在古今中外的文学历史上，这种批评模式曾被广泛应用于文学批评。以中国为例，在延安时期和"十七年时期"，这种批评模式受到主流意识形态的高度评价并被广泛推广应用，文学的人民性、时代性和战斗性被突出至一个空前绝对的高度，在此批评理念的规训之下，文学呈现出高度的统一性，在整体上都服务于民族救亡任务、革命任务或建设任务，成为政治意识形态的一种有效管理手段。从批评效果上来讲，这种批评模式一方面唤起了文学的社会责任和历史承担，将"文以载道"的历史传统从被"五四"文学革命消解的历史窘境中解放出来，并更进一步地推到了历史激变潮流的前沿阵地，释放出最强大的战斗性，诞生了一大批优秀的现实主义作家作品。与此同时，它也造成了对于文学性的压制和疏离，作品普遍存在文学性、审美性不高的特点。而更为致命的是，这种批评模式由于与主流意识形态的"过从甚密"，常常发生扭曲、变形，成为政治斗争的一部分。自延安时期至"文革"结束之间的历次整风，几乎都能看到文学批评的忙碌"身影"，在一定时期，文学批评成为了斗争的工具和武器。这种情况在"文革"时期发展到一种极端状态，严重背离文学自身规律的"三突出"等批评观念禁锢和扼杀了文学的创造性和生命力，最终发展为庸俗的社会历史学批评。

综合来看，社会历史学所倡导的"外部研究"有其自身的价值和合理性，但也同样存在种种弊端。在中国革命不断走向胜利和新中国建设不断前进的历史过程中，这种批评模式发挥过重要的历史作用，但其弊端也日益显现并对作家和文学创作造成了极大的伤害。因此，当1980年代的"思想解放"大门打开，对于这种极左思潮控制下的批评观念的抛弃就成为历史的必然。由外而内的"向内转"，重建对于作品内部的考察体系成为1980年代文学批评自然而然的一种诉求和选择，这既是文学批评自身规律的内在要求，也可视为"反抗"传统的一种策略和方式。1980年代先锋文学批评打破了这种唯"外部"标准至高无上的传统，拆除了这种从外部考察作品的单一视角的壁障，建立起了文学批评的另一个重要维度：内部视角。

　　这一新的批评思维和路径产生的原因与西方形式主义文论"新批评"有着紧密的关系，英美"新批评"派的文学本体论是我国文学理论最近几年来出现的文学本体论的来源之一，国内的文学本体论的呼唤者也自觉地向"新批评"派寻觅理论武器。①"新批评"所倡导的"本体论"成为产生这种批评思维的理论基础和沃土。

　　"新批评"和"本体论"两个概念具有很强的交叉性，有时会等同使用。"'新批评'是一个追授的'谥号'，在批评理论新陈代谢的历时序列中，称之为'本体论批评'显然更为适当。"②在我看来，二者之间的关系是体系和核心的关系，即"本体论"是"新批评"的核心理念，"新批评"在"本体论"的基础上形成了完整的体系。"本体论"勃兴于二十世纪上半叶的西方文学界，代表人物有艾略特、瑞恰兹、兰塞姆、泰特、燕卜荪、沃

---

① 熊元义.论"新批评"的文学本体论［J］.社会科学家，1991，（5）.
② 陈厚诚，王宁.西方当代文学批评在中国［M］.天津：百花文艺出版社，2000：43—44.

伦、韦勒克等。其核心理论是文学批评的对象是文本，而非围绕本文所产生的外部周边元素，它强调文学批评的注意力要集中于作品内部，认为作品的内部有一个完整的结构和自足的世界。它拒绝从外部出发考察作品存在的种种因素，从而得出传记式批评和印象式批评的结论。回到作品本身、回到作品内部，是其最为明确的主张和特征。尽管这种批评理念存在着明显的割裂作品与外部因素关系的缺陷，但因其在研究方向上与社会历史学的外部批评截然相反，被视为进行"革命"的绝佳武器，在1980年代的先锋文学批评中被广泛接纳和援引。但与此同时，"新批评"理论因其与此前占据主导地位的马克思主义社会历史学理念的对立引来批评，比如朱寨认为新批评本体论的理论是"抛开文艺创作的本源去探索文艺创作的规律，无异于南辕北辙，缘木求鱼"。① 这种批评当然非常武断，没有注意到新批评自身的理论价值，但这种观点的出现显示了新批评理论在中国传播和接受过程中的难度和复杂性。

"本体论"在中国的落地生根经历了一个复杂的过程，是在不断的论争和讨论中逐步为人们所接受的。1985年第4期，《文学评论》推出了一个名为"我的批评观"的专栏，这个明显带有探索意味的专栏推出了一系列理论批评讨论文章，刘再复、刘心武、鲁枢元等人纷纷在此发表讨论文章。"新时期文学运动的发展，已经呈现出这样一种态势：不但主要作家（其中主要是一批三十五岁左右的作家）以他们不同凡响的作品突破旧有的文学观念，构成了崭新的文学现象，而且，直接从理论上探讨文学观念的突破与发展，也已成了一桩不仅必要而且迫切的事。"② 刘心

---

① 朱寨．中国新文艺大系（1976—1982）理论二集导言［M］．北京：中国文联出版公司，1986：7.

② 刘心武．走向文学本性的思考［J］．文学评论，1985，（4）.

武强调理论上的突破，而突破对象则是走向僵化和庸俗的社会历史学研究，"不但庸俗社会学的研究和批评令人厌恶，就是不庸俗的单一社会学的研究角度和标准，也是使人厌烦并窒息着文学的发展。我们急需向文学内部即文学自身挺进，去探索文学内部的规律，或者换个说法，就是去探索文学的本性"。① 刘心武讲的"本性"即后来被概括的一个重要理论概念"本体"。刘再复也发文说："我们过去的文学研究，主要侧重于外部规律，即文学与经济基础以及上层建筑中其他意识形态的关系，例如文学与政治的关系，文学与社会生活的关系，作家的世界观和创作方法等，近年来研究的重心已经转移到内部规律，即研究文学本身的审美特点，文学内部各个要素的相互联系，文学各个门类自身的结构方式和运动规律等等，总之，是回复到自身。"② 回到自身，回归本性，所呼唤的都是对于文学本体和内部的重视，它体现了与"十七年""文革"时期文学批评完全不同的方向和理念，即"把本体论作为一条自觉的思路"。③

看似本体论的提出有一呼百应的架势，但实际上，反对之声也不绝于耳，而且直指新批评的理论缺陷。比如马克思主义文艺理论家陈涌发表的《文艺学方法论问题》认为"刘再复同志所列举的'文学与经济基础以及上层建筑中其他意识形态的关系'的许多方面……都是决定文学艺术的性质、内容以及它的发展方向的，这些不但不是什么'外部规律'，相反地，正好是文学艺术的最根本最深刻的内部规律"。④ 这里除了"内外之争"的论辩，显然还含有批评理论主导权之争的意味，作为长期主导我们文

---

① 刘心武.走向文学本性的思考［J］.文学评论，1985，（4）.

② 刘再复.文学研究思维空间的拓展［J］.文艺研究，1985，（4）.

③ 孙绍振.形象的三维结构和作家的内在自由［J］.文学评论，1985，（4）.

④ 陈涌.文艺学方法论问题［J］.红旗，1986，（8）.

学创作和文学批评的主要理论，马克思主义文艺理论理所当然地将新批评的这种"转向"视为挑战，尤其在涉及根本规律的话语权之争中，表现出坚决捍卫的姿态。程代熙发文认为刘再复提出的本体性理论"并未触及问题的真正所在"，"不仅无助于解决问题"，反而有"从另一个极端把理论和创作引向歧途的可能"。①围绕陈、刘之间的论争在 1980 年代的文坛延续了好几年，双方皆有拥护者，"与刘再复商榷""与陈涌商榷"的文章皆有一大批，形成了一个论争事件，但"检视文献，我们发现当年为刘再复辩护而'与陈涌同志商榷'的文章数量更多"。②这说明了在 1980 年代中后期，新批评派所倡导的回归本体、回到作品内部的理念是逐步被更多人所接受和使用的。

客观来讲，围绕本体论的论争进一步打开了人们的文学思维和视野，不管"内"与"外"哪个为"根本规律"，文学研究存在着"内""外"两个维度和空间则是已经为人们所普遍接受和认可的了。如果考虑到 1980 年代"思想解放""走向世界"的总体语境，那么对于新批评的理论援引和实践就成为一个水到渠成的结果。

此外，对于"内部研究"产生过重大影响的还有几部重要的文学理论作品，比如美籍学者韦勒克和沃伦合著的《文学理论》，这部诞生于二十世纪四十年代的文学理论经典论著在欧美地区风行一时。这部理论作品吸纳了英美"新批评"的重要理论尤其是关于"内部研究"方面的内容，但同时又矫正了"新批评"过于强调文本内部的偏颇。它将文学研究划分为"外部研究"和"内部研究"两个部分，并分别展开论述，它将从作家"传记""心

---

① 程代熙.对一种文学主体性理论的述评——与刘再复同志商榷［J］.文艺理论与批评，1986，（3）.

② 陈厚诚，王宁.西方当代文学批评在中国［M］.天津：百花文艺出版社，2000：74.

理学"（作家心理）"社会""思想"等层面对作品展开的研究归为"外部研究"，而将从"文体""节奏""格律""意象""隐喻""模式"等角度展开的研究归为"内部研究"。"内""外"两个维度的展开使得文学研究更为均衡和客观，但从实际论述来看，他们仍然是抑"外"而扬"内"的，他们认为，"那些提倡从外在因素研究文学的人士，在研究时都以不同程度的僵硬态度应用了决定论式的起因解释法"。而"起因解释法在文学研究上的价值，肯定是被过高地估计了，而且，还可以肯定地说，这样的研究法永远不能解决分析和评价等文学批评问题"。① 但在论述"内部研究"的必要性时，他们开篇即对"外部研究"进行了批评并以此突出"内部研究"的必要性和科学性，"文学研究的合情合理的出发点是解释和分析作品本身。无论怎么说，毕竟只有作品能够判断我们对作家的生平、社会环境及其文学创作的全过程所产生的兴趣是否正确，然而，奇怪的是，过去的文学史却过分地关注文学的背景，对作品本身的分析极不重视，把大量的精力消耗在对环境及背景的研究上"。② 他们认为这种研究方式"对文学批评的一些根本问题缺乏明确的认识"，使得"多数学者在遇到要对文学作品做实际分析和评价时，会陷入一种令人吃惊的一筹莫展的境地"。但与此同时，这种状况也在发生改变，"近年来，出现了与此相对的一种健康的倾向，那就是认识到文学研究的当务之急是集中精力去分析研究实际的作品"。③ 从他们对于内外研究的不同表述可以看出，他们对于"内部研究"的价值判断是有区别

① ［美］韦勒克，沃伦著.刘象愚，邢培明，陈圣生，李哲明译.文学理论［M］.北京：生活·读书·新知三联书店，1984：66.
② ［美］韦勒克，沃伦著.刘象愚，邢培明，陈圣生，李哲明译.文学理论［M］.北京：生活·读书·新知三联书店，1984：145.
③ ［美］韦勒克，沃伦著.刘象愚，邢培明，陈圣生，李哲明译.文学理论［M］.北京：生活·读书·新知三联书店，1984：145.

的，即抑"外"而扬"内"。这一方面显示出他们深受当时"新批评"理念的影响，另一方面也显示出其理论所存在的局限性。

但在先锋文学批评家对于他们的理论援引中，这种局限和偏颇就变得微不足道，甚至可以忽略不计了。因为，先锋文学批评家们所需要的正是这样一种带有极端色彩的对"外部研究"形成解构和颠覆的理论，所谓"片面的深刻"，正是一部分青年批评家所追求的，他们并不需要"全面"，"片面"反而是一把更有效的刺向传统的利刃，对于他们急需进行的对于传统批评模式的超越能够产生更好的批评效果，实现他们的批评理想。

在这些新理论的支援之下，青年批评家们开启了对于文学作品内部价值的探索。在青年一代批评家中，季红真是较早有意识地从文学内部展开批评实践的青年批评家之一。谢冕在 1985 年 10 月写给季红真的序文中认为："季红真的文学批评尽管刚刚起步，但已显示了清醒的超越意识。她完成了从社会的批评到美的批评的过程。"[①] 在这里，谢冕指出了季红真展开文学批评的重要维度："美"。这是一个从根本上区别于社会学批评的范畴和维度，它摆脱了以往充满功利色彩的外涉指向，转而指向文学自身和内部，它是一种审美研究，而非社会学研究。季红真在 1985 年前的文学批评依然以"内容"为中心，但考察的视角和评判的标准却已发生很大变化，她注重从历史的、民族的、文化的、审美的角度去分析作品所内蕴的审美价值，她以宏阔的历史作为参照系，以深邃的文化作为标尺，来考察文学作品的价值和意义。她的文学批评是在文学内部展开的，是以大历史和审美作为衡量标准的。比如在评价"冷不丁冒了出来"的"大故事篓子"（季红真语）阿城的作品时，她分析认为："他（阿城）面对一个逝

---

① 谢冕.批评寻找位置［A］.文明与愚昧的冲突［M］.杭州：浙江文艺出版社，1986：6.

去的时代，以智者的幽默掩盖起心的沉重，在普通人真切平凡的人生状况的描述中，升华出对宇宙、自然、生命、人的玄思默想。正是这些深层的意义构成了阿城小说内在的意韵，带来韵味隽永的美学效果。"①季红真的分析是指向历史、宇宙和自然的，是从更宏大的自然层面来透视阿城作品的价值和意义的，正是在这个维度上，阿城的作品建构起了其美学体系和价值，使其成为文学史上最为重要的符号之一。季红真准确地把握住了阿城小说最为核心和特殊的价值所在。她的分析摆脱了分析作品与时代和政治的外部关系模式，是从内部视角展开的有效实践。

对于文学内部研究产生了重要影响和推动的还有鲁枢元的文学心理学理论，1980年代中期，鲁枢元援引威廉·冯特心理学和弗洛伊德精神分析等理论，形成了文学心理学理论。他认为人们生活的世界存在着物理世界和心理世界两个空间，物理世界是一种客观存在的物质世界，而心理世界则是建立在主观感受基础上的精神世界，在文学创作中，这两个世界实现了统一。物质世界作为被描摹和勾勒的对象，需要通过人的心理世界的作用，而心理世界的存在则依赖于物理世界这个基础。因此，他认为："文学艺术的创作过程，是一个包括文学家自己的需求、欲望、感觉、知觉、思维、情感、注意、记忆、直觉、想象等心理功能在内的极其复杂的过程。"②在这里他强调文学艺术创作过程中，作家主体情感的融入及其发挥的重要作用。因此，他提倡文学研究应注重从心理学的角度来研究作家心理和人物心理。与鲁枢元的观点相一致的还有孙绍振，他提出了艺术形象的三维结构，认

---

① 季红真.宇宙·自然·生命·人［A］.文明与愚昧的冲突［M］.杭州：浙江文艺出版社，1986：133.
② 鲁枢元.用心理学的眼光看世界［J］.文学评论，1985，（3）.

为"任何艺术形象都是再现生活和表现自我的统一",①"生活"和"自我"构成了艺术形象的基础,在此基础上,还要发挥想象和形式的作用,才能最终构造出成功的艺术形象,也即是说,任何艺术形象都是生活、自我和形式的三维结构体。这种认识突破了传统文学观念中形象是由内容与形式组成的结论,它所增加的"自我"这一因素,强调的是作家在创作中的能动性和创造性。这种从心理学的角度研究作家心理的研究方式也极大地影响了先锋文学批评的样貌。

在先锋文学批评家中,从实践角度对于作家心理和人物心理研究较为深入的是王晓明。在写于 1987 年总结自己的批评经验的一篇文章中,他曾有这样的自白:在阅读小说的时候"我的注意力却总是集中到他们写这些小说时的心理状态上"。"追究作家心理的兴趣太浓厚了,即便有心想集中分析某一篇散文的表现技巧,最后还是会不知不觉就偏到对作家的心理分析上去。"这甚至导致他"改换批评方法的尝试,几乎都没有收到预期的效果,都不成功"。② 从他的自白来看,对于作家心理的研究兴趣是一种先天的偏爱,既赋予他某种特殊的感知力,也阻碍了他向其他方面深入的可能。但这种兴趣偏爱和特殊的感知力在他的文学批评中衍化成一篇篇批评成果。《所罗门的瓶子》是王晓明使用心理学研究方法进行文学研究的一个批评文集,属于浙江文艺出版社"新人文论"的一种,是他研究作家创作心理成果的一次集中展示。比如在研究张贤亮的小说创作的文章中,他分析主要人物章永璘为了填饱肚子不惜欺骗老乡的情节时,认为这其中投射着张贤亮本人的影子。张贤亮在 1957 年"反右"运动后曾在农场工作生活长达二十二年,与章永璘的境况有诸多相似之处。他认

---

① 孙绍振. 形象的三维结构和作家的内在自由 [J]. 文学评论, 1985,(3).
② 王晓明. 所罗门的瓶子 [M]. 杭州:浙江文艺出版社, 1989:321—323.

为章永璘在欺骗老乡时"内心并不惭愧，也无暇去惭愧，这种感情不属于一个饥饿难耐的人，这就是人类发展的残酷法则，为了满足生存的功利需求，人类经常会解除道德上的自我约束"。而"张贤亮似乎就正是如此，他赢得了生存的胜利，却难免要付出心理变形的代价，这不是那种不知不觉的智力退化，而是有意为之的道德松弛，不是丧失人的自觉，而是放弃人的自持"。① 这是王晓明典型的通过作品人物分析作家心理的研究路径，不过在二者之间建立联系时，他并不仅仅依靠分析和推理，而是借助于对作家经历的考察，这实际上是将作品的外部因素也融入了进来，这种内外结合的研究分析显然更具有科学性和说服力。沿着这种研究思路，王晓明建立起了一个独特的探究作家创作心理的批评模式。他不仅将这种研究方法用于分析新作家作品，也用于分析现代文学早期的经典作家作品。比如在研究鲁迅的作品时，他认为鲁迅是"现代中国最苦痛的灵魂"，他从鲁迅的《文化偏至论》和《伤逝》中解读出鲁迅"是个充满矛盾的人"，他一方面"把精神作用看得很重，在相当长的一段时间里，他经常用人的精神状态来揭示社会的变动"。另一方面在"涉及具体的社会问题时，他倒每每从物质的角度去衡量得失，并且告诫别人也这样做"。② 这种心理矛盾影响着鲁迅的创作，也构成了鲁迅"最苦痛灵魂"的一部分。王晓明还用类似的方法考察过茅盾、张天翼、高晓声、沙汀、艾芜等作家的创作，无一例外的是，他最终都将对作品的分析落脚于对作家创作心理的探究，总结作家在创作过程中的心理状态及其变化。尽管这些结论观点未必都令人心悦诚服，但王晓明在这一研究方式上所作的努力仍然为当代文学批评开辟了新的空间，提供了示范性的实践例证。

---

① 王晓明. 所罗门的瓶子［M］. 杭州：浙江文艺出版社，1989：134.
② 王晓明. 所罗门的瓶子［M］. 杭州：浙江文艺出版社，1989：2.

总体来看，1980 年代中后期，先锋文学批评家们对于文学本体的重视，对于从"内部"展开研究的认识成为一种批评的自觉，对于作品内部研究价值的认可成为一种共识。但需要说明的是，回归本体，回到内部，是文学研究批评视角的方向性转移，是一种观念的转换，也是方法的变更。"内部"和"本体"作为一种路线和策略规定了批评展开的总体路向，但在这一总方向的指引下，"内部"和"本体"存在着多重进入的路径和维度，对于"内部"和"本体"的探究其实才刚刚开始，正如韦勒克和沃伦在《文学理论》中将"内部"分成了十余种视角和维度，先锋文学批评的多样性在此刻才开始延展，这只是丰富而多变的先锋文学批评的一个起点，当然，先锋文学批评队伍的"分化"也在此刻同步开始。

第二节　张扬主体：从集体代言到个人话语

在 1980 年代的先锋文学批评中，批评的客体对象发生了从外部到内部的"向内转"的转向，批评关注的焦点发生了位移，回到本体、回到作品内部成为批评的主流方式，这是在批评的客体上发生的最为重要的变化。而在批评的主体层面，实际上也发生了重大的变化，也出现了一种"回归"，这种"回归"是批评主体在主体性意识的觉醒和支配之下，从"集体"回归到"个人"，个人批评替代了集体批评，这种回归体现在批评意识、批评语言等多个方面。

同文学史的发展轨迹相同步，在民族危亡和社会革命的总体背景下，现代批评的发展也曾有过一段长时间的转向。"五四"文学革命开启了文学和文学批评的现代转型，在 1930 年代至"文革"结束长达四十多年的历程中，现代批评服膺于社会革命的总要求，对于文学的批评和判断多是以是否符合民族救亡或社会革命的总要求为标准来进行的，在这个过程中，相比于"五四"时期在吸收了西方文论之后所生产的大量的具有个人特征的批评文本，这一历史时段内的批评显示的更多的是"集体话语"，在批评标准和价值判断上，呈现的更多的是"集体意志"，尤其是1942年毛泽东《在延安文艺座谈会上的讲话》之后，文学创作和文学批评的"集体意识"被空前强化，"文艺为工农兵服务""文艺为政治服务"不仅成为对作家们进行文学生产的规定性要求，也成为批评家们进行文学批评时的评判标准。在某种意义上，批评家这时就演变为了一种集体意志的执行者和体验者，凡是越出了边界的文学作品都会被批评否定，凡是体现了集体意志的作品，则是获得肯定的嘉奖。批评家犹如文学意义上的"法官"，维护国家意识形态的合法性和正确性成为他们的历史任务。他们所操持的话语也均是集体话语而非个人话语。比如在延安时期对丁玲《三八节有感》、王实味《百合花》的批判中，所体现的即是这种批评标准和批评模式，对于他们的批评实际上是对于逸出主流政治意识形态文艺思想的一种纠正甚至清除。而在新中国成立至"文革"结束后的这段历史时段内，所延续的也是此种批评模式，这种批评模式体现出高度一体化的特征，从批评标准、批评意识、批评话语都体现出高度同质化的特征。

在1980年代文学批评发展的过程中，所实现的一个重要转变是批评主体自我意识的回归，即批评者从集体意志的化身回到了个体自身，所使用的批评语言是个人化的，批评标准是个人化的、价值判断是个人化的，也就是说，批评的起点是从个人出发而非从集体意志出发，批评的过程是批评个人主导下的个人化的批评实践，可以说，这种转变从根本上改变了批评的面貌，过去那种千篇一律、千人一面的批评文章越来越少，突显着个人锐气和个性的批评文章越来越多。在以往对于"回归本体"的讨论中，对于批评的研究对象（文本）外部到内部的转移分析得比较多，而对于批评主体自身从集体回归个人（另一种的"回归本体"）则讨论较少，其实正是主客体两个层面的"回归"完成了现代批评重回正轨的必要准备，否则，先锋文学批评的高潮就难以真正发生和到来。

发生在批评主体上的这一根本性变化与1980年代中期发生的关于"主体性"的讨论是分不开的，"主体性"理论是推动批评主体自我意识觉醒的理论基础。在关于"主体性"的讨论中，刘再复无疑是核心和关键人物。1980年代中期，刘再复发表了一系列关于文学主体性的论文，如《论文学的主体性》《文学研究应以人为思维中心》《论人物性格的二重组合原理》等等。实际上主体性与本体性有着理论上的内在联系，本体论强调文学研究要回归作品本体，将作品从千丝万缕的社会关系总和中剥离出来，进行独立审美审视。在一定意义上，对于作家主体和批评家主体的强调也是一种"回归本体"，即将个体的人从其所属的集体之中剥离出来，回到本位，回归自我，从而重建自我的主体性。可以说，批评主体性的建立是以批评个人本体的回归为前提的，将个人从集体的裹挟之中剥离出来，才可能建构起批评的主体性。显然，主体性是对本体性的一种延续和深入，更进一步地强化了个人的独立性、能动性和创造性。

刘再复认为："文学主体包括三个最重要的构成部分，即：（1）作为创造主体的作家；（2）作为文学对象主体的人物形象；（3）作为接受主体的读者和批评家。"他同时指出："我国文学在相当长的一个时期，普遍地发生主体性失落的现象。"[1] 刘再复在

———————

① 刘再复. 论文学的主体性［J］. 文学评论，1985，（5）.

这里是将文学作为一个过程整体来考察的，将作家、作品与读者（批评家）三个要素都纳入了进来。他进一步分析指出："作家的主体性，包括作家的实践主体性与精神主体性。实践主体性是指作家在创作实践过程中（包括为创作做准备的感受生活的实践）的实践能力，主要是作家的表现手段和创作技巧；而精神主体性，则是指作家内在精神世界的能动性，也就是作家实践主体获得实现的内在机制，如作家创作的动机，作家在创作过程中的情感活动，等等。我们所探讨的创造主体性，主要是作家的精神主体性，即作家内在精神主体的运动规律。"① 而批评家作为接受主体之一，其接受主体性"就是指人在接受过程中发挥审美创造的能动性，在审美静观中实现人的自由自觉的本质，使不自由的、不全面的、不自觉的人复归为自由的、全面的、自觉的人，整个艺术接受过程，正是人性复归的过程——把人应有的东西归还给人的过程。也就是把人应有的尊严、价值和使命归还给人自身的过程"。在这个定义中，刘再复强调接受主体在审美过程中的能动性，指出在接受过程中人的自由的重要性。他同时强调接受主体性的实现"有赖于接受主体的另一种机制——创造机制，即欣赏者的完善的审美心理结构，以发挥审美再创造的能动性"。作为接受主体之一种的批评家的批评活动，是一种更为专业的审美活动。按照刘再复的理论，批评家主体性的实现必须充分发挥批评家自身的审美创造机制，充分发挥批评家自身的能动性，在这种创造机制的支配之下，批评方可找回失落已久的主体性。

在这种主体性理论的影响之下，作家和批评家都在"寻找自我"，寻找那个曾长久淹没于集体之中的个人，在"共名"和"无名"之中寻找"有名"。这实际上构成一次文学领域中"人的

① 刘再复.论文学的主体性［J］.文学评论，1985，（5）.

解放""个体的解放"。马克思认为，人区别于动物的一个最主要的特征是人具有主观能动性。人只有在充分发挥主观能动性的时候才真正称其为完整的"人"。在文学领域，这种"人的解放"成为 1980 年代文学创作和文学批评领域迎来突破的关键性因素和基础，没有个体的解放和主体意识的觉醒，1980 年代中后期出现的那种万花筒式的文学盛况是不可想象的。

在批评主体完成了从"集体"到"个人"的转变之后，在批评主体真正成为自我的主宰者之后，批评主体本身对于批评的介入就成为必然的要求，甚至说是决定性的因素。我们看到，在很多批评文章中，批评家都在热情地呼唤"我"，表现"我"，"批评即选择"，"我写的就是我"之类的口号和姿态遍布于批评的现场。它充分表现了批评家在寻回失落已久的主体性时的欣喜，也展现了青年批评家在张扬主体性旗帜下的高度自信。在这种氛围之下，文学批评的面貌焕然一新，始于 1980 年代初的先锋文学批评逐渐步入高潮。

吴亮认为"批评即选择"，文学批评首先"是一种确定性的选择"，"不会选择的文学批评不可能成为'批评'"。他认为 1980 年代前半段的文学批评面临一个"潜在危机"，即"没有意识到圈定自己"，"只有圈定自己，才能建立自己特有的批评前提、范畴和尺度。"① 吴亮的批评所对应的正是刘再复所言的文学领域长期以来缺乏的主体性，没有个人，没有自我，文学批评也就失去了批评的特色，走向同质化和僵化。显然，在主体性讨论发生之前，吴亮已经意识到了批评实践中自我和个人的重要性。

黄子平吸纳了吴亮"批评即选择"的观点，在此基础上进一步思考提出了"片面的深刻"的观点。他谈道，"在这样的大时

---

① 吴亮.批评即选择〔A〕.文学的选择〔M〕.杭州：浙江文艺出版社，
1985：99.

代，一切面面俱到的'持平之论'只能有利于保守僵化的一面，只有那些片面的、不成熟的观点，却代表了生机勃勃的推动历史的深刻力量。"① 对于"片面"的追求其实表达的正是一种自信，因为，"片面"在一定意义上正是来源于个人的创见或偏见，它体现的是个人的创造力和创新性。他还认为文学批评是"自我意识的产物"，"在某种程度上是一种自我表现，是自我的一种存在方式"。"不敢表现的自我是见不得人的自我，只好拿抽象的'大我'来遮掩。敢于表现的自我，才能与他人的、公众的自我相通，相比较、相促进。"② 黄子平在这里将批评哲学化了，将批评视为一种生命存在的方式。这其中对于"自我"的强调是极为突出的。在"我"与"批评"的关系上，他认为"我"是占据了绝对主动的，是占据了绝对主宰地位的。批评是一种在"我"的主宰之下进行的创造活动。在黄子平的文学批评实践中，这种对于自我的彰显也是极为突出的。

孙绍振也十分重视创作（批评也是一种创作）过程中的主体性，他倡导要重视创作过程中的内在自由，他认为："创作之所以称得上是创作，就是从摆脱对生活的被动依附开始的。只有摆脱了被动状态，重视生活与艺术的矛盾，作家才可能获得创作所必需的内在的自由。"而"研究艺术形象的逻辑起点应该在这里"。③ 他实际上也是在强调作家和批评家的主体性，文学来源于生活，但又高于生活，"高"的建立实际上是作家充分发挥内在的自由和主体性，充分发挥想象力的结果，这与文学来源于生

① 黄子平.片面的深刻［A］.沉思的老树的精灵［M］.杭州：浙江文艺出版社，1986：11.

② 黄子平.我与批评［A］.沉思的老树的精灵［M］.杭州：浙江文艺出版社，1986：11.

③ 孙绍振.形象的三维结构和作家的内在自由［J］.文学评论，1985，（4）.

活和反映生活的理论并不矛盾，它是更进一步地拆分了创作的不同阶段和层面，将作家的主体性从过去笼统的"反映论""依附论""决定论"中剥离出来，解救了出来。在创作过程中，作家的内在自由和主体性依附于生活经验这个先决条件和物质基础，同时又必须发挥主体性和能动性，创造艺术形象和艺术结构，二者之间是相互依附、紧密结合的关系，也是相互独立又辩证统一的关系。在这种认识之下，对作家主体性的强调和使用才能获得科学的依据和合法性，避免陷入唯心主义的陷阱。

批评家们充分发挥主体性的另外一个表现是在批评实践中努力探索具有个人特征的批评文体。比如吴亮颇具创意的"艺术家和友人的对话体"系列文章，以虚构人物的方式展开理论讨论，他们有时是"友人"，有时成为了论辩的双方，这种形式改变了过去单纯而直接地表达和输出个人观点的批评模式，使得思考的过程得以显现，甚至表现了某些自我的内在矛盾。这种新颖的批评形式当然是一种个性的表现，但他在深层上体现的正是批评家个人主体性的发挥，是一种创造行为。吴亮的这种创造还影响了其他青年批评家，比如黄子平也写了一篇"艺术家与友人的对话"，并声明是受吴亮的启发，他借"艺术家"和"友人"之口探讨艺术创造和艺术理论之间的关系问题，对于二者之间的辩证关系有深入的思辨和辨析。这种在批评文体形式上的创造虽然看上去是停留于表层的变化，但它无疑预示着批评者内心寻求理论突破的愿望以及在这探索之中所展现的自信。

青年一代批评家们在批评概念的创造和批评语言的使用上也进行了卓有成效的探索，体现出他们在主体性高扬之下所显现的创造力。李陀在1985年初写作的《概念的贫困与贫困的批评》一文中曾经指出"若干年来我们文艺批评中缺少概念的创造这一缺陷"，作为基础性元素的概念，从根本上决定了文学批评的整体面貌，没有新的概念和语言，批评的革新就失去了基础和依靠，极容易造成文学批评千篇一律、千人一面的僵化局面。与此同时，李陀也承认"近两三年中情形开始有了变化"，并以李泽厚"情感结构""历史积淀"和刘再复的"二重性格组合"为例，认为，这些新的概念的创造给文学批评带来了极大的改观。实际上，在1980年代中期以后的文学批评中，批评家们不仅在批评方式方法上进行创新，在概念和语言上也在寻求突破。比如孙绍振的"三维结构"，鲁枢元的"心理世界"，陈思和与王晓明"重写文学史"，这些概念的提出均极大扩展了文学批评的空间。

此外，批评家们在进入文学作品的路径上也呈现出多元化的趋势，他们对于文学作品的关注点不同，思考的角度也不相同。比如李陀浓重的思想性和自觉的反思意识，吴亮对于叙述方式和城市文学的关注，程德培的文本细读，季红真视野宽阔的宏观视角，李劼对语言研究的孜孜以求，王晓明对于作家创作心理的浓厚兴趣，青年批评家们并不局限于某一种固定的批评方式，他们依据个人的兴趣，充分发挥个体的创造性，形成自己的批评模式和特色。这些均是在主体性理论的影响之下开出的新鲜花朵。

总体来看，在1980年代的文学批评中，对于"主体性"的发现给文学批评带来了两方面的影响：一是在文学研究中开始探究作家在创作过程中所发挥的"主体性"（比如王晓明对作家创作心理的研究），在聚焦作品内容的同时也聚焦作家的创作心理，在研究人物形象的同时也挖掘人物在行动中的心理动态过程，作家不再是机械地反映生活，为生活和时代留影，而是将自己的思想和才能融入作品之中，作品中的人物也不再是简单的观念的集合和化身，而是有了情思和灵魂。这种转变从根本上改变了过去对于文学作品的认识和看法，研究对象和研究范式也随之发生了大幅度的转换，这正是各种新的批评武器登场的先决条件。二是在批评实践中强调批评主体的"主体性"。批评家们充分意识到主体性在文学批评中所占据的重要位置以及发挥主体性的必要性，在张扬主体性的旗帜之下充分展现了自己的创造力和想象力，从批评的范式到批评的语言上均焕然一新。可以说，批评"主体性"的回归和张扬奠定了 1980 年代先锋文学批评走向高潮的基础，它对批评主体的解放极大地释放了批评的生产力和创造力，成为推动先锋文学批评发展的关键因素。

第三节　重心位移：从"内容"到"形式"

高行健在《现代小说技巧初探》中说："如果一部小说有十篇文学评论，这十篇都以十分之八九的篇幅来谈论作品的思想性，余下之一二笼统地提一提艺术技巧之得失，还不如用八九篇来谈思想性，一两篇来谈其艺术。这对小说家的帮助一定更为有益，因为小说家便能够对其作品的思想与艺术的得失都有个比较详细的了解。我们多么希望文艺评论的刊物上每期有那么一两篇艺术谈，以代替十个十分之一二。"① 高行健所谈的这个现象正是 1980 年代初文学理论评论界的一个普遍的现象，即以内容为中心，以探讨作品的思想和社会历史价值为旨归，小说的思想性处于价值评判的首要位置，小说的语言、结构、形式等艺术技巧处于关注的次要地位。换言之，小说的形式在价值考评体系中处于边缘位置。这种状况反映出的是社会历史学批评的单一思维惯性仍然根深蒂固。

在社会历史学批评中，小说的内容、主题、人物是重点关注的研究对象，作品的意义完全建立在内容上，认为唯有内容才

---

① 高行健 . 现代小说技巧初探［M］. 广州：花城出版社，1981：9.

能与社会历史产生联系，进而生成艺术价值，小说的价值必须在作品与社会历史的连线中才会被生产出来。这种逻辑和批评路径是传统的社会历史学批评的基本模式。这种批评模式在相当长的时期内占据了批评的主流，这是因为一方面现实主义文学在文学创作中居于主导地位，现实主义文学强调作品对于时代生活的反映和介入，注重典型人物和典型环境的塑造与刻画，这种创作特征与社会历史学批评在文学理念上具有统一性，以社会历史学批评来解读现实主义文学，能够最大限度地揭示其作品的价值和意义。另一方面出于革命斗争或社会建设的需要，主流意识形态需要这种批评模式发现作品中的典型人物和典型主题的价值，进而为时代历史留下完整的镜像，同时也通过这种批评模式引导文学创作的方向，使之符合国家和社会改革的整体需要。

但是这种过于强调文学作品内容价值而忽视形式意义的批评显然也给文学创作带来了负面的影响，它使得在相当长的一段历史时期内，文学停留在故事的层面，缺乏技巧、结构、语言的美感，文学性严重不足，使得很多作品在历史语境发生转换之后，失去了读者。换言之，虽然很多作品在问世之初风行一时，但文学性和审美性的不足导致了其缺乏超越的品质，难以成为文学长河中的经典。

1980 年代的先锋文学批评则从根本上颠覆了这一逻辑和批评路径。他们不仅决绝地斩断了作品和社会历史的联系，也基本放弃了对于内容和主题本身的意义探索，他们更多专注于作品的语言、结构和形式，也就是说，"怎么写"是他们研究的重点，至于"写什么"则不再占据研究的中心地位。

这种批评理念的形成当然与形式主义文论的流行相关，比如俄国形式主义、英美新批评、符号学和结构主义等，这些在二十世纪二十年代至五十年代之间流布于西方的文学理论在 1980 年代纷纷涌入中国，深刻影响了青年一代文学批评家的知识结构和批评思维。对于形式，西方很多作家和批评家都曾有经典论述，比如苏珊·朗格认为艺术是情感的形式；克莱夫·贝尔认为艺术是有意味的形式；巴赫金认为艺术形式并不是外在地装饰已经找到的现成内容，而是第一次让人们找到和看见内容。这些经典论述都是对于"形式"的本质和意义的探索。这些观念深刻地影响并启发了青年一代先锋文学批评家。

与此同时，以马原、残雪、余华、孙甘露等先锋作家为代表的先锋文学思潮的出现，显然也是先锋文学批评完成研究方向从"内容"到"形式"转移的重要前提条件，这些同样受到形式主义文论影响的先锋文学作家在"叙事革命、语言实验、生存状态"[①]三个维度展开了富有成效的试验，短期内推出了一批有代表性的作品，这些同样受到西方文学理论影响的作品为先锋文学批评提供了绝佳的试验地。比如吴亮在对马原小说的分析中，指出了其"叙述的圈套"，吴亮的分析完全抛弃了传统理论批评重内容和主题的方法，而是从"叙述"本身出发，指出"叙述"如何成为了小说的"主题"，"叙述"本身成为了叙述的对象。这种批评模式从批评方法到价值判断都突破了原有的批评模式，建立起了新的批评路径，形成了新的批评景观。

对于艺术形式有敏锐观察和思考并较早发出声音的是南帆。在写于1982年9月15日的《小说形式漫谈》中，他认为"小说形式也同样记录了作家对生活理解和探索的深度"。这种认识在强调文学是对社会生活反映的"改革文学"仍然占据主流的时候，显然具有某种超前性。他进一步分析认为："新形式的生长有形式本身的原因。形式的相对独立性使它们的演变也具有了

---

① 刘再复.论八十年代文学批评的文体革命［J］.文学评论，1989，（1）.

相对独立的规律。"这种看法突破了以往"内容中心论"所认为的"形式"只是"内容"的附属,只能起到锦上添花功能的看法。他把刘心武的《爱情的位置》和茹志鹃的《剪辑错了的故事》作对比,认为前者的失败在于"形式与内容以及作者的意图脱节了",而后者的成功恰在于"以引人注目的形式有力地表达了引人注目的内容,博得了广大读者的赞赏"。在南帆看来,"形式"绝对不是"内容"的附属品,它不仅有其自身的独立性,而且在一定程度上决定着作品整体的成败。成功的作品不仅有富有深度和穿透力的思想和内容,也一定会有恰当的盛放内容的形式容器。

认识到形式的重要性,强调形式自身的独立性和审美价值,在这个基础上,对于创造形式技巧的探索成为南帆思考的重要对象。面对1980年代纷繁的文学现场,他总结认为:"在文学史上,一个文学思潮总是以否定前一个文学思潮的面目出现。而在各种思潮平息之后,当时出现的技巧却作为联系生活和艺术的特殊手段流传下来,启迪后人。技巧比内容更具有稳定性,它们的美学意义不会因为时代的变迁而迅速消亡。"[①]南帆认识到技巧的恒久性意义,在一定意义上也是对形式价值的强调,技巧创造形式,形式产生新的意义。相较于不同时代生活内容的迅速变化,小说技巧所创造的形式美显然有着更为长久的生命。因此,他提出:"技巧既是创作中的一个重要环节,那也就应该是批评的一个重要对象。"将"技巧""形式"作为批评的对象是南帆自1980年代初就始终呼吁并躬身实践的,这种呼吁对于当时的审美习惯和批评方式形成了挑战,南帆的文学批评也成为先锋文学批评的重要力量。

---

① 南帆.小说技巧断想[A].理解与感悟[M].杭州:浙江文艺出版社,1986:222.

对于艺术形式较为关注并有深入思考的另一位批评家是殷国明。其发表于 1986 年的《艺术形式不仅仅是"形式"》一文对于内容与形式的关系、形式与审美的关系进行了系统讨论。他认为："在艺术活动中，艺术的组合形式自古以来就是艺术存在的最重要的特点之一。"形式的作用在于"赋予艺术一种普遍的心灵意义"。艺术形式"不仅是表现内容的一种方式，而且本身就是某种内容的长久沉淀的生成物"。因此，两者彼此交融，不可分割，艺术的生成是两者相互作用合力的结果。他进一步指出，两者不仅相互依存，还存在相互转换的关系，"艺术之所以为艺术，就在于它有一个可以令人观察的形式，就是所谓'有意味的形式'。反过来说，艺术作为一种普遍的心灵媒介，使艺术家通过把一般生活经验转换成某种艺术存在，因此，艺术同时也是一种'有形式的意味'"。[①] 殷国明对于内容和形式在艺术这一审美实体中共存关系的揭示，对于认识形式的作用具有突破性意义，他不仅指出了形式的不可或缺，而且指出了形式与内容彼此之间的内在联系和转换关系。这种认识有助于人们用辩证的思维来分析内容和形式的复杂关系及其艺术价值。

对于语言的重视和开掘是先锋文学批评的另外一个重要维度。在以往的文学观念中，语言作为承载小说内容和思想的一个载体，只具有工具性的作用和意义，其自身的独立性远未被发现。人们往往认为，一部作品，一旦在题材、人物、情节、思想等方面考虑成熟，后期的写作过程就是将这些内容简单付诸语言媒介的过程，语言在这里被视为一种媒介和工具。在对作品的分析中，语言往往作为一种附属性的考察对象被匆匆带过，其结论也往往停留在"独特性""地方性""个人化"等笼统的层面上。

---

① 殷国明.艺术形式不仅仅是"形式"[J].上海文学, 1986,（7）.

在先锋文学批评中，小说作为"一种语言的艺术"开始进入批评家的意识，成为考察文学作品价值的重要维度。

当然，这种批评思维的改变首先在于在先锋文学思潮中出现了一批具有异质性语言特征的作品，批评需要有与之匹配的新理念，从而进行阐释。在以往的文学观念中，使用语言的基本方式是"白描"，即通过语言对具体人物、故事情节的叙述完成故事讲述和思想传递，它强调的是语言的精准性和客观性，不在语言之上附加额外的诸如情绪、感觉、色彩之类的功能，语言作为一种媒介自身并不产生价值。这种观念在 1980 年代前期的文学思潮中仍然占据主流，比如伤痕文学、反思文学、改革文学以及寻根文学。也有少数异质性的情况，比如王蒙和张承志的写作，即重视对于语言功能的发掘，强调对于语言的斟酌和排列组合。张承志曾谈道："情感和心境像水一样，使一个个词汇变化了原来的印象，浸泡在一派新鲜的含义里，勇敢地突破制造了新词，牢牢地嵌上了非他不可的那个位置；深沉地体会又发掘了旧义，使最普通的常用字亮起了一种朴素又强烈的本质之辉。"张承志在这里强调的是语言与各种感觉和情绪之间的对应关系，语言承载了来自创作主体的情绪和感觉，它们之间的连线使得一个个普通的文字亮起了"本质之辉"。1980 年代中后期，先锋小说出现之后，对于语言的重视和试验达到了一个新的高潮，这其中代表性的作家有残雪、孙甘露和莫言。但在发展方向上，他们相互之间又有着明显区别。一种方式是将语言作为小说的本体，割裂语言的能指与所指，切断语言与思想意义之间的传统联系，将小说文本完全变成了语言的容器。另一种方式是将语言与感情、情绪、心境紧密相连，赋予语言更多的意义和光彩。前者的代表如残雪和孙甘露，后者的代表如莫言。残雪的《山上的小屋》和孙甘露的《请女人猜谜》等作品均是这类语言试验的代表，因为意义被悬置、缺席，这些作品无一例外给人们晦涩难懂的感觉，词语和句子失去了以往确定的、具体的语义，语言的所指对象出现了范围模糊和不确定性情况，人们仿佛进入了语言的迷宫，找不到习以为常的主题内核，这种艺术形态的生成便是语言功能变形的作用。而莫言的《红高粱家族》《透明的红萝卜》等一系列作品则展现出另外一种语言的魔力，元气充沛的语言洪流负载着莫言汪洋恣肆的想象力，给人们提供了一种变化多端、色彩亮丽的奇特感觉和一系列充满生命力的人物形象，形成了一种独特的艺术风格。这其中当然是莫言天马行空的想象力在起着决定作用，但不可忽视的是语言在其中所起到的重要传递和形塑作用，正是他对语言的精心炼制才最终将这些文学意蕴传达出来，并形成极具个人性的文学风格。

先锋文学作家们将对于语言的思考和实验融入了创作之中，而对语言和小说艺术的关系进行重新定位和理论化的则是先锋文学批评家们，他们一方面借助于西方文论比如索绪尔现代语言学、卡西尔文化符号论等进行理性的思考，另一方面在新潮小说和新潮诗歌等先锋作品中寻找现实回应。

较早关注文学语言并对语言使用现状发出不满声音的是黄子平，他在 1985 年 11 月发表的《得意莫忘言——关于"文学语言学"的研究笔记之一》中开篇即说"文学是语言的艺术"。而"我们的文学批评和研究却是忘却语言的'艺术'"。他举例说，在当前的文学批评中，"常见的格式是：'最后，谈谈作品的语言……'"，这的确是一种带有普遍性的现实情况。他在这里所质疑的正是长期以来占据主导地位的文学观念，即，看重内容而忽视语言。因此，他认为文学理论批评界需要"调焦"，将关注的焦点对准语言。他认为："语言与心理、与思维有密切的关系，语言更是社会和文化的产物，语言体系其实就是一种社会价值体系。"要"把握住语言这一关键性的中介，来揭示文学自身的规律，同时也就揭示了文学与社会、与心理、与哲学、与历史等诸种复杂的关系，从而沟通了文学的外部研究和内部研究这两个原先被割裂的领域"。① 黄子平的认识将语言从孤立的工具论中解放出来，建立了其与社会、历史、心理、哲学等多个层面的联系，与此同时，也就赋予了语言更多的功能使命和价值意义。这种认识是对于传统语言观念的一种突破。

另外一个对语言研究充满热情又有重要建树的先锋文学批评家是李劼。1980年代中后期李劼对于语言进行了持续而深入的研究，并以此为中心发表了一系列研究论文，比如《我的理论转折——关于文学语言学的断想》《论中国当代新潮小说的语言结构》《中国当代语言革命论略》《试论文学形式的本体意味——文学语言学初探》，等等。在《我的理论转折——关于文学语言学的断想》一文中，他开篇即大声宣告，这"是我写到现在最重要的论文"，因为"它意味着我的理论转折"，"把我从文学理论的历史—美学—文化心理框架中真正解脱了出来"，而转向的新的批评路径正是文学的语言和形式。而在同期发表的《试论文学形式的本体意味》一文中，他进一步系统地阐释了自己的语言观。他认为："所谓文学，在其本体意义上，首先是文学语言的创造，然后才可能带来其他别的什么。"这实际上是一种"语言本体论"，即认为语言是文学的本体和基础，文学是一种语言创造的过程和结果，一切的价值和意义建立在语言这个基础之上。他在索绪尔区分语言和言语的基础上，进一步思考认为文学语言"是被编入某一作品程序从而具备了文学意味的特殊的语言系统"，它不同于一般性的文学言语，在经过了一定的排列组合之后生成了一套

---

① 黄子平.沉思的老树的精灵［M］.杭州：浙江文艺出版社，1986：46.

具有文学意味的系统，具有了丰富的含义。因此，在写作中，就出现了两种语言，一种是文字性语言，一种是文学性语言，前者"是一般意义上的文字符号感，以准确性作为语感特征。它不为文学家所专有，而是从事各种写作的人们所共有的基础性语感能力"。后一种"是富有创造性的不同于一般语感的为文学创作所独有的文字符号感"，"有意味性是它的语感特征"。①李劼的这种区分将文学语言同一般性的语言区分开来，强调了文学作品中语言的重要功能和价值，这成为语言从研究的边缘走向中心的重要理论起点。在这篇文章中，他还结合何立伟的《一夕三逝·空船》、阿城的《棋王》、残雪的《苍老的浮云》、马原的《冈底斯的诱惑》等作品进行了细致分析，来论证自己"文学语言学"观点的合理性。

总体来看，对于语言的重新认识改变了人们的文学观念，语言从边缘走向中心，也从根本上改变了文学的面貌。先锋文学批评对于语言的研究深刻地改变了文学艺术的内在肌理，对于增强作品的文学性有积极的引导功能。

先锋文学批评家们无论是对于结构形式的强调，还是对于语言价值的重新发掘，都意味着批评重心和路径的大幅度转移，批评的焦点从"内容"转移至"形式"，"形式"的本体性意义被发现，并在论述中被赋予主体性位置，这一过程既是先锋文学批评家们反叛单一社会历史学的重要策略，也实质性地拓展了文学批评的边界和疆域，"内容"与"形式"的二元论关系被打破，新的形式美学意识被建构起来，这一观念对于1980年代的中国文学以及文学批评产生了深远的历史影响。

---

① 在表述中，李劼一直在使用"语感"一词，它是指文学家对语言的感觉，而感觉终究要落实到语言上，因此，其含义基本等同于"语言"。

本章小结

　　1980 年代的先锋文学批评在经过了前半段（1978—1985）的艰难生长之后，在 1985 年之后伴随着先锋文学创作思潮的到来而蔚为大观，如一股激流，在厚积薄发的酝酿之后，喷涌而出，绚烂多姿。在这一历史时段内，它将早期对于西方文学理论的吸收和借鉴充分转化为具体实践，在先锋文学作品所提供的百花园中，进行了形式多样的批评实验，建立起了一套与传统的社会历史学批评截然不同的批评模式，生成了新的批评景观。概括来讲，其主要的批评理念和话语方式有以下三个方面的特征：其一是完成了批评方向的根本性转移，批评的关注点从外部转向了内部，回归作品本体，回到作品内部，探讨作品内部诸种要素的美学价值。这种方向性的转移大大扩展了文学研究的空间，有效扭转了以往社会历史学批评所倡导的外部研究的单一视角，有利于引导作品增强文学性。其二是批评主体能动性的激活，在主体性理论的引导下，先锋文学批评家的主观能动性被充分激活，积极大胆地介入文学批评，形成了充满活力又个性鲜明的批评文本，将文学批评个人化、个性化，大量个人话语出现，造就了一个众声喧哗的批评场，这些文本之间既有共振共鸣，也有碰撞论争，形成了良性的氛围和关系。其三是在将批评的焦点对准内部之后，先锋文学批评家迅速沿着各种不同的路径展开探索，他们不仅重新认识了形式的意义及其与内容的关系，而且在形式的诸要素上均有富有成效的探索，在小说的技巧、结构、语言等方面有新的认识和发现，更新了批评的理论认识。需要说明的是，尽管先锋文学批评家的批评充满了个性，批评的重心和方式也不尽相同，但上述特征在先锋文学批评家群体中几乎是一种共性的特征，其先锋性也正是体现在这些具有共性的批评理念之中。本文在每个特征之后所选取的批评家和批评文本仅仅是在某一方面较有代表性的，并非否定其他批评家在这些方面的建树，亦不是说该批评家仅仅具有这种单一特征和研究方向。

第六章　先锋文学批评的历史贡献及反思

　　日升日落，潮起潮平，是自然界的客观规律，在文学内部也遵循着这样的规律。正如 1980 年代此起彼伏、令人眼花缭乱的文学创作思潮一样，作为一次具有创新和革命性质的批评思潮，也终究有落潮的时刻。在我看来，作为思潮运动的先锋文学批评在 1980 年代末走向了终结。1990 年代的文学批评在消费主义文化兴起、体制机制转型等诸多因素的影响下演变为另外一种样态，与 1980 年代的文学批评有着迥然不同的面貌。但历史的前进总是建立在前序阶段的基础上的，不管是从 1990 年代还是时至今日更长的历史时段来回望，1980 年代文学批评所进行的一系列的探索对后来文学批评的发展产生了深远的影响，总结与反思这一当代文学批评领域的重要思潮运动对于中国当代文学理论批评发展具有十分重要的镜鉴价值。

第一节　作为思潮的终结与作为精神的延续

　　1980 年代的中国是一个自由开放的中国，也是充满了内部矛盾和焦虑的中国。这种矛盾和焦虑体现在：一方面国家层面希望通过改革开放和思想解放来激活社会肌体活力，在援引外部力量的基础上，在经济和思想两个层面实现"拨乱反正"，解放生产力，发展生产力，从而最终实现四个现代化的伟大目标。另一方面又担心过度的"解放"和"自由"会带来思想的混乱和越界，进而危及国家安全。因此，在整个 1980 年代，在激情四射、自由奔放的表象下面，始终掩藏着这样一种内在的矛盾和焦虑。这种矛盾和焦虑反映到文学层面，即是 1983 年前后对"三个崛起"的批判清算和 1980 年代末新启蒙的终结和先锋思潮的落潮。

1980 年代末，随着越来越多的西方资源在中国落地生根，艺术界的"西化"彩色越来越浓烈，先锋文学批评和先锋文学思潮作为"自由化"的产物之一受到批评，并随着政治语境变动而迅速归于沉寂。

在文学层面，先锋思潮的终结表现在这样几个方面：

首先是文学创作上，带有强烈实验意味的新潮小说落潮，几位代表性的作家要么陷入沉寂，要么进行创作转型。前者如马原、残雪、孙甘露，后者如余华、苏童、叶兆言。马原在 1990 年代后曾中断创作达二十年之久，直到 2012 年才携长篇小说《牛鬼蛇神》归来。残雪和孙甘露在 1990 年代后虽然仍有作品陆续推出，但在作品的数量和质量上都与 1980 年代不可同日而语。而余华则回归现实，写出《活着》《许三观卖血记》《兄弟》等现实感很强的作品，苏童和叶兆言则遁入历史，创作出《我的帝王生涯》《一九三七年的爱情》等影响力更大的新历史小说。这些先锋作家的沉寂或转型，标志着作为思潮的先锋文学的落幕。

其次是"新写实小说"在 1980 年代末 1990 年代初的迅速崛起也带有强烈的象征意义，文学告别"虚伪的形式"，再次接通与现实生活的联系，再次回归到"内容"上来。刘震云的《一地鸡毛》、方方的《风景》、池莉的《烦恼人生》、刘恒的《伏羲伏羲》等新写实作品迅速在读者中间引起强烈反响，预示了接受主体审美倾向上的转向，也是社会整体内在心理结构变动的前奏和表征。

在文学批评上，首先，表现为"第五代批评家"的解体和离场，曾经占据 1980 年代后期批评中心位置的先锋文学批评群体不复存在。有些人进行了转向，有些人则去到国外远离文学现场。前者如吴亮、李劼，后者如李陀、刘再复。1989 年后，吴亮转向了文化研究和艺术研究，李劼则致力于对文学经典《红楼梦》的研究。而李陀和刘再复则长时间远离中国当代文学批评现场。对于 1980 年代的先锋文学批评而言，这是一个关键而重要的历史时刻，也是一个意味深长的历史节点。多年以后，吴亮在回忆这个重要历史时刻时有如下叙述："1989 年以后我的感觉就是我没法写了，没有意义了，不是说我的文章不能写了，这只是一个原因。关键是，读者全部不在了，我以前写文章的读者定位很清楚的，比如我写这篇文章会想到李陀怎么看，少功会怎么看，会有几个到几十个期待中的读者。后来这些人都消失了，散了，刊物也调整方针了，主编也换掉了，我就不写了。"① 吴亮将停笔的关键原因归结为"读者全部不在了"，这里的读者并非通常所说的大众读者，而是有特定指向的，它指的是先锋文学批评圈。吴亮这里所描述的正是先锋文学批评家群体的解体，圈子不在了，读者消失了，前进的动力也就没有了。另外，"刊物也调整方针了，主编也换掉了"，这意味着先锋文学批评得以存在的阵地和平台没有了，在前文中我们已做过分析，文学期刊在先锋文学批评发展过程中发挥了举足轻重的作用，不仅提供了文学批评所必需的立足之地，同时积极主动地组织讨论和交流，发挥了重要作用。失去了文学期刊这个重要的阵地和土壤，先锋文学批评的终结也就变得不可避免。

---

① 吴亮，李陀，杨庆祥．八十年代的先锋文学和先锋批评［J］．南方文坛，
　　2008，（6）．

其次，消费主义文化的兴起和"新写实"小说等创作思潮的出现产生了新的文学审美形态，迫使文学批评理论进行新一轮的观念更新和调整。倡导文学与时代现实紧密联系的马克思主义文学理论重新活跃起来。与此同时，源自西方的新的文学理论进入中国，比如新历史主义理论和后殖民理论，对 1990 年代的文学批评均产生了重要影响。这些源自各方面的新的变动都在推动着文学批评的转型。

在诸多因素的合力作用下，这场带有浓烈的青春意味和反叛意识的批评革命在 1980 年代末走向了终结。分析其原因，可从内外两个视角来考察，从外部因素来看，1980 年代后期的中国在"思想解放""个体自由"的引导下存在着"过度解放"的危险倾向，自由主义泛滥，导致主流意识形态的约束力面临失效的危险，而这其中，文化和文学的作用不可忽视，作为文学发展之一翼的文学批评自然也难逃其责，作为"思想解放"和"新启蒙"的一部分，文学批评在其中同样发挥了重要作用。因此，当主流意识形态调整整体策略，文学批评的"被调整"也就在所难免。从内部原因来看，在借助于西方文学理论完成另起炉灶的历史任务之后，先锋文学批评也面临走向模式化和僵化的问题。历史上，任何一次观念的革新都是在对此前"权威"的解构和超越中完成的，但不可避免的是，在树立起新的"权威"之后，又成为被超越的对象，先锋文学批评在发生发展的过程中，存在着诸多生搬硬套、消化不良、囫囵吞枣、力量分化等内部问题，这些问题决定了其历史功能是解构大于建构，接收多于创新，更多属于过渡者和"历史中间物"的角色。因此，新的更加成熟的批评时代注定要到来，历史发展终究要进入一个新的时代。

尽管轰轰烈烈的先锋文学批评运动已经走入了历史深处，但清理和总结是必不可少的。虽然就目前而言，对于先锋文学批评的总结远不如先锋文学创作那般充分，人们的评价也存在褒贬不一的情况，但在我看来，先锋文学批评的贡献是重大的。站在中国文学批评史的整体来看，它接续了二十世纪二十年代启蒙文学对于西方文学批评的引进和学习，将自抗战以来被战争和革命所延宕的历史进程进行了续接和实践，完成了与西方文学理论批评的重新融合，扭转了几十年来中西方文学理论批评错位的历史现状，尽管这种"扭转"看上去有些粗糙和不充分，但"补课"的任务基本完成，这奠定了中国当代文学批评在与世界文学理论批评的对话和融合中继续向前的基础和可能。同时，"局限"也是一种贡献，是一面面向当今和未来的镜子，先锋文学批评在发展过程中的一些问题可以给当下的文学批评以启示，比如中西文论融合问题，各学科理论的交叉借鉴问题，至今都有重要的借鉴意义。

第二节　先锋文学批评的贡献及意义

总结先锋文学批评的历史贡献，需要有历史坐标系，应该用历史主义的态度和眼光来进行客观全面的审视，否则我们的结论可能会有所偏颇。从纵向的中国文学批评史来看，1980 年代的先锋文学批评无疑是中国文学批评发展史上极为重要的一个历史时段，它以狂飙突进的姿态进行了一系列具有革命性质的批评实践，形成了内容丰富的批评景观，对于推动当代文学批评的发展发挥了重要作用。可以说，对于其历史使命，大部分处于"已完成"的状态。对于其"已完成"的历史贡献，我认为可以从三个层面来分析和总结，即与社会时代主题的呼应关系、与中国文学批评史的关系以及自身的理论贡献。

一、隶属、执行并推动着"改革"总方案

1978 年底，党的十一届三中全会确立了改革开放的政策和整体发展方向，这是中国这艘巨轮在"新时期"一切行动的总体性指导思想，其目的在于通过内部改革以及外部关系调整，重新激发社会肌体的活力，推进民族国家的现代化建设。外部关系调整体现为"引进来"和"走出去"两种方式，尤其是前者成为重心所在，通过大幅度、多途径的"引进来"接通与世界的联系，拉近与世界的距离，借助于外部的新鲜血液，实现自身内部循环的革新和突破性发展，并进而寻求对于世界体系的主动性影响。内部改革主要体现为经济上的制度变化以及思想上的解放，土地制度上开始实行家庭联产承包责任制，分地到户代替了集体所有制，实现了新中国土地改革后的又一次革命性变化，从集体所有到个人所有，进一步释放了生产积极性和创造力。1980 年代初的"改革文学"思潮是对这一社会巨大变化的文学回应，显现了这一制度性改革所带来的巨大变化以及衍生的相关问题。与此同时，思想上的解放浪潮也在激烈涌动，反映到文学领域中，则呈现为文学思潮的此起彼伏和文学理论批评领域的各种争鸣和讨论。这种争鸣和讨论实际上是当代文学批评一步步向前推进并最终实现革命诉求的重要路径。需要特别指出的是，文学创作和文学批评的活跃是发生在"思想解放"这个大的历史语境下的，是在这个大前提之下生长出的文学现象，作为一股"革命力量"，它从属于"改革开放"这支庞大的革命队伍，没有这个历史语境，这支革命分队就没有存在基础和生存空间，因此，它实际上是"改革"总方案的一部分，它的革命诉求是呼应着"改革"这个 1980 年代的社会总主题的。

从实际的发生发展过程和历史走向来看，先锋文学批评在两

方面与"改革"的总方案发生着联系并保持一致。首先，是在革命对象上。先锋文学批评有着明确的革命诉求，它要告别过去，另起炉灶，它所反对和致力于清除的正是阶级论、反映论、工具论等"文化大革命"时期大行其道的歪曲变异的文学理论，它试图将文学批评从"文化大革命"时期僵化和扭曲的状态中拯救出来，重建文学批评的多样性和独立性，并以此引导文学创作的新发展。而"改革开放"的提出，同样是建立在试图走出"文革"历史噩梦的基础上的，无论是思想解放还是经济体制改革都是试图将中国从"文革"时期极左思潮控制下的噩梦中解救出来的手段和方式，它的题中之义包含了告别"革命"、另拓新路的题旨。因此，在革命对象上，先锋文学批评与"改革"总方案有着一致性并遥相呼应。

其次，在发展路径和实践效果上，两者也保持了一致。在"改革"方案的预设路线中，除了提倡自身变革，另一个重要途径是打开开放的大门，向世界学习，并在这种学习中实现自我发展，进而走向世界，与世界接轨，融入并影响世界。在1980年代先锋文学批评发展的历史过程中，也是沿着这一路径不断向前推进的，先锋文学批评的革命动力和重要武器在于西方文学理论的大量引入，先锋文学批评对于西方文学理论的援引和中国化本土化实践，所践行的正是吸取外国文学理论精华，为我所用的"拿来主义"，是打开文学之门、迎接外来理论元素的结果。在1980年代的文学创作和批评现场，如果没有这些西方文学理论的进入，"黄金时代"的到来是难以想象的。尽管先锋文学批评的发展还远谈不上"走向世界"、影响世界的程度，但与世界接轨、与西方同步的愿望始终贯穿于先锋文学批评的发展过程中，敞开大门，向西方学习，是先锋文学批评重要的动力来源，也是发生发展过程中的常态。而在实际的发展成就上，先锋文学批评基本实现了与世界文学的重新对接，完成了此前几十年因为自我封闭而带来的与世界文学的割裂和错位，实现了文学上的重新接通。因此，在发展路径和实践效果上，先锋文学批评也与"改革"的总方案保持了一致，通过"开放"激发了自身的活力，并在交流中重新与世界体系融为一体，同时，它也以自身的理论探索和进步实践成为1980年代"改革"成就的一部分。

当然，先锋文学批评思潮的落幕从另一方面说明了两者之间所存在的不一致性，但应该看到，这种不一致是发生在"度"上的不一致，即解放程度、自由程度、开放程度、向西方学习的深度等层面，并非是根本方向的。因此，我认为，评价先锋文学批评的历史贡献，要认识到它与1980年代"改革"总方案的同步关系，而并非是根本上的对立关系。在1980年代的大部分历史时段，两者之间都保持了一致性和相互呼应的状态，它隶属于"改革"总方案，执行并以自身的"改革"成果成为"改革开放"总体成就的一部分，这是1980年代先锋文学批评在文学意义之外的历史贡献。

二、与世界文学的重新接通与融合

近代以来，伴随着国门被迫敞开，此前因为闭关锁国而带来的与世界的隔绝状态被迫中断，中国与世界的联系重新开始接通，中国社会以及文学的现代性开始萌芽生长。王德威"没有晚清，何来'五四'？"的论断依据除了一般意义上的历史前后承继关系外，其更深层的判断指向的是晚清时期中国与世界关系的重新接通以及由此而萌生的现代性文学是"五四"新文学产生的重要基础和前提这一关系，"五四"新文学运动并不是一个偶然性、突发性事件，它的火种深埋在晚清以来中国与世界之间对抗／交流、殖民／反殖民的复杂关系中，中国文学与世界文学之间的输

入 / 输出、交流 / 碰撞是近代以来中国文学的一个重要主题，但在不同的历史时段又呈现出不同的状态，影响了不同时段的文学发展进程和状况。

二十世纪二十年代，伴随着"五四"新文学运动的发展，中国文学与世界文学进行过一次亲密的接触，不论是大批知识分子留学英美和日本，还是大量翻译西方的文学作品和理论批评书籍，都在客观上为中西文学的对话交流打开了通道，推动了现代文学的转型和繁盛，在相当长的一段时间内，欧化的文学语言占据了文学创作的主流，一批具有现代主义色彩作品的诞生更是给中国现代文学增添了特殊的光彩。现代文学史上的鲁迅、郭沫若、茅盾、巴金等一批文学巨匠无不具有留学国外、研读世界文学的生活背景以及由此而形成的崭新的知识结构。可以说，现代文学的发生以及短时期内所创造的璀璨的文学实绩，其中重要的动力来源是对世界文学的借鉴和挪用。

而在文学理论批评方面，大量西方文论的引进也"促成了中国文论由古代到现代的深刻转型"。中国对西方文艺理论的翻译与学习早在二十世纪初即已出现，"1905 年，《新民丛报》第 22 号起连载蒋智由翻译的法国学者维朗的《维朗式诗学论》，标志着中国开始系统翻译西方文艺理论"。[①] 及至二十年代，伴随着留学日本或英美的一批现代作家的归来，翻译的队伍和力量变得十分强大。这些现代作家在留学过程中，不仅接触了外国文学，也精通一种或多种外国语言，翻译就成为他们一种重要的文学实践形态和途径。像鲁迅在创作之余，在文论翻译上成绩也相当突出。1929 年，鲁迅翻译了卢那察尔斯基的《文艺与批评》。1930 年，翻译了普列汉诺夫的《艺术论》。现代作家与翻译家们一起掀起

---

① 　周仁成.民国时期西方文论的翻译与出版［J］.出版科学，2013，（2）.

了一个借鉴西方文学经验的翻译高潮。

但 1930 年代以后，伴随着民族救亡和社会革命成为主要历史任务，现代文学理论批评的转型之路受到影响，代之而起的是马克思主义文论的勃兴。随着社会历史实践的不断丰富，马克思主义文论与中国实践相结合，形成了新的文艺思想，即毛泽东文艺思想。在 1930 年代至"文革"结束的近四十年的时间里，以毛泽东文艺思想为代表的马克思主义文艺思想占据文艺界的主流，成为指导理论批评发展和文学创作的指导思想。在这个历史过程中，西方其他文学理论与中国文学基本处于隔绝的状态，失去了对话与交流的机会，造成了中西方理论批评的严重错位。

1980 年代先锋文学批评的兴起"冲破了我国文学理论批评长达三十年的自我封闭状态，恢复了与国际理论批评界的联系与交流，促进了我国文学批评与国际文论界接轨与对话，从而结束了我们对国外（尤其是西方）不断更迭演变的批评新潮几乎完全闭目塞听的闭塞局面"。① 对于 1980 年代西方文学理论在中国文学现场的轮番登场，曾有批评的声音认为，中国文学用短短几年的时间走完了西方文学几十年的道路，但却"只是一个可怜的'二道贩子'"，这种观点批评的是这一历史时段内文学批评的浮躁和肤浅，这当然是有道理的。但与此同时，它也恰恰说明了 1980年代的先锋文学批评用一种非常规、非常态的方式完成了"补课"，让此前几十年中被拒之门外的新兴文学理论同步涌入了中国文学现场，让新的理论与中国文学发生遇合和反应，在一定意义上实现了中国文学与世界文学的融合。

当然，不可否认，因为长期以来的闭塞和单一，1980 年代的文学批评基础比较薄弱和单一，在学习西方的过程中始终是一

① 陈厚诚、王宁. 西方当代文学批评在中国［M］. 天津：百花文艺出版社，2000：15.

个追赶者的角色，以学习吸收为主，没能实现真正意义上的对话和相互影响，但"补课"是一个必然要进行的历史过程，尽管留下了诸多遗憾和问题，但它基本完成了中西方理论批评的交流融合，改变了中西方文学理论严重错位的历史问题。这为中国当代文学理论批评与世界尤其是西方文学批评的进一步交流融合打下了基础，对于新时期依赖的中国当代文学批评的发展影响深远。

三、实现了批评模式从一元到多元的突破

自延安时期确立"文艺为政治服务""文艺为工农兵服务"的方针以来，文学批评承担着"规范的确立、实施的保证"的历史重任，它作为政治意识形态的维护者，成为文艺战线上斗争的工具，凡是越出了政治意识形态边界的异质性因素无一例外会遭到批判和声讨，文学批评成为主流意识形态的监测器和进行规训的有力武器。在这种统一的任务之下，文学批评表现出高度同质化的特征，以马克思主义文艺理论为指导，以茅盾所开创的"社会—历史"批评模式为基础，形成了立场统一、话语固定的批评模式，这种批评模式原本作为考察文学的维度之一种，有其自身的价值和意义。但在中国革命走向胜利以及新中国不断深化社会主义建设的历史过程中，因为极左思潮的泛滥和渗透，这种批评模式演变为一种庸俗的社会学批评，最具代表性的是阶级论的滥觞，它将一切文学皆置于阶级之下，在二元对立中将文学粗暴分割和归类，严重扭曲了文学观念。这种批评模式不仅使文学批评失去了独立性，成为作品的附属物，也经常性地成为政治斗争的隐秘武器，文学批评经常轻易地离开文学本体而上升为政治批评乃至政治斗争。

1980年代的先锋文学批评"突破了过去几十年所形成的社会—历史批评的单一、僵化的模式，获得了新的思维空间，掌握

了多种批评方法，从各种不同的维度拓宽和加深了对文学的认识，实现了'从一到多'的变化，使我国文学理论批评进入到了'多元共生'的时代"。^①这两个历史时段的更替并不是一蹴而就的，经过了漫长而激烈的讨论、斗争和论辩，这其中还涉及批评话语权的争夺，比如刘再复与陈涌的论争颇具代表性。这个过程也正是先锋文学批评逐步成长和深入人心的过程。多年来，文学与政治高度统一的结果之一，就是文学失去了自身的独立性，文学批评也失去了独立性。简单粗暴的社会历史学批评总是过于直接地完成从作品到现实或历史的指认，而缺少必要的中间环节，作品的语言、结构、形式完全被放逐于批评的视野之外，这造成了批评的单一和批评模式的僵化。先锋文学批评实现了批评理论和模式的多元化，将批评从单一的模式中解放出来，用一种立体的多维视角来审视作品，在发现作品多元价值的同时，也实现了批评自身的多样化。

这种多元化的批评模式对于中国当代文学批评影响深远，在1990年代至今近四十年的文学批评中，批评的方法和路径基本仍建立在这一时期所建构的方法之上，且在长期的批评实践中，将这些方法路径和理论武器打磨得更加成熟和精细。这是1980年代先锋文学批评的历史馈赠和重要遗产。

四、文学批评与创作比翼齐飞的典范

作为文学发展的两翼，文学创作与文学理论批评的关系向来为人们所注重，最为理想的状态莫过于文学创作为理论批评发展提供鲜活的文学样本和实践园地，而理论批评以自身的发展指导和推动文学的发展，两者之间应该是一种相互依存、相互促进的

---

① 陈厚诚，王宁.西方当代文学批评在中国［M］.天津：百花文艺出版社，2000：15.

辩证关系。但这种理想关系并不总是存在于文学发展中，错位的现象经常出现。令人欣慰的是，在 1980 年代后期，文学现场出现了这种理想的关系状态，这可以给当下的文学批评和文学创作发展提供有益的借鉴。

回望 1980 年代的文学现场可以看到文学批评和文学创作发展基本同步的历史轨迹。1980 年代广义的先锋文学创作可以追溯到 1980 年代初期，诗歌领域是"朦胧诗"，小说领域则是"寻根文学"，尤其是 1984 年后出现的"寻根文学"完全改变了现代小说的创作面貌。它摒弃了文学关注社会政治问题从当前时代出发的写出模式，回溯到历史和民族文化的深处，要以民族文化重铸小说的灵魂和价值。1985 年后，以马原、余华、残雪、洪峰、孙甘露为代表的先锋小说家以更为激进的姿态对小说的文体进行了根本性的革新实验，他们"追求'本体意味'的形式和'永恒'的生存命题"①，颠覆了内容决定形式的"内容中心论"理念，割裂了语言的能指与所指，将语言作为小说的本体，以制造陌生感和阅读障碍为乐趣，以表现人的荒诞、孤独、暴力为旨归，一系列的观念变革彻底打破了此前一直延续的文学理论和规范。

在此过程中，文学批评也借助于文学创作上的大胆突破迎来自身变革的良机。在思想解放和新启蒙的双重推动之下，批评家们试图从已有的批评模式中跳脱出来，建立新的批评模式。他们不再满足于对老一代作家的作品进行解读，像《变革者面临的新任务》《沉思的老树的精灵》《文明与愚昧的冲突》等经典之作虽然也充满着作者的独立思考，但其批评模式仍然建立在社会历史学批评的基础之上，是一种改良性质的创新。1985 年后，他们将批评的目光转向了年轻一代的作家，而正是这一代作家正在开创

---

① 洪子诚.中国当代文学史［M］.北京：北京大学出版社，2007：204.

着文学创作的全新局面。"同代人"的成长经验和西方文学的共同精神资源，让他们迅速打成一片，展开了良性而又频繁的互动。

2007年，作为《收获》杂志编辑的程永新出版了《一个人的文学史》，披露了他与许多作家的通信和交往，尤其是一些名家初入文坛时的故事。从这些信件来看，编辑和作家之间建立起了超越一般的关系，他们既是朋友，又是可以探讨文学问题的同行。编辑工作也是一种批评，程永新提出的很多修改意见或者评价都极具创新性，而这些意见有很多都被吸纳入作品的修改之中。这体现出作家与批评家之间超乎寻常的密切关系。

李子云在回忆与程德培的初次相见时说："他（程德培）不但如数家珍般地介绍了那些作家创作某些作品时的创作意图，他们的创作计划，还谈到了某些年轻作家当时在创作上所遇到的困难与苦恼。"[1] 这时的程德培尚在工厂做工，已经与许多作家建立了如此亲密深入的关系，由此也不难看出，当时批评家与作家虽然交流沟通并不如今天这般方便，但还是通过各种方式建立起了良好的深度互动关系。

李劼在谈到他对于文学语言的"发现"过程时说："在与青年作家马原和孙甘露交谈时，受到了一些启发。比如马原谈到的他小说中的文学语言，孙甘露谈到的在创作中的语感，对于我形成文章的观点都有很大帮助。"[2] 作家贾平凹在一篇文章中也曾谈及彼时他希望与文学批评家们畅谈的愿望，"月初在南京的授奖会上，阿城和何立伟约我一块走上海，说是会会你们，交谈创作上的一些问题。我是极想去的，大上海是什么样儿，我还未去过，更是大上海的你们那批中青年文学理论家，近年来的文论颇

---

① 李子云．序［A］．小说家的世界［M］．杭州：浙江文艺出版社，1985：1.
② 李劼．我的理论转折——关于建立文学语言学的断想［J］．上海文学，1987，（3）．

新鲜而有见地，每见到就渴读，能一见面促膝侃谈那才真好"。①

由此可见，在 1980 年代的文学场中作家和批评家之间形成了紧密而又融洽的关系，这种基于文学层面的真诚探讨和交流对于作家和批评家的创作都会产生深远的影响。因此，总结 1980 年代的文学成就，绝不应该仅仅只看到数量众多的作家作品，也应该看到批评家在这个过程中所发挥的重要作用，绝不应该将勋章只授予作家，同样应该颁给并肩战斗的批评家。在一定意义上，正是两者之间所建立的良好关系，共同推动了 1980 年代文学的繁荣。1980 年代文学场中所出现的文学批评和文学创作的理想关系，对于中国当代文学批评的发展有重大的启示意义，它充分展现了二者之间同步发展的可能性，以及在这种同步之中所释放出的巨大文学能量。

第三节　先锋文学批评的局限及问题

作为一次思潮运动，先锋文学批评在 1980 年代末走向了终结，但它的终结并非有一个明确的时间点和休止符，它也不是一个戛然而止的事件，而是有一个衰落的过程。早在 1989 年初，就有人注意到先锋文学批评在"1985—86 那种势不可挡、所向披靡的英姿锐气，似乎已经消磨殆尽"。② 的确，如果我们在 1985—1989 年这一先锋文学批评发展的高潮期再做细致划分的话，先锋文学批评在前两年所展现出的气象要明显高于后两年，也就是说，在先锋文学批评最为繁盛的时期，在其受到诸种因素影响走向终结之前，已呈现出下滑和衰落的迹象，而这种情况的出现显然更多是先锋文学批评的内部原因所致。这些内部问题在一定程

① 贾平凹.四月二十七日寄友人书［J］.上海文学，1985，（11）.
② 马俊山.新潮批评的僭妄与困顿［J］.社会科学辑刊，1989 年，（2—3）.

度上就是先锋文学批评的局限所在。

我以为，分析先锋文学批评的局限和问题，可以从以下几个层面进行，先锋文学批评与"十七年"和"文革"时期文学批评的关系；先锋文学批评与西方文学理论的关系；先锋文学批评的理论缺陷；先锋文学批评力量的分散和分化。

首先，不可否认，先锋文学批评经过近十年的发展建立起了一套新的批评理念和话语方式，形成了新的批评模式，在某种意义上，实现了对"十七年"和"文革"批评理念的超越。但应该注意到，先锋文学批评所进行的批评革命是以另起炉灶而非攻占旧的理论阵地的方式进行的，它借用了诸多西方的新式武器在新的文学场攻城略地，占地为王，但对于旧的批评理论并未进行彻底的清算。比如曾经大行其道的庸俗社会学实际上是一种扭曲的社会历史学，二者之间既有区别又联系，科学的社会历史学批评是一种有效的文学批评方式，而庸俗社会学则损害了文学的肌体，对文学的发展形成了阻碍。在先锋文学批评发展的过程中，先锋文学批评家们对旧的理论批评持一种"断裂"的决绝态度，这种姿态作为革命的策略之一当然有其必要性，但对旧有理论不加甄别地完全抛弃也造成了对旧理论合理性的遮蔽，正如先锋文学批评家们对于西式理论不加判断地吸收和滥用一样，他们对于旧理论的拒绝也显得盲目和武断，这反映出二元对立非此即彼的思维仍在支配人们的认识，这造成了先锋文学批评的"革命"缺乏科学性和彻底性，它们仅以旧理论为参照建构起了自身，但并未扎下稳固的历史根基。这种盲目割断历史联系的做法也造成了先锋文学批评的自我孤立，使得先锋文学批评所倡导的批评理想成为一种片面的美学。1990年后社会历史学批评的再度兴盛充分说明了先锋文学批评的盲目性和片面性，也是一种有力的反拨。对于传统的背离成为其在发展后期动力不足的原因之一。对于历史传统，应该持批判性的态度，用批判的眼光区分其精华和糟粕，继承其合理成分，扬弃其糟粕内容，这才是科学合理的历史态度。先锋文学批评在发展的过程中显然偏离了这种立场和态度。

其次，先锋文学批评对于西方文学理论不加甄别地施行"拿来主义"，造成了自身的消化不良。比较典型的事例是对于自然科学研究方法的引进，在1985年的方法论热中，对于"方法"的寻找和实验达到了一种狂热的地步，这一年文学界召开了多次关于方法论的讨论会，不仅一些研究机构在组织会议，各高校也自行组织了许多研讨，这一年前后出版的大量关于方法论的会议论文集和各种以方法论为名的讨论选集充分证实了这种热度。而在热度之下，则显现出理性的不足，在对其他学科的方法借鉴上，出现了不加甄别随意拿来的情况，似乎任何学科都存在着相通的可能，任何学科的研究方法都可以拿来使用，而忽略了文学学科的特殊性。"三论"的一时流行就是这种狂热状态的结果，这种严重脱离实际的行为充分显现了先锋文学批评的浮躁和盲目。而在其他理论批评上虽然不存在像"三论"这样的情况，但囫囵吞枣地使用理论是一种常态，犹如一场理论方法的大跃进，它更多完成的是一种形式上的革命，而非理论本质的变革。过多的理论同时进入试验场，使得对于每种理论的消化都不够充分，运用到具体的实践则显得生硬和说服力不足。这种状况也造成了先锋文学批评并未能在理论实践上留下重大的建树，在先锋文学批评落潮之后，人们更多记住的是其夸张的批评姿态和喧哗的声音，对于具体的细节过程则缺乏清晰的认知和记忆。

第三，先锋文学批评的重大历史贡献之一是完成了文学批评从外部回到内部的"向内转"的历史跨越，建立起了"内部研究"的批评范式和研究空间。但同样地，这种跨越也被先锋文学批评家们赋予了绝对性和极端色彩。在先锋文学批评家眼中，唯有小说内部的各种元素才具有批评的价值和意义，对于"内部"的绝对推崇和肯定成为先锋文学批评的一种共识。这种对于"内部"的高度肯定一方面带来了"内部研究"的极大丰富，同时也造成了与"外部"的割裂，这实际上又形成了新的僵化和单一。而这种僵化和单一不仅会造成艺术上的单调和封闭，也会让批评本身逐步脱离于"改革"的总体方案，即便是没有1980年代末政治层面的调整，先锋文学批评的这种封闭取向也会导致其走向死胡同。如果说社会政治层面的调整是先锋文学批评走向终结的外部原因，那么其在艺术层面对于"内部研究"的绝对化追求则是其走向终结的内部原因。这一点在其发展后期（1987—1988）的轨迹中已有隐隐浮现。

第四，先锋文学批评家们虽然进行了数量众多的文学会议和论争，发表了数量众多的论文，但由于对"自我"的过度相信和迷恋，批评家们的批评实践更多的是各自为战，且由于理论武器过多，常常是自说自话，未能形成合力。比如同样是专注于内部研究，在小说的技巧、结构、语言等形式层面，似乎每个人都曾发出声音，亮出态度，但由于关注点的分散，真正有力量和说服力的观点并不多。这个集体虽然被命名为"第五代批评家"，但更多时候是像散兵游勇一般单打独斗，且由于他们四面出击，形成的合力有限。这实际上也是先锋文学批评在1980年代末期出现锐气不足的原因之一。青年批评家军团看上去声势浩大，但形成的战斗合力并不大，这让他们实际上外强中干，易于解体。1990年后，青年批评家群体的快速分化也说明了这一点。

第五，在1986年"新时期文学十年学术讨论会"上，时任中国作协党组书记、副主席张光年在讲话中说："有一句心里话要在这里说一下：就是希望我们的理论批评同我们的创作一样，要力求为多数的或较多的读者所理解。现在有些论文，仔细读起来里面有很好的见解，有些创见对我很有启发，非常开脑筋。但有些文章读着很吃力……我们的科学论文，我们的理论批评文章中出现一些新的概念、新的名词、新的术语，这是不可避免的。这是一种进步现象。但是也不能'一刀切'，不能说过去的同行的社会主义文学的概念、名词、术语统统不能用了。……既然你的见解想要影响创作，你的作品想要影响生活、影响人。既然你想要你的创作或者创见打动人，说服人，你就要写得流畅一些，写得生动活泼一些，使人乐意看，看得懂。"① 片面追求新概念、新名词、新术语显然也是先锋文学批评的硬伤，从根源上来讲，这也可以视为是一种在西方文学理论影响之下的"形式主义"，同先锋文学的拒绝读者一样，在最终效果上，它也出现了拒绝读者的情况，这显然造成了文学批评的新的困境。且不说先锋文学拒绝读者所带来的画地为牢和自我困囿，作为一种阐释的文学批评，如果不能连接起读者和作品，阐释的意义就打了折扣。尽管文学批评自身的独立性不可否认，但割裂了自身与读者之间的联系，批评本身也便失去了立足的根本，成为空中楼阁、镜花水月。

第六，批评的不及物。不仅仅是新概念、新名词的泛滥阻断了批评文本与读者之间的联系，批评自身热衷于理论辨析而缺乏与作品联系的不及物状态也是先锋文学批评思潮的一个问题和症结。在"新时期文学十年学术讨论会"的总结中，与会者就认为"理论联系实际在宏观研究中进行实证研究，在微观研究中进行变量研究也重视不够"。② 某种意义上，1980 年代的文学批评现场是一个理论的集散地和秀场，文学批评的重心在于展示某种新理论，而并非探寻新理论与作品之间的化学反应，感性的阐释代

---

① 张光年.起死回生、青春焕发的十年——在"中国新时期文学十年学术讨论会"上的讲话 [J].文学评论，1986，（6）.
② 郝佳.新时期文学十年学术讨论会综述 [J].文艺评论，1986，（6）.

替了理性的实证研究，宏观研究代替了微观研究，套用叙事学的术语，这一时期的文学批评也有着"宏大叙事"的性质，缺乏具体而微、从细节出发的微观研究，这种状况带来的是文学批评的不及物状态，它造成的后果就是文学批评不能对同时代的文学现场做出客观的分析，文学批评与文学史的关系存在着裂隙，出现了新的错位关系。

上述所讨论的先锋文学批评思潮的种种问题和局限，实际上构成了这一思潮走向衰落的内在原因，也是根本原因。一个新生事物和运动，无论其具备多少新的元素和特征，若是自身的内在问题不能得到有效解决，就很难产生持续不断的向前的动力，落潮或终结也就不可避免地终会到来。

第四节　先锋文学批评在 1990 年代

作为一股文学批评思潮，先锋文学批评在 1980 年代末迎来了落潮，但作为一种精神，它的影响是深远的，是被继承并在此后的当代文学批评中产生持续作用的。接踵而来的 1990 年代，通常被人们认为是消费主义文化开始兴起以及文学逐步被边缘化的时代，这是因为，一方面物质的极大丰富解决了人们的生存问题，生活质量获得了极大的提高，人们的生活观念由生存至上逐步转向追求有质量的生活，消费主义价值观不断萌生，金钱与物质等元素开始在价值观中占据相当重的比例，影响着人们的人生观。1990 年代新写实文学和新都市文学写作思潮的兴起是这一社会变化在文学创作领域的反映。另一方面价值的多元化在打开人们视野和思维的同时，也相应地降低了文学在人们精神生活中的重要性，文学由此从 1980 年代的显要位置逐步退回到了"边缘"位置，但这种所谓"边缘"有两重含义：一是以 1980 年代的文学生态为参照系和坐标进行对比，文学不再占据中心位置，文学家也不再是一呼百应的精神文化英雄，这是相对于前一历史时段的"边缘"。另外一层含义是指在1990年代整个的社会生态体系中文学的位置被边缘化，经济走向舞台中心，文学相对退后，这是社会秩序的一种调整，这种调整是1990年代社会历史变革进入新阶段后的一种必然结果，它同时也预示了1990年代发展的整体趋势和历史走向。

"边缘化"构成了1990年代乃至延续至今的文学整体形象地位的象征性概括和隐喻，需要分析和总结"边缘化"产生的新的影响和由此而带来的诸种变化。首先，这种"边缘化"是相对的，具有相对性，它是从一种中心位置到次要位置的转变，而不是从核心到舍弃的根本性转变，它是在经济作为新的社会中心崛起之后的一种自然秩序调整，作为意识形态的重要组成部分，它并没有完全从整体秩序中退出，边缘是相对于中心的边缘，并非绝对的被抛离社会整体体系的放逐和放弃。其次，在一定意义上，边缘意味着更大的自由度。在1980年代，文学是一个被聚光灯和放大镜聚焦的荣耀舞台，它既提供了成为英雄和明星的机会，也承载了更重要的历史使命，它必然被要求承担起意识形态建构的历史任务。1990年代的"边缘化"使得文学得以回归自身，自由生长。这是"边缘化"给文学带来的新的历史机遇。

1990年代文学创作的发展体现了上述分析的有效性，在这一历史时段内，出现了一大批具有经典特质的鸿篇巨制，比如陈忠实的《白鹿原》、阿来的《尘埃落定》、王安忆的《长恨歌》、张炜的《古船》等等作品，这些作品无不体现着这一时代文学生态的优良性。但值得分析的是，这一时期的经典作品基本同属宏大叙事的文学类型，这一类型在主题上与"十七年"的革命叙事有着相似之处，都在追求建立宏大的现代国家民族想象，有着史诗性的品格和追求。但在叙述方式上，同"十七年"乃至1980年代的文学作品（比如路遥《平凡的世界》）都有明显的不同，它在现实主义的基础上，更多杂糅了现代主义文学的诸多手法和技巧，在整体上，极具现代主义的特征。这种整体性的变化其实是1980年代文学观念更替之后的一种显现，在经过了1980年代后半期的极端实验之后，借鉴自西方的一些文学技巧开始以一种更为成熟的样态出现在1990年代的文学实践之中。这也证明了1990年代文学与1980年代文学之间的内在关联性和继承性。

而在文学批评层面，1980年代先锋文学批评思潮留下的文学遗产也被转继到1990年代，成为1990年代文学批评发展的重要驱动力。这种继承性主要体现在两个方面：其一是在1990年代文学研究领域出现了对于1980年代中后期所发生的先锋文学思潮的系统总结和梳理；其二是1980年代先锋文学批评思潮中所引入的大量理论和批评观念、方法的进一步本土化，有了更多有效的实践成果。

从前述可知，1980年代先锋文学批评的高潮是伴随着1980年代中后期先锋小说思潮的出现而到来的，围绕马原、余华、残雪、苏童、莫言、孙甘露等人的创作出现了一大批具有新式文学批评理念的批评文本，但由于先锋文学批评本身存在盲目借鉴、囫囵吞枣等种种问题，导致文学批评不及物的情况大量存在，因此，对于先锋小说思潮，1980年代的先锋文学批评并未形成系统的、科学的、具有整体性意识的阐释成果。对于这一思潮的系统阐释和总结一直到1990年代才陆续完成，在这方面，比较有代表性的成果有吴义勤的《中国当代新潮小说论》、陈晓明的《无边的挑战——中国先锋文学的后现代性》等。这些成果的突出特征有两个：一是系统性地完成了对于"先锋文学"思潮（或"新潮文学"思潮）的整体性考察和研究论述，使这一思潮有了整体性的风貌和特征，从而摆脱了 1980 年代万花筒式虽多姿多样却也凌乱分散的状态，它们开始以一种整体性的样态出现在文学史的叙述之中。二是这些著作的研究方式方法都较为典型地继承了 1980 年代先锋文学批评的成果，这体现了 1980 年代先锋文学批评思潮对于 1990 年代文学批评的深刻影响，也佐证了二者之间的内在关联和继承性。

范伯群、曾华鹏在评价吴义勤所著《中国当代新潮小说论》时曾有如下表述："他（吴义勤）虽说也被列名为新潮批评家之一，但他却反对以故作艰深的'新'，让读者去忍受难以卒读的煎熬；在他的论文与专著中，没有那种卖弄新名词和以玄说玄的不良文风。他力求以通俗易懂的文字阐明自己的学术观点，整部书稿读来清新流畅。"[①] 在这里，虽然言及的是个人，但实际上隐藏有一个 1980 年代与 1990 年代文学批评的对比，1980 年代先锋文学批评为人所诟病的病症之一即在于"卖弄新名词和以玄说玄的不良文风"，这种新的文风不但显示了作者高度的学术自信心，也显示出先锋文学批评在 1990 年代的走向成熟，显示出对于 1980 年代文学批评的超越性来。

陈晓明的《无边的挑战——中国先锋文学的后现代性》初版于 1993 年，是较早对于先锋文学展开论述的研究专著。这部专著从话语与风格的叙事革命、精神变异、文化的断裂与更新等角度分析先锋文学的艺术特征及其与后现代主义的复杂关系，对于先锋文学与西方文学理论的内在承继有着深入的分析和总结。在研究方法上，作者也较多地从语言、形式、空间等角度切入先锋文学文本，恰到好处地从合适的路径进入先锋文学内部，这种研究的方法及路径与 1980 年代先锋文学批评所反复试验的研究方

---

① 吴义勤.中国当代新潮小说论［M］.南京：江苏文艺出版社，1997：3.

法具有一致性，不过相比于 1980 年代的生硬艰涩，到陈晓明这里则变得成熟圆润，从容不迫。

吴义勤的《中国当代新潮小说论》初版于 1997 年，江苏文艺出版社出版。全书由上篇、中篇、下篇结构。上篇为综论，从整体的角度论述先锋（新潮）①小说的观念革命、主题话语、叙事实验以及与二十一世纪文学的关系；中篇则以作家论形式出现，分别以苏童、陈染、斯好、徐坤、鲁羊、韩东（2018 年再版时加入了毕飞宇、叶兆言）为对象，进行个案考察；下篇则以作品论形式分别论述了《绝望中诞生》《米》《敌人》《东八时区》《呼喊与细雨》《抚摸》《风》《施洗的河》《边缘》《呼吸》《和平年代》《黑手高悬》《纪实和虚构》《我的帝王生涯》《一个人的战争》等先锋文学的代表性作品。整部著作采用从大到小、从宏观到微观的方式层层推进、抽丝剥茧，既立足于文本，对先锋文学具体作品进行微观阐释，也从整体着眼，对先锋小说的艺术特征、艺术价值以及文学史定位进行宏观把握和历史建构。这种概括一方面是建设性的，比如对于先锋小说的观念、主题、话语、形式进行总结概括，具有开创性的建设意义，同时又是批判性的，对于先锋小说形式试验的得失有深入的剖析与批评。总体而言，这部论著辩证地分析了先锋文学的得失与成就，全面而深入地对这一思潮做了及时阐释和有效总结，是一部完整的、系统性的研究专著。而在研究方法上，从叙事话语、形式试验、语言试验等角度切入，无疑有着 1980 年代先锋文学批评的影响痕迹，可以视为 1980 年代先锋文学批评方式方法、话语理念走向成熟的重要表征。

上述两部论著均是在 1990 年代的文学理论批评界产生了重

---

① 为论述的方便，我们姑且将"先锋"与"新潮"的概念暂时画等号，均以"先锋"一词代之。

大影响的学术著作，它们的共同特征除了均是以 1980 年代中后期的先锋小说思潮作为对象外，更为深刻的相通点体现在研究方法上，在面对先锋文学思潮这一极具阐释空间也同样极具难度的命题上，他们均选择从文本内部出发，通过叙事方式的嬗变、叙事话语的建构以及精神世界的变异等角度进行深入分析，这些研究视角和思维方式多延续自 1980 年代的先锋文学批评，而更远的源头则要追溯至西方现代文论。这种研究特征典型地体现出对于 1980 年代先锋文学批评的继承性和发展性，有力地体现了两个历史时段文学批评的一体性和关联性。通过对这两部 1990 年代有代表性的研究专著的分析解读，我们可以得出如下的结论：1980 年代的先锋文学批评所进行的批评实践不仅作为一种精神影响着 1990 年代的文学批评，它更作为一种方法在 1990 年代得到了更好的继承与延续，它的积极因子被吸收和融入新的文学批评之中。

因此，从整体上来看，在经过了喧嚣的 1980 年代中后期后，先锋文学批评在时间的沉淀中走向了成熟，迎来了一批极具分量和价值的研究成果。这些成果一方面体现着先锋文学批评标新立异、海纳百川的革新精神。另一方面又以其成熟性和示范性深远地影响着后来的文学批评。因此，虽然作为思潮的先锋文学批评在 1980 年代末最终落潮，但作为一种精神，它长久地存在于迄今为止的当代文学批评活动中，影响深远。

本章小结

在谈及文学合法性与政治权力的关系时，朱国华曾有这样的观点："当权力拥有者发现文学对自己的统治有价值时，他们就愿意与文学分享权力，文学权力从而得到增长，反之，当权力代理人发现文学对自己的统治价值不大时，比如今日的新闻媒体替代昔日文学的表征功能时，文学的权力就会削弱。"①1980年代先锋文学批评发展的历史过程还说明了两者之间可能存在的另外一种状态，即当文学（文学创作和文学批评）的发展有逸出政治意识形态所限定边界的可能时，文学的合法性和权力也会被削弱或消失。这种关系，其实并不仅仅存在于1980年代，在以往的历史时期也都是常见的规律和现象。

作为中国当代文学批评的一个重要组成部分，1980年代的先锋文学批评具有十分特殊的地位和价值。它一方面完成了对于"十七年"和"文革"文学批评模式的解构，另一方面又十分迅速地完成了向西方学习，吸收西方文学理论的"补课"任务，基本改变了中西方文学理论长期以来的错位现象，为中国当代文学批评的发展奠定了十分重要的基础。因此，从历史发展的眼光来看，1980年代的先锋文学批评意义重大，起到了承前启后的关键作用，基本实现了历史所赋予的使命任务。但与此同时，它也存在明显的局限和问题，比如理论消化的不良，发展过程中的浮躁和盲目，对于内容和外部研究的忽视等等，留下了很多的遗憾。但正如我们分析先锋文学批评的不足之处时所指出的，其对于"十七年"和"文革"文学批评理念没有进行辩证的分析和继承，造成了某种断裂和片面，今天我们面对先锋文学批评的贡献和局限，也应该持这样一种历史的辩证的态度，要继承其精华，扬弃其糟粕，将其得与失的经验教训充分转化为当下文学批评发展的动力，古为今用，以史为鉴，更好地推动当下文学批评的发展。

---

① 朱国华.文学与权力：文学合法性的批判性考察［M］.上海：华东大学出版社，2006：14.

结语　先锋精神与文学批评

　　作为文学发展的重要一翼，文学批评的重要作用毋庸多言。在文学发展的每个历史时期，文学批评都发挥着重要的作用，文学批评也因此汇聚为一条流动不息的批评史的河流。从"诗言志""诗缘情"的古代文学批评，到各种"主义"和理论盛开的现当代文学批评，文学批评的样态随着文学创作的不断变化而发生着改变，它既依附于创作的变化，同时又形成了自己的体系和独立性，两者之间是相互依存又相互影响的辩证关系，这也是文学创作与文学批评的"理想关系"。在每一个时代，寻求和推动文学创作和文学批评的发展进入理想状态是具有普遍性的追求。1980年代的先锋文学批评在一定程度上就是这种理想状态的范本，尽管它也存在自身难以摆脱的局限，留下了不少的历史遗憾。

　　从中国文学批评史的角度来看，1980年代的先锋文学批评的历史贡献巨大。表现在：一、实现了批评焦点由外而内的转移；二、批评主体自我意识的觉醒和释放；三、批评路径由"内容"到"形式"的变化以及由此建立起的批评理念和话语方式。这些历史贡献都深刻地影响着后来文学批评的发展和进步。他们在八十年代所援引的许多理论在今天的文学批评现场依然有效，在当下我们进入文本的方式和表达认知的方式依然与他们大同小异，这些都证明了先锋文学批评所留下的遗产十分丰厚。但我以为，先锋文学批评还有一个重要的文学遗产没有被继承下来，这就是在其发展过程中所体现出的鲜明的先锋精神。

先锋精神是一种前卫意识，是一种超前的眼光以及在此意识支配下而进行的革新行动。这不仅需要前卫意识，同样需要勇气和胆魄。纵观历史的发展，无论是宏观层面的社会历史革命还是微观层面的各领域的革新进步，都是在这种先锋精神的推动下完成的，其动力皆源自这样一种具有创造性和开创性的革命精神，具备了这种精神和信仰，才有可能产生实际的"革命"动力和行动，才有可能带来创新发展，甚至改朝换代。在 1980 年代的先锋文学批评中，我们看到了青年批评家们所展现出的强烈的先锋精神，他们敞开自我，吸纳一切知识营养，他们张扬主体精神，积极主动介入文学现场，他们剑走偏锋，努力创建批评的新模式，这些活动无不体现着先锋精神。我以为，这是先锋文学批评在文学层面的历史实绩之外所留下的另外一份精神遗产。相比于在文学批评层面贡献的具体性，这份遗产是抽象的、精神化的，但也因此，它得以越出批评的知识圈子，产生更为广泛和深远的影响。尤其是当我们以 1980 年代先锋文学批评发展史来反观当下文学批评的时候，这种意义就更加突出。

经过 1990 年代消费主义文化的洗礼以及批评家队伍的分化，文学创作以及文学批评均进入一种相对稳定的形态之中。现实主义文学作为一种主流形态占据着创作的中心位置，与之相适应，社会历史学批评也成为最为匹配和最为常见的批评观念和方式。这种文学状态一方面与社会政治的稳定局面同频共振，另一方面也与文学自身缺乏先锋精神和革新动力有关。

新世纪以来，当代文学继续朝着多元化的方向迈进，产生了许多新的文学元素和类型样态，比如网络文学的勃兴和壮大，类型文学的大批量涌现，这些文学样态构成了新的文学经验，也产生了一大批影响广泛的经典作品。但反观文学理论批评，在各种因素的相互作用之下，并未有根本性的理论突破和创新，其所依附的仍然是1980年代文学批评所开创的路径方法。因此，自1990年代末以来，对于文学批评"失语"和"缺席"的批评之声一直络绎不绝，这正是文学批评失去"先锋性"和先锋精神所带来的恶果，当理论批评的创新止步不前，对于文学创作的引领自然也就无从谈起，唯有在批评实践中不断实现自我创新，文学批评才能真正实现"在场"和发挥作用。

　　当下的时代是一个开放的时代、多元的时代，这样的时代需要和呼唤文学创作的多元化和文学批评的多样化。社会生活日新月异，人们精神面貌丰富多样，多元的创作和批评才有可能更全面客观地刻绘时代的镜像。但值得警惕的是，多元和多样并不能仅仅停留于"量"的增产，更要体现于"质"的突破。近几年来，对于当代文学有"高原"无"高峰"的论断和质疑，即是对于"质"的突破的呼唤和期待。当下的文学现场中，无论是创作还是批评，都极为需要1980年代先锋文学批评所展示的那种创新性和先锋性，需要先锋精神的回归来注入更多活力，需要先锋精神的引领来实现新的理论创新和突破，这是1980年代先锋文学批评发展史给予我们的重要启示，也是这一思潮运动留给我们的一份厚重的历史遗产。

参考文献

著作类：

1. 查建英主编．八十年代访谈录［M］．上海：上海三联书店，2006.

2. 李洁非，杨劼编选．寻找的时代——新潮批评选粹［M］．北京：北京师范大学出版社，1992.

3. 朱寨，张炯主编．当代文学新潮［M］．北京：人民文学出版社，1997.

4. 李泽厚．李泽厚对话集：八十年代［M］．北京：中华书局，2014.

5. 陈晓明．无边的挑战——先锋文学的后现代性［M］．吉林：时代文艺出版社，1993.

6. 吴义勤．中国当代新潮小说论［M］．苏州：江苏文艺出版社，1997.

7. 张清华．中国当代先锋文学思潮论（修订版）［M］．北京：中国人民大学出版社，2014.

8. 洪治纲．永远的质疑［M］．北京：人民文学出版社，2000.

9. 洪治纲．无边的迁徙［M］．山东：山东文艺出版社，2004.

10. 洪治纲．审美的哗变［M］．天津：百花文艺出版社，1998.

11. 程永新.一个人的文学史［M］.天津：天津人民出版社，2007.

12. 程永新.八三年出发［M］.昆明：云南人民出版社，2004.

13. 章国锋.文学批评的新范式——接受美学［M］.海口：海南出版社，1993.

14. ［联邦德国］H.R.姚斯，［美］R.C.霍拉勃著，周宁，金元浦译.接受美学与接受理论［M］.沈阳：辽宁人民出版社，1987.

15. 夏志清.中国现代小说史［M］.上海：复旦大学出版社，2012.

16. ［美］爱德华·萨义德著.章乐天译.开端：意图与方法［M］.北京：生活·读书·新知三联书店，2014.

17. ［美］哈罗德·布鲁姆著，江宁康译.西方正典［M］.南京：译林出版社，2006.

18. ［美］哈罗德·布鲁姆著，徐文博译.影响的焦虑［M］.北京：生活·读书·新知三联书店，1989.

19. ［美］弗拉基米尔·纳博科夫著，申慧辉等译.文学讲稿［M］.上海：上海三联书店，2007.

20. 蔡镇楚.中国文学批评史［M］.北京：中华书局，2005.

21. 南帆主编.二十世纪中国文学批评99个词［M］.杭州：浙江文艺出版社，2003.

22. 甘阳主编.八十年代文化意识［M］.上海：上海人民出版社，2006.

23. 黄键.京派文学批评研究［M］.上海：上海三联书店，2002.

24. 吴亮.批评者说［M］.杭州：浙江文艺出版社，1996.

25. 程德培．小说本体思考录［M］．上海：上海文艺出版社，1987．

26. 郭小东等．我的批评观［M］．桂林：漓江出版社，1987．

27. 余华．我能否相信自己［M］．北京：人民日报出版社，1998．

28. 苏童．纸上的美女［M］．北京：人民日报出版社，1998．

29. 温儒敏．中国现代文学批评史教程［M］．北京：北京大学出版社，1997．

30. 林骧华主编．西方文学批评术语词典［M］．上海：上海社会科学院出版社，1989．

31. 朱自清．中国文学批评讲义［M］．天津：天津古籍出版社，2004．

32. ［美］艾布拉姆斯．镜与灯［M］．北京：北京大学出版社，1989．

33. 赖力行．中国古代文学批评学［M］．武汉：华中师范大学出版社，1991．

34. ［美］雷内·韦勒克著，章安祺、杨恒达译．现代文学批评史（1900—1950年的英国文学批评）［M］．北京：中国人民大学出版社，1991．

35. 李陀，陈燕谷主编．视界［M］．石家庄：河北教育出版社，2000．

36. 吴亮．文学的选择［M］．杭州：浙江文艺出版社，1985．

37. 周海波．中国现代文学批评史论［M］．上海：上海人民出版社，2002．

38. 古远清．中国大陆当代文学理论批评史［M］．台北：文史哲出版社，1999．

39. 朱伟主编．中国先锋小说［M］．广州：花城出版社，

1990.

40. 邢建昌，鲁文忠著．先锋浪潮中的余华［M］．北京：华夏出版社，2000.

41. 吴亮．批评的发现［M］．桂林：漓江出版社，1988.

42. 李庆西．文学的当代性［M］．北京：人民文学出版社，1988.

43. 周介人．周介人文存［M］．桂林：广西师范大学出版社，2004.

44. 马原．重返黄金时代［M］．长春：吉林出版集团股份有限公司，2016.

45. 谢有顺．先锋就是自由［M］．济南：山东文艺出版社，2004.

46. 程光炜．文学讲稿："八十年代"作为方法［M］．北京：北京大学出版社，2009.

47. 新京报编．追寻八十年代［M］．北京：中信出版社，2006.

48. 王永生主编．中国现代文学理论批评史［M］．贵阳：贵州人民出版社，1986.

49. 刘锋杰．中国现代六大批评家［M］．合肥：安徽文艺出版社，1995.

50. 徐楠，徐润润．现代中国文学的审美批评与理论探索［M］．北京：中国文史出版社，2014.

51. 张少康．中国文学理论批评史［M］．北京：北京大学出版社，2013.

52. 残雪．为了报仇写小说——残雪访谈录［M］．长沙：湖南文艺出版社，2003.

53. 苏童，王宏图．南方的诗学——苏童、王宏图对谈录［M］．桂林：漓江出版社，2014.

54. ［法］罗兰·巴尔特著，怀宇译.罗兰·巴尔特文艺批评文集［M］.北京：中国人民大学出版社，2010.

55. 苏童.少年血·自序［M］.南京：江苏文艺出版社，1993.

56. 叶兆言.绿色陷阱·自序［M］.黑龙江：北方文艺出版社，1993.

57. 苏童.妇女生活·序［M］.杭州：浙江文艺出版社，1992.

58. ［美］韦勒克，沃伦著，刘象愚等译.文学理论［M］.北京：生活·读书·新知三联书店，1984.

59. ［法］蒂博代著，赵坚译.六说文学批评［M］.北京：生活·读书·新知三联书店，1989.

60. 许怀中.中国现代小说理论批评的变迁［M］.上海：上海文艺出版社，1990.

61. ［英］艾·阿·瑞恰慈著，杨自伍译.文学批评原理［M］.南昌：百花洲文艺出版社，1992.

62. ［法］让·伊夫·塔迪埃著，史忠义译.20世纪的文学批评［M］.天津：百花文艺出版社，1999.

63. 吴义勤.守望的尺度［M］.长春：吉林出版集团有限责任公司，2009.

64. 吴义勤.告别虚伪的形式［M］.济南：山东文艺出版社，2004.

65. 李衍柱，金敬华编.文艺学方法论讨论集（续），山东：山东师范大学中文系，1986.

66. 傅修延，夏汉宁编著.文学批评方法论基础［M］.南昌：江西人民出版社，1986.

67. 蔡翔，一个理想主义者的精神漫游［M］.杭州：浙江文艺出版社，1987.

68. 陈厚诚，王宁.西方当代文学批评在中国［M］.天津：

百花文艺出版社，2000.

69. 黄曼君.中国20世纪文学理论批评史［M］.北京：中国文联出版社，2002.

70. 朱伟.重读八十年代［M］.北京：中信出版社，2018.

71. 郭小东等著.我的批评观［M］.桂林：漓江出版社，1987.

72. 黄子平.沉思的老树的精灵［M］.杭州：浙江文艺出版社，1986.

73. 王晓明.所罗门的瓶子［M］.杭州：浙江文艺出版社，1986.

74. 陈平原.在东西方文化碰撞中［M］.杭州：浙江文艺出版社，1987.

75. 季红真.文明与愚昧的冲突［M］.杭州：浙江文艺出版社，1986.

76. 南帆.理解与感悟［M］.杭州：浙江文艺出版社，1986.

77. 吴亮.艺术家和友人的对话［M］.上海：上海文艺出版社，1987.

78. 刘再复.性格组合论［M］.上海：上海文艺出版社，1986.

79. 周介人.文学：观念的变革［M］.北京：人民文学出版社，1987.

80. 李陀.无名指［M］.北京：中信出版社，2018.

81. 吴亮.朝霞［M］.北京：人民文学出版社，2016.

82. 贺桂梅."新启蒙"知识档案：80年代中国文化研究［M］.北京：北京大学出版社，2010.

83. 吴三元，季桂起.中国当代文学批评概观［M］.北京：知识出版社，1994.

84. 刘小枫.这一代人的怕和爱［M］.北京：华夏出版社，

2007.

85. ［英］伊格尔顿著，伍晓明译.二十世纪西方文学理论［M］.北京：北京大学出版社，2007.

86. 吴炫.中国当代文学批判［M］.上海：学林出版社，2001.

87. 赵毅衡编选."新批评"文集［M］.天津：百花文艺出版社，2001.

88. 王宁.后现代主义之后［M］.北京：中国文学出版社，1998.

89. 张隆溪.道与逻各斯［M］.南京：江苏教育出版社，2006.

90. 中国社会科学院文学研究所当代文学研究室编.新时期文学六年［M］.北京：中国社会科学出版社，1985.

91. 孔范今主编.二十世纪中国文学史［M］.济南：山东文艺出版社，1997.

92. ［美］弗雷德里克·詹姆逊著，王逢振、陈永国译.政治无意识——作为社会象征行为的叙事［M］.北京：中国社会科学出版社，1999.

93. ［法］皮埃尔·布迪厄著，刘晖译.艺术的法则：文学场的生成和结构［M］.北京：中央编译出版社，2001.

94. ［德］卡尔·曼海姆著，张旅平译.重建时代的人与社会：现代社会结构研究［M］.北京：生活·读书·新知三联书店，2002.

95. 洪子诚.问题与方法——中国当代文学史讲稿［M］.北京：生活·读书·新知三联书店，2002.

96. 靳大成.生机——新时期著名人文期刊素描［M］.北京：中国文联出版社，2003.

97. 陈平原，山口守编.大众传媒与现代文学［M］.北京：

新世界出版社，2003.

98. 邵燕君. 倾斜的文学场：当代文学生产机制的市场化转型［M］. 南京：江苏人民出版社，2004.

99. 王蒙. 不成样子的怀念［M］. 北京：人民文学出版社，2005.

100. 黄发有. 媒体制造［M］. 济南：山东文艺出版社，2005.

101. 程光炜. 文学史的兴起［M］. 郑州：河南大学出版社，2009.

102. 王卫平. 中国现代知识分子小说史论［M］. 北京：中国社会科学出版社，2009.

103. 陈晓明. 中国当代文学主潮［M］. 北京：北京大学出版社，2009.

104. 严家炎主编. 二十世纪中国文学史［M］. 北京：高等教育出版社，2010.

105. 程光炜. 当代文学的"历史化"［M］. 北京：北京大学出版社，2011.

106. 刘洪霞. 争鸣的场景——七八十年代之交文学"争鸣"研究（1978—1984）［M］. 深圳：海天出版社，2011.

107. 董健，丁帆，王彬彬主编. 中国当代文学史新稿［M］. 北京：北京师范大学出版社，2011.

108. 孟繁华，程光炜. 中国当代文学发展史（修订版）［M］. 北京：北京大学出版社，2011.

109. 杨义主编. 中国当代文学研究（1949—2009）［M］. 北京：中国社会科学出版社，2011.

110. ［德］卡尔·曼海姆著，黎鸣、李书崇译. 意识形态与乌托邦［M］. 上海：上海三联书店，2011.

111. 陆海明. 中国文学批评方法探源［M］. 北京：中国社会

科学出版社，1994.

期刊论文类：

1. 吴秀明．主流意识形态文学的历史位置与现实境遇——兼谈主流体制下的中介系统及其角色功能嬗变［J］．浙江大学学报（人文社会科学版），2006，（5）.

2. 齐玉朝，徐丁林．"十七年"文艺批评述评［J］．唐山师范学院学报，2001，（3）.

3. 李松．建国后十七年外国文学经典批评的等级差序——以创作方法的考察为中心［J］．襄樊学院学报，2008，（1）.

4. 李松．文学经典的批评与文学批评的经典化——以建国后十七年文学经典的批评为中心［J］．长江学术，2008，（4）.

5. 侯桂新．"十七年时期"的文学批评眼光与批评风尚——以《林海雪原》的早期批评为例［J］．云梦学刊，2009，（3）.

6. 程光炜．茅盾建国后的文艺理论和批评［J］．南都学坛，2004，（1）.

7. 魏宝涛．《文艺报》与"十七年"文学批评标准和模式的建构［J］．广播电视大学学报（哲学社会科学版），2007，（2）.

8. 魏宝涛．《文艺报》与"十七年"读者批评空间建构［J］．沈阳师范大学学报（社会科学版）.2008，（5）.

9. 魏宝涛．《文艺报》与"十七年"作家自我批评空间建构——以"检讨书"为中心［J］．辽宁大学学报（哲学社会科学版）.2008，（5）.

10. 魏宝涛．《文艺报》与"十七年"文学批评文体规范建构［J］．内蒙古大学学报，2009，（2）.

11. 吴亮，李陀，杨庆祥．八十年代的先锋文学与先锋批评［J］．南方文坛，2008，（6）.

12. 陈晓明.空缺与重复：格非的叙事策略［J］.当代作家评论, 1992,（5）.

13. 王宁.接受与变形：中国当代先锋小说的后现代性［J］.中国社会科学, 1992,（1）.

14. 王宁.后现代主义的终结——兼论中国当代先锋小说之命运［J］.天津文学, 1991,（12）.

15. 孟繁华.九十年代：先锋文学的终结［J］.文艺研究, 2000,（6）.

16. 陈晓明.关于九十年代先锋派变异的思考［J］.文艺研究, 2000,（6）.

17. 洪治纲.先锋精神的还原与重铸——兼论九十年代先锋文学存在的必要性［J］.小说评论, 1996,（2）.

18. 吴义勤.先兆与前奏——二十世纪八十年代先锋作家走向九十年代的转型历程［J］.解放军艺术学院学报, 2003,（1）.

19. 谢有顺.历史时代的终结：回到当代——论先锋小说的转型［J］.当代作家评论, 1994,（2）.

20. 谢有顺.重返伊甸园与反乌托邦——转型期的先锋小说［J］.花城, 1994,（3）.

21. 吴亮.无指涉的虚构——关于孙甘露的《访问梦境》［J］.当代作家评论, 1990,（6）.

22. 赵玫.先锋小说的自足与浮夸［J］.文学评论, 1989,（1）.

23. 杨扬.文学的形式探索：比缓慢更缓慢的工作——孙甘露访谈录［J］.南方文坛, 2004,（5）.

24. 张晓峰.出走与重构——论九十年代以来先锋小说家的转型及其意义［J］.文学评论, 2002,（5）.

25. 李洁非.实验和先锋小说［J］.当代作家评论.1996,（5）.

26. 余华.虚伪的形式［J］.上海文论.1989,（5）.

27. 刘再复.论八十年代文学批评的文体革命［J］.文学评论，1989，（1）.

28. 刘心武，刘湛秋，刘再复.面对新的文体革命［J］.上海文论，1989，（1）.

29. 林兴宅.论阿Q性格系统［J］.鲁迅研究，1984，（1）.

30. 李劼.中国当代新潮小说论［J］.钟山，1988，（5）.

31. 赵毅衡.先锋派在中国的必要性［J］.花城，1993，（5）.

32. 吴义勤."悲剧性"的迷失［J］.山东社会科学，2007，（6）.

33. 黄发有.《收获》与先锋文学［J］.当代作家评论，2014，（5）.

34. 洪星球.中国当代先锋文学历程及研究［J］.长城论坛，2009，（4）.

35. 方岩.当代文学批评史中的批评家论［J］.当代作家评论，2015，（5）.

36. 方岩.当代文学批评中的资源借鉴［J］.当代作家评论，2014，（4）.

37. 冯牧.打破精神枷锁，走上创作的康庄大道——在《班主任》座谈会上的发言［J］.文学评论，1978，（5）.

38. 刘心武.生活的创造者说：走这条路！［J］.文学评论，1978，（5）.

39. 荒煤.努力提高当代文学研究的科学水平［J］.文学评论，1979，（5）.

40. 刘宾雁.人是目的，人是中心——对在作协代表大会上发言的补充［J］.文学评论，1979，（6）.

41. 罗荪.文艺·生活·政治［J］.文学评论，1980，（1）.

42. 刘梦溪.关于发展马克思主义文艺学的几点意见［J］.文学评论，1980，（1）.

43. 卞之琳.答读者：谈"新诗"形式问题的讨论［J］.文学评论，1980，（1）.

44. 王元骧.论典型化［J］.文学评论，1980，（4）.

45. 丁玲.我所希望于文艺批评的［J］.文学评论，1981，（1）.

46. 罗荪.把文学评论工作搞活［J］.文学评论，1981，（1）.

47. 王春元.文学批评也要探索新路［J］.文学评论，1981，（1）.

48. 白烨.三十年人性论争的情况［J］.文学评论，1981，（1）.

49. 黄子平.当代文学中的宏观研究［J］.文学评论，1983，（3）.

50. 公刘.关于新诗的一些基本观点［J］.文学评论，1983，（4）.

51. 张炯.新时期文学的历史特色，文学评论，1983，（6）.

52. 钱中文.论当前文艺理论中的现代主义思潮——评《崛起的诗群》兼论现实主义创作原则［J］.文学评论，1984，（1）.

53. 谢昌余.《当代文艺思潮》杂志的创作与停刊［J］.山西文学，2001，（8）.

54. 李杨.重返"新时期文学"的意义［J］.文艺研究，2005，（1）.

55. 赵牧."重返八十年代"与"重建政治维度"［J］.文艺争鸣，2009，（1）.

56. 程光炜.历史回叙、文学想象与"当事人"身份——读《八十年代访谈录》并论对"80年代"的认识问题［J］.文艺争鸣，2009，（2）.

57. 南帆.现代主义、现代性与个人主义［J］.南方文坛，2009，（4）.

58. 王尧."三个崛起"前后——新时期文学口述史之二［J］.文艺争鸣，2009，（4）.

59. 黄平."新时期文学"起源考释［J］.文学评论，2016，（1）.

60. 孟繁华，张清华.尚待完成的批评变革［J］.文艺争鸣，

2016，（2）.

61. 班澜．英美"新批评派"的方法论特征［J］.内蒙古社会科学，1988，（1）.

62. 鲁枢元．心理批评与社会历史批评［J］.湖北社会科学，1989，（6）.

63. 张炯．论社会主义文学的特征［J］.当代文艺思潮，1983，（2）.

64. 陈丹晨．教条主义的终结于马克思主义文艺理论的建设［J］.当代文艺思潮，1983，（3）.

65. 徐俊西．一种必须破除的公式——再谈典型环境和典型人物［J］.上海文学，1981，（8）.

66. 李庆西．新笔记小说：寻根派，也是先锋派［J］.上海文学，1987，（1）.

67. 李庆西．文体也是方法［J］.上海文学，1987，（1）.

68. 旷新年．人民文学：未完成的历史建构［J］.文艺理论与批评，2005，（6）.

69. 洪子诚．回答六个问题［J］.南方文坛，2004，（6）.

70. 洪子诚．当代文学的"一体化"［J］.中国现代文学研究丛刊，2000，（4）.

71. 吴义勤．新世纪中国当代文学研究的现状与问题［J］.文艺研究，2008，（8）.

72. 洪子诚．发现和提出问题［J］.南方文坛，2004，（4）.

73. 刘克宽．当代十七年文学一体化的时代政治因素［J］.琼州大学学报，1999，（3）.

74. 刘克宽．从审美主体选择看十七年文学的公式化和概念化成因［J］.文史哲，2003，（2）.

75. 黄灵红．"社会历史批评"在中国现代文学批评中的三种类型及其演变——从 20 世纪 20 年代末到 70 年代末［J］.平顶山师专学报，2001，（3）.

76. 李国华.20 世纪中国文学批评研究［J］.理论与创作，2003，（1）.

77. 谢维强.表象的政治判定与潜在的文化冲突——十七年文学批评现象片论［J］.理论月刊，2003，（3）.

78. 赫牧寰."十七年"文学批评的社会政治话语系统［J］.佳木斯大学学报，2004，（3）.

79. 徐勇."权威"的出场——论十七年文学批评中读者的实际功能和尴尬处境［J］.景德镇高专学报，2005，（1）.

80. 方长安.论外国文学译介在十七年语境中的嬗变［J］.文学评论，2002，（6）.

81. 方维保.原旨的缝隙与阐释的苦难——论十七年时期的文艺论争和批判［J］.文艺理论研究，2006，（2）.

82. 古远清.姚文元的"棍子"式批评及其特征［J］.天津师范大学学报，2003，（6）.

83. 吕东亮.为什么会有这样的批评——论 1954 年批评界对路翎的批评［J］.汕头大学学报（人文社会科学版），2009，（2）.

学位论文：

1. 何秀雯.1980 年代先锋文学批评研究［D］.沈阳：辽宁大学，2016.

2. 陈碧君."先锋"的崛起与没落——论八十年代的先锋批评［D］.上海：华东师范大学，2012.

3. 杨欢欢.中国当代先锋派小说家的文学批评研究——以余华、格非、马原、残雪的"文学笔记"为例［D］.南昌：江西师范大学，2014.

4. 陈晔.新时期《上海文学》的文学批评版块研究［D］.青岛：青岛大学，2012.

5. 史歌.《上海文论》文学场与当代文学思潮［D］.青岛：青岛大学，2014.

6. 崔谦."新潮汐"的起起落落——八十年代"新潮批评"研究［D］.西安：西北大学，2016.

7. 陈丽军.新变与困境：1990年代的文学批评研究［D］.上海：华东师范大学，2016.

8. 张惠."理论旅行"——"新批评"的中国化研究［D］.武汉：华中师范大学，2011.

9. 陈宁.一体与异质——阶级论思维及其对十七年文学批评中异质理念的批判［D］.济南：山东师范大学，2011.

10. 王洁.建国后十七年文学与政治文化之关系研究［D］.南京：南京大学，2003.

11. 刘志华.十七年文学批评研究［D］.福州：福建师范大学，2007.

12. 万水.文学观念变革的时代标本——《当代文艺思潮》概况［D］.大连：辽宁师范大学，2016.

附录：1980 年代先锋文学批评的代表性文本

1. 吴亮：《自然·历史·人——评张承志晚近的小说》，《上海文学》1984 年第 11 期。

2. 南帆：《人生的解剖与历史的解剖——韩少功小说漫评》，《上海文学》1984 年第 12 期。

3. 许子东：《曹冠龙的小说创作》，《上海文学》1984 年第 12 期。

4. 夏刚：《批评的寻"根"》，《北京文学》1987 年第 1 期。

5. 李洁非、张陵：《精神分析学与〈红高粱〉的叙事结构》，《北京文学》1987 年第 1 期。

6. 张志忠：《街谈巷语翻新篇——林斤澜〈矮凳桥〉系列小说论》，《北京文学》1987 年第 4 期。

7. 李洁非、张陵：《〈私刑〉的语言结构——兼论当前写实性作品语言功能的深化》，《北京文学》1987 年第 4 期。

8. 罗强烈：《短篇小说：发展中的文体》，《北京文学》1987 年第 5 期。

9. 李劼：《高加林论》，《当代作家评论》1985 年第 1 期。

10. 吴亮：《社会结构的演化和开拓者的使命——对〈花园街五号〉和〈男人的风格〉的比较分析》，《当代作家评论》1985 年第 2 期。

11. 费振钟、王干：《论王蒙的小说观念》，《当代作家评论》1985 年第 3 期。

12. 夏刚：《潮汐的骚动——1984 年中篇小说巡礼》，《当代作家评论》1985 年第 3 期。

13. 滕云：《我所评论的就是我——谈评论家的主体意识，并论文艺评论的思维特征》，《当代作家评论》1985 年第 3 期。

14. 李振声：《创作与批评》，《当代作家评论》1985 年第 3 期。

15. 陈思和：《文学批评的位置》，《当代作家评论》1985 年第 3 期。

16. 吴亮：《新模式的兴起和它的前途》，《当代作家评论》1985 年第 3 期。

17. 邹平：《面对艺术世界的术语爆炸》，《当代作家评论》1985 年第 3 期。

18. 谢冕：《一个独特的诗歌世界》，《当代作家评论》1985 年第 4 期。

19. 程德培：《"葛川江风光"——李杭育作品印象》，《当代作家评论》1985 年第 6 期。

20. 吴亮：《孤独与合群——李杭育印象》，《当代作家评论》1985 年第 6 期。

21. 李杭育：《创作·理论·感觉》，《当代作家评论》1985 年第 6 期。

22. 陈思和：《挑战：从形式到内容——读〈北京人〉随想》，《当代作家评论》1985 年第 6 期。

23. 王东明：《〈北京人〉与张辛欣的心理小说》，《当代作家评论》1985 年第 6 期。

24. 蔡翔：《对确实性的寻求——梁晓声部分知青小说概评》，《当代作家评论》1985 年第 6 期。

25. 刘再复：《新时期文学主潮》,《新华文摘》1986 年第 11 期。

26. 鲁枢元：《论新时期文学的"向内转"》,《文艺报》1986 年 10 月 18 日。

27. 季红真：《文明与愚昧的冲突——论新时期小说的基本主题》,《中国社会科学》1985 年第 3 期、第 4 期。后收入《文明与愚昧的冲突》(浙江文艺出版社，1986 年)一书。

28. 黄子平：《深刻的片面》,《读书》1985 年第 8 期。

29. 吴亮：《马原的叙述圈套》,《当代作家评论》1987 年第 3 期。

30. 李劼：《〈冈底斯的诱惑〉与思维的双向同构逻辑》,《文学自由谈》1986 年第 4 期。

31. 李劼：《试论文学形式的本体意味》,《上海文学》1987 年第 3 期。

32. 李劼：《论中国当代新潮小说的语言结构》,《文学批评》1988 年第 5 期。

33. 刘再复：《论八十年代文学批评的文体革命》,《文学评论》1989 年第 1 期。

34. 李劼：《论中国当代新潮小说的语言结构》,《文学评论》1988 年第 5 期。

35. 李洁非：《实验和先锋小说》,《当代作家评论》1996 年第 5 期。

36. 余华：《虚伪的形式》,《上海文论》1989 年第 5 期。

37. 刘再复：《论八十年代文学批评的文体革命》,《文学评论》1989 年第 1 期。

38. 刘心武、刘湛秋、刘再复：《面对新的文体革命》,《上海文论》1989 年第 1 期。

39. 林兴宅:《论阿Q性格系统》,《鲁迅研究》1984年第1期。

40. 李劼:《中国当代新潮小说论》,《钟山》1988年第5期。

41. 北村:《格非与北村的通信》,《文学角》1989年第2期。

42. 孙甘露:《写作与沉默》,《文学角》1989年第4期。

43. 北村:《失语和发声》,《文学自由谈》1991年第2期。

44. 孙甘露:《一堵墙向另一堵墙说什么?》,《文学角》1989年第3期。

45. 马原:《小说》,《文学自由谈》1990年第1期。

46. 北村:《谁家的乐园》,《文学角》1989年第1期。

47. 吴亮:《真正的先锋一如既往》,《文学角》1989年第1期。

48. 孙甘露:《写作与沉默》,《文学角》1989年第4期。

49. 李庆西:《文学的当代性及其审美思辨特点》,《文学评论》1984年第4期。

50. 刘再复:《思维方式与开放性眼光》,《文学评论》1984年第6期。

51. 林兴宅:《科技革命的启示》,《文学评论》1984年第6期。

52. 钱中文:《文艺理论的发展和方法更新的迫切性》,《文学评论》1984年第6期。

53. 杨义:《研究方法上的三个境界》,《文学评论》1984年第6期。

54. 陈辽、陈骏涛:《社会的变革和文学观念的变革》,《文学评论》1985年第1期。

55. 南帆:《文学批评中美学观念的现实感与历史感》,《文学评论》1985年第1期。

56. 鲁枢元:《试论文学语言的心理机制》,《文学评论》1985年第1期。

57. 荒煤:《评论自由与"双百"方针》,《文学评论》1985

年第 1 期。

58. 林非：《文学的批评与内心的自由》，《文学评论》1985年第 2 期。

59. 金健人：《小说的时间观念》，《文学评论》1985 年第 2 期。

60. 徐志祥：《小说节奏试论》，《文学评论》1985 年第 2 期。

61. 何江南：《方法与现实和未来——由文学研究方法的创新想到的》，《文学评论》1985 年第 3 期。

62. 殷国明：《应该冲破僵化的、封闭的文学批评方法模式》，《文学评论》1985 年第 3 期。

63. 程文超：《小议当代文学研究中的信息方法》，《文学评论》1985 年第 3 期。

64. 丹晨：《论张辛欣的心理小说系列》，《文学评论》1985年第 3 期。

65. 南帆：《文学批评的研究方法和研究目标》，《文学评论》1985 年第 4 期。

66. 林兴宅：《文明的极地——诗与数学的统一》，《文学评论》1985 年第 4 期。

67. 何镇邦：《文学观念的开拓与艺术手法的创新》，《文学评论》1985 年第 4 期。

68. 黄子平、陈平原、钱理群：《论"二十世纪中国文学"》，《文学评论》1985 年第 5 期。

69. 李庆西：《论文学批评的当代意识》，《文学评论》1985年第 5 期。

70. 宋永毅：《当代小说中的性心理学》，《文学评论》1985年第 5 期。

71. 谢冕：《断裂与倾斜：蜕变期的投影——论新诗潮》，《文学评论》1985 年第 5 期。

72. 钱念孙:《论吸收外国文学影响的潜在形态及其作用——从接受美学的角度谈文学的民族化问题》,《文学评论》1985 年第 5 期。

73. 徐岱:《哲学观的更新与文艺学的发展》,《文学评论》1986 年第 1 期。

74. 林兴宅:《论系统科学方法论在文艺研究中的运用》,《文学评论》1986 年第 1 期。

75. 雷达:《论创作主体的多样化趋势》,《文学评论》1986 年第 1 期。

76. 刘晓波:《一种新的审美思潮——从徐星、陈村、刘索拉的三部作品谈起》,《文学评论》1986 年第 3 期。

77. 王绯:《张辛欣小说的内心视境与外在视界——兼论当代女性文学的两个世界》,《文学评论》1986 年第 3 期。

78. 王干:《历史·瞬间·人——论北岛的诗》,《文学评论》1986 年第 3 期。

79. 潘凯雄、贺绍俊:《走出思维定势后的选择——论新时期文艺理论批评的新调整》,《文学评论》1986 年第 4 期。

80. 吴秉杰:《论新时期小说创作中的"假定形式"》,《文学评论》1986 年第 4 期。

81. 蔡翔:《知识分子与文学》,《文学评论》1986 年第 4 期。

82. 程光炜:《诗的现代意识与社会功能——与谢冕同志商榷》,《文学评论》1986 年第 4 期。

83. 汪晖:《历史的"中间物"与鲁迅小说的精神特征》,《文学评论》1986 年第 5 期。

84. 许明:《理性的自由:文学主体意识界说》,《文学评论》1986 年第 5 期。

85. 陈思和:《当代文学中的文化寻根意识》,《文学评论》

1986 年第 6 期。

86. 雷达：《民族灵魂的发现与重铸——新时期文学主潮论纲》，《文学评论》1987 年第 1 期。

87. 孙绍振：《论实践主体性、精神主体性和审美主体性》，《文学评论》1987 年第 1 期。

88. 王春元：《现代文学理论体系的三维结构》，《文学评论》1987 年第 1 期。

89. 张守映：《哲学范畴与文艺学范畴——对建构文艺学体系的思维方式的思考》，《文学评论》1987 年第 1 期。

90. 杜书瀛：《两个"尺度"与文学创作——创作主体与创作客体的功能》，《文学评论》1987 年第 5 期。

91. 劳承万：《康德"判断力"原理与文学主体性》，《文学评论》1987 年第 5 期。

92. 刘武：《哲学时代：作为一种自足体的文学与文学理论》，《文学评论》1987 年第 5 期。

93. 刘心武：《近十年中国文学的若干特性》，《文学评论》1988 年第 1 期。

94. 陈燕谷、靳大成：《刘再复现象批判——兼论当代中国文化思潮中的浮士德精神》，《文学评论》1988 年第 2 期。

95. 於可训：《文体的多元和观念的多元》，《文学评论》1988 年第 2 期。

96. 高行健：《迟到了的现代主义与当今中国文学》，《文学评论》1988 年第 3 期。

97. 蔡翔：《情与欲的对立——当代小说中的精神文化现象》，《文学评论》1988 年第 4 期。

98. 李劼：《论中国当代新潮小说的语言结构》，《文学评论》1988 年第 5 期。

99. 刘晓波:《审美与超越》,《文学评论》1988年第5期。

100. 刘再复:《论八十年代文学批评的文体革命》,《文学评论》1989年第1期。

101. 吴俊:《当代西绪福斯神话——史铁生小说的心理透视》,《文学评论》1989年第1期。

102. 洪子诚:《同意的和不同意的》,《文学评论》1989年第1期。

103. 黎湘萍:《生命情调的选择——试论台湾"语言美学"本体论》,《文学评论》1989年第1期。

104. 许子东:《现代主义与中国新时期文学》,《文学评论》1989年第4期。

105. 陈剑晖:《论新的批评群体——兼谈当代文艺批评的发展》,《当代文艺思潮》1985年第4期。

106. 冯牧:《关于理论批评和文艺研究的一些随想》,《当代文艺思潮》1982年第1期。

107. 周扬:《继往开来,繁荣社会主义新时期文艺》,《人民日报》1979年11月20日。

108. 谢冕:《中国文艺运动的需要——评〈当代文艺思潮〉》,《社会科学评论》1985年第6期。

109. 宋耀良:《立足于时代思潮的前沿——简评〈当代文艺思潮〉》,《读书》1986年第2期。

后 记

　　这本书是在我的博士论文的基础上修订、整理而来。2014年至2019年，我在山东师范大学在职攻读博士学位，这本书是这段时间读书学习的一个小小的成果。

　　这是我出版的第一本书，对我个人而言意义非凡。尽管这些文字看起来还比较单薄、粗浅，但它是我文学研究的开端，是一个重要的起点。

　　感谢我的导师吴义勤先生，他为这本书的写作以及我的学术成长付出了极大的心血，提供了许多指导和帮助。感谢评委胡平先生为本书作序，他的鼓励给了我更大的信心。感谢"21世纪文学之星丛书"的主办方中华文学基金会提供这样一个宝贵的机会，让这本书得以出版。我会把这些鼓励转化成继续前行的动力。

2021 年 3 月 30 日

图书在版编目（CIP）数据

1980 年代先锋文学批评研究／崔庆蕾著 . －－北京：
作家出版社，2021.8

（21 世纪文学之星丛书·2020 年卷）

ISBN 978－7－5212－1469－7

Ⅰ. ① 1… Ⅱ. ①崔… Ⅲ. ①先锋文学－文学研究－
中国－当代 Ⅳ. ① I206.7

中国版本图书馆 CIP 数据核字（2021）第 123888 号

1980 年代先锋文学批评研究

作　　者：崔庆蕾
责任编辑：史佳丽　李亚梓
特约编辑：赵　蓉
装帧设计：守义盛创·段领君
封面摄影：闫振霖
出版发行：作家出版社有限公司
社　　址：北京农展馆南里 10 号　　　邮　编：100125
电话传真：86－10－65067186（发行中心及邮购部）
　　　　　86－10－65004079（总编室）
E－mail: zuojia@zuojia.net.cn
http: // www.zuojiachubanshe.com
印　　刷：唐山玺诚印务有限公司
成品尺寸：142×210
字　　数：187 千
印　　张：7.875
版　　次：2021 年 9 月第 1 版
印　　次：2021 年 9 月第 1 次印刷
ISBN 978－7－5212－1469－7
定　　价：45.00 元